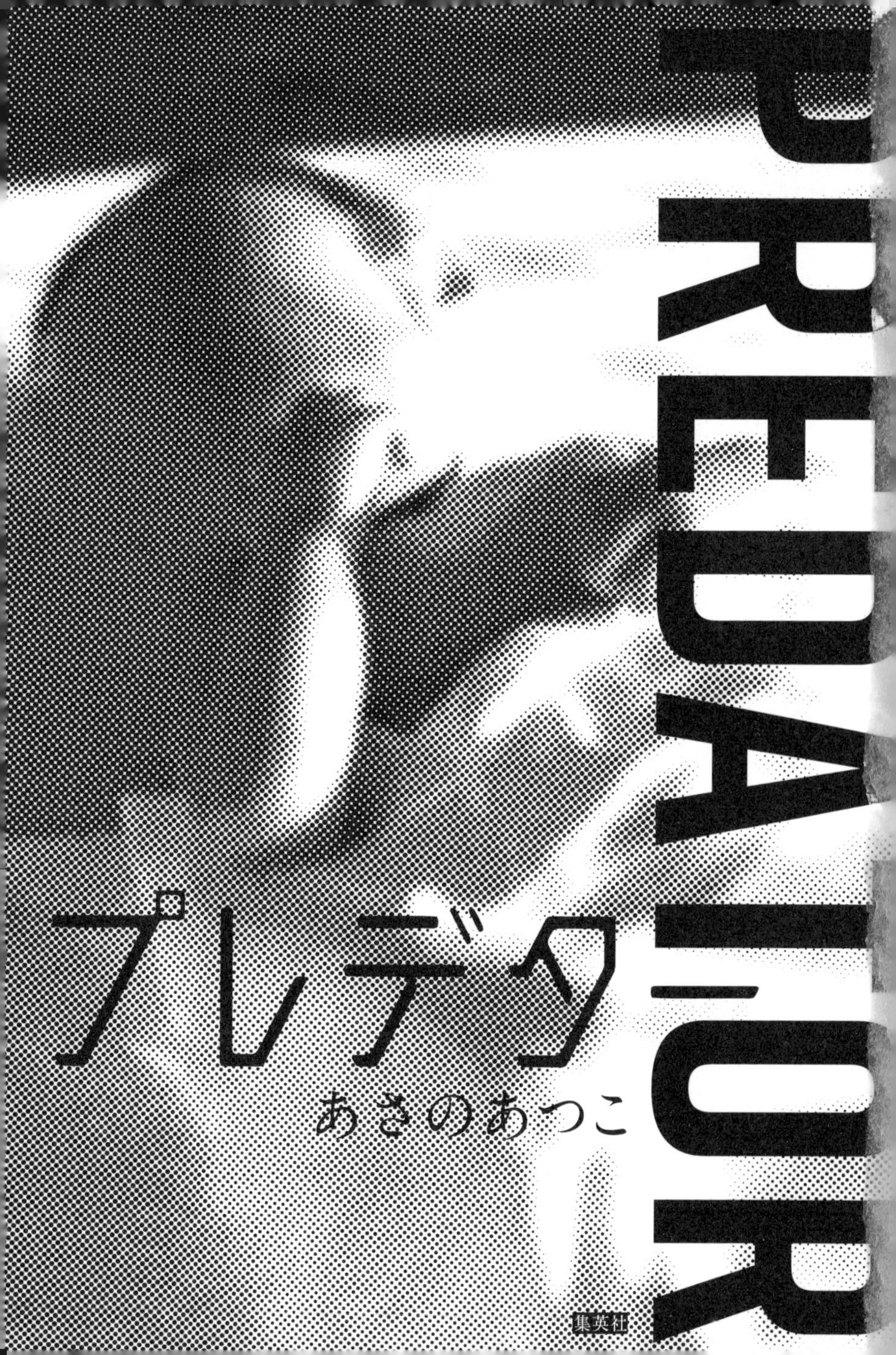

プレデタ

あさのあつこ

集英社

目次

プレデター

第一章　ラダンの壺《つぼ》

気を失っていた？　それとも眠っていた？

よくわからない。気を失うか、眠る前にどこにいたのか、今、どこにいるのかも思い浮かばない。頭の中に白い霧みたいなものが広がっている。霧と違うのは、こいつがべとべとと纏《まと》わりついてくるところだ。

べとべと、べとべと。

気持ち悪い。身動きできなくなりそうだ。息さえできなく……。

目の前に黒い棒が見えた。鉄、だろうか。一本じゃない。並んでいる、何本も。一、二、三、四……。

駄目だ。数えられない。

白い霧が邪魔をする。数えたり考えたり思い出すことを妨げる。

これがアタマガボヤケルってことなのだろうか。誰かが言っていた。「このごろ頭がぼやけて、どうにもならない」って。笑うような泣くような、軽やかなのに悲しげな声だった。

あれは、誰？　ここは、どこ？　これから、どうなる……の。

思いの外《ほか》、明るい。そして、広い。

部屋に一歩踏み込んだとき、まずはその明るさと広さに驚いた。驚いた拍子に肩からずり落ちたファーを慌てて元に戻す。

光源はダウンライトだけらしく、一般的な部屋の明度には及ばない。でも決して暗くはなかった。薄青色の絨毯《じゅうたん》が敷かれた部屋は壁も天井も同系色で統一され、淡い光に照らされてぼんやりと発光しているようだ。地下室だから暗いと決めつけていたせいか、薄青く発光する部屋を明るく美しいと感じる。

広さもかなりのものだ。ホテルの小ホールぐらいはあるだろうか。そこに白いクロスの掛かった丸テーブルと二脚ずつのイスが点々と置かれていた。ざっと目測するとテーブルの間は六、七メートルは離れているようだ。どのテーブルもダウンライトの明かりから微妙に離れ、薄闇に隠れていた。しかも座っている人々は思い思いのベネチアンマスクを着けている。ほぼ、八割の席が埋まっているようだが、人がいるという以外は確かめようがない。イスは二脚とも前方を向き、横に並んでいる。二人組で座っている者ばかりだ。三人以上のテーブルはない。三人目の席はないということか。前方には小さなステージがあり、スポットライトが当たってはいるが、人の姿も道具も見当たらなかった。

なんてベタな。零《こぼ》れそうなため息を何とか抑える。

品よく、そこそこの豪華風を装い、あちこちに闇と光のコントラストを作ることで隠し味程度のいかがわしさを生み出し、正体を晒《さら》さずにすむという安心感を醸す。昔からこの手の集いは、よく似た設《しつら》えの中で催されてきた……のだろう、たぶん。

背徳感、退屈凌《しの》ぎ、満たされる欲望、あるいは金銭の利益。何を求めてベネチアンマスクの人々は闇に潜んでいるのか。

頭を左右に振る。また、ファーがずれた。

見据えるのは現実だ。感情や感傷に沈むときではない。

履きなれていないピンヒールをさも履きなれているかのように、歩く。足音は完璧に絨毯に吸収されていった。

案内された席につくと、すぐにシャンパンが運ばれてきた。

「趣味が悪いな」

傍らの男が言った。

「シャンパンを飲みながら、人間を競り落とす。このオークション、趣味が悪過ぎだな」

聞こえない振りをする。どうせ、ただの独り言だ。

「それに、いかにもというこの作り、少し嗤《わら》える」

眉を寄せ、唇の前に指を立てる。余計なことをしゃべるなと身振りで示したつもりだった。

相手が軽く眉を上げた。それが合図だったわけもないが、唐突に、何の前触れもなく全ての明かりが消えた。室内はすとんと闇に落ちる。

ざわり、ざわっ。

微《かす》かに空気が騒《ざわ》めいた。一瞬の後、騒めきの気配は砂地に染み込む水に似て、消え去る。どこかで忍ぶような低い笑声《しょうせい》がした。

スポットライトが再び舞台に当たる。闇が明かりに切り取られる。

「さあ」と男は吐息を漏らし、ゆっくりとシャンパンを飲み干した。

「ラダンの壺が開くぞ」

ラダンの壺、どうしてそれを?

呟《つぶや》く。前半は口の中で、後の半分は胸の内で。

「聞いたこと、ないのか」と問われ、「今、初めて耳にしました」と答える。答えてから、もう少し間を置くべきだったかと悔やむ。考え込んでいる風を装うための一秒か二秒が必要だったかもしれない。いや、必要だった。今さら遅いが。

舌の先で後悔を潰す。苦くも甘くもなかった。

「聞いたこと、ないのか」と問うたのは、一応、上司だ。会社のオーナーでもある。会社といっても、オーナー兼編集長を入れて正社員六人の零細出版社に過ぎない。オーナーは五十手前の男で、去年の健康診断で筋力、体力、骨密度のどれも二十代後半だと診断された。この一年、それが何よりの自慢らしく、贅肉《ぜいにく》のない身体《からだ》をさりげなく、しかし、ことあるごとに見せつけようとする。今も伸縮素材のTシャツの上に細身のジャケットを羽織っている。肥川太志《ひかわたいし》という名前さえ、「肥に太って二文字も入っている割に、余計な肉が付いてないだろう。もちろん内臓脂肪とも無縁だぞ。見せられないのが残念だ」などと、冗談にもならない徒口《むだぐち》に使っていた。

間もなく四十、謂《い》う所のアラフォーで、ホルモンバランスとコレステロール値の悪化を指摘され、身体能力の衰えを日々痛感している身としても、職位が下という立場からしても、へらへら笑って受け流すという無難な対処をするしかなかった。

しかし、今は笑えない。へらへらどころか、唇の端さえ持ち上がらなかった。

嫌な予感がする。胸が騒ぐ。妙に気分が波立つ。いい予感はめったに当たらないが、嫌な予感はなかなか外れない。

ラダンの壺。その言葉をなぜ、上司は知っている。なぜ、口にした。

「おかず」

と、肥川が呼んだ。声音がいつもより柔らかい。それも嫌だ。寒気がする。

「和《かず》です。明海《あけみ》和。わざと〝お〟を付けて呼ばないでください」

「なぜだ」

「不快だからです」

はーん、そうかと肥川は横目で和を見た。それから、声音と同じように柔らかく笑んだ。

「察するに、明海和さんは幼少のころから名前に〝お〟を付けて呼ばれ、からかわれていた。『おーい、おかず、弁当のおかずは何だ』みたいな。それがトラウマになって、今に至る。そういうことだな。どうだ?」

わざわざ問うようなことか。しかも、したり顔で。

「トラウマにもストレスにもなっていません。確かに、そんなからかい方をしてくるアホで馬鹿で単純なやつらが何人かいましたけれど、相手にしませんでした」

「アホで馬鹿で単純なやつらってのは男か」

「男です」

「それで、いまだに男を相手にしないわけか」

「それは、わたしが独身でいる理由をしゃべれと仰《おつしや》ってるのですか。だとしたら」

机に肘をついている男を見下ろす。伊達《だて》眼鏡の奥にある目を見据える。

「立派なセクハラです。言い逃れできませんよ」

「明海、おまえは何の仕事をしている」

「表向きは二流雑誌の記者です」

「裏があるのか」

「ありません。給料が安いので副業したいとは思っています」

「一流情報誌のスーパーデスクアドバイザーとしては『無理だ』としか言いようがないな。そして、一流情報誌の記者たる者がセクハラを修飾するのに立派ななんて形容動詞を使うなと、指摘しなければ」

「肥川デスク」

机を両手で叩《たた》く。そんなに力を入れたつもりはなかったが、かなりの音が響いた。とっさに辺りを見回す。

くすんだ灰色の壁、壁よりやや明るい色合いの天井、壁に嵌《は》め込まれた窓、窓際に設けられたカウンター、その前に座りパソコン画面に見入っている者が一人、自席でパソコン画面に見入り、ときどきため息を吐《つ》いている者が二人、ハンズフリーイヤホンで通話をしているらしい者が一人、微かな音をさせて移動している清掃用人型ロボットが一台。

室内は色彩に乏しく、静かだった。それにも拘《かかわ》らず、和の立てた物音への反応は全くない。まあ、いつものことだ。いつものように我関せず、何の関心もない風の白けた、そのくせ淀《よど》んだ重い雰囲気が漂っている。ただ、この雰囲気はちょっとした刺激で一変するのだ。誰かの一言、一本の電話やメール、最新のニュース、突然の報《しら》せ、そういう諸々《もろもろ》で様相を変えてしまう。そういう場所だった。

一流とはお世辞にも言い難《がた》く、二流か、三流まで落ちるのかはわからないが、ここがweb情報誌〝スツール〟の編集部兼営業部であることは事実だ。

和は視線を目の前の男に戻し、顎を上げた。

「わたし、仕事中なんです。ありがたいご指導は後日、お願いいたします」

おざなりに頭を下げた後、壁の時計に目をやる。デジタルのオレンジ色の文字は、2032・10・10　16:00から16:01に変わった。

「もう四時を過ぎちゃった」と呟き、頭を左右に振る。

もういいかげんに解放してください、というパフォーマンスのつもりだった。

ここで切り上げたい。

肥川がなぜラダンの壺を知っているのか気にはなったし、聞き出したくはあったがともかく時間がない。約束の時間に一分でも遅れれば、相手は消えてしまうかもしれない。千載一遇のチャンスを逃すことになりかねない。

肥川がふうっと息を吐いた。肉体と精神の安定のために、よりよい呼吸法を探求しているとかで、妙に長々と吐き出し続ける。

約束の時間まで三十分を切った。これから荷物をまとめ、指定場所を確認し、タクシーを拾う。ぎりぎりの時間だ。余裕はない。「じゃ、これで」と足を引いたとき、肥川が身を乗り出した。

「ラダンの壺、ほんとに知らないのか」

「知りません。骨董品《こっとう》か何かですか」

飽くまでとぼける。とはいえ、本当に骨董品かもしれないとの思案が頭の一隅を掠《かす》めはした。その程度にしか知らない。つまり、ほとんど何も知ってはいないのだ。だから上司に嘘《うそ》をついているわけじゃないよと、自分に言い訳する気にはならなかったし、必要も感じない。

次号で掘り出し物の家具や器の特集でも組むつもりなのか。そのための取材なら他に回して欲しい。〝スツール〟は正規の記者は自分を含め数人しかいないが、フリーのスタッフをかなりの数、抱えているはずだ等々を、和は早口で告げた。

「骨董品じゃない」

「じゃ、何です」

「おれにもわからん」

顎を引く。時間を確かめる。

この人は仕事がぎゅうぎゅうに詰まって、多忙を極める部下をからかうのが趣味だったのか。あるいは、新手のハラスメントだろうか。どっちにしても、ろくでもない。

趣味でもハラスメントでもないとわかっていたが、苛立《いらだ》ちと腹立ちは本物だ。ろくでもないと感じるのも本物だ。

非難と怒りを滲《にじ》ませて、肥川を睨《にら》む。和に睨まれて怯《ひる》むような相手ではないと十分に承知している。それでも、感情のままに眼《め》を怒らせてみる。

肥川が横を向く。和の視線から逃れるためではなく、くしゃみをするためだ。他人と向かい合っていて、くしゃみや咳《せき》が出そうになったら顔を逸《そ》らせる。それくらいの常識は具《そな》えていたらしい。

「おまえの獲物にかかわっているかもしれん」

肥川が、ぐすりと洟《はな》をすすりあげる。

「は?」

「おまえが、今、追っかけている獲物だよ。子ども狩と人身売買」

息が詰まった。口の中の唾を無理やり呑《の》み込む。喉の奥でくぐもった音がした。

「何だ?　おれが知らなかったとでも思ってたのか」

「……思ってました。まだ、報告していませんでしたから」

言いながら、やはりなと奥歯を嚙《か》み締める。

ラダンの壺を知っているかと問われた時点で、ある程度覚悟はしていた。

わたしの動きは読まれていると。

「ああ、そうだな。何一つ、報告はなかったな。連絡も相談もなかった」

和は顎を上げ、胸を反らした。そういうポーズが威圧にも媚《こび》にもならないとはわかっている。それでも、身を竦《すく》めてはいない証《あかし》にはなるだろう。

肥川の後ろの壁には、姿見が立て掛けられていた。イスから立ち上がったとき、イスに座るとき、肥川が自分の姿形を確認するためだ。そこまでナルシスト振りを見せつけるかと、和などは呆《あき》れるしかないし、「デスクのナルシスト振りには呆れてしまいます」と露骨に告げたことも二度ばかりある。肥川本人は肩に止まった蠅《はえ》ほども気にせず、二度ともきれいに無視されてしまったが。

その鏡に和自身が映っている。

華奢《きやしや》といえば聞こえはいいが、ごつごつした貧弱な身体付きだ。上背はあるが薄っぺらで、豊かさも柔らかさも、むろん逞《たくま》しさもしなやかさも感じさせない。その身体を紺色のパンツスーツに包み、草臥《くたび》れたスニーカーを履いている。長い髪は邪魔になるので、耳の下あたりまでしか伸ばさない。その短い髪の中に白い毛を一本、見つけたのはいつだったろう。そのときは、さすがに動揺した。今はもう、気持ちは揺れない。年相応に老いていく自分を愛《いと》おしむ気も持て余す思いもなかった。慣れだ。

人は何にでも慣れる。慣れて平気になる。あるいは平気を装う術《すべ》を手に入れる。〝ありのままの自分を愛する〟だの〝今を輝く〟だの、そんな綺麗《きれい》ごとの惹句《じやつく》とは遥か隔たったところで、白髪にも皺《しわ》にも染みにも衰えにも、悲運にも悲惨にも慣れた風に振舞う。それが強さなのか、その場凌ぎの逃げなのか和には判断できない。

「申し訳ありません。デスクに報告できるほどの結果がまだ出ていませんので」

「だから、こそこそ動き回っていたわけか」

「わりに堂々と動いていました。だから、デスクに目を付けられたんでしょうから」

今度は肥川が顎を上げ、眼鏡を掛け直す。

「おかず」

「わたしは江戸時代の人間じゃありません。おを付けずに名前を呼んでください。できるなら、名字でお願いします。それから、すみません。お小言なら後でたっぷり聞きます。今日は時間がないので行かせてください。取材予定があるんです」

気持ちが急《せ》いて、早口になる。獲物を追いかけて動き回り、影も見えなかった相手の微かな気配をやっと捕えた。今はそういうところだ。この取材が上手《うま》くいけば、それまでの活動も含め肥川に報告するつもりだった。つもりはつもりで、これからの取材次第でどうなるかは定かではなかったけれど。ただ、どういう経緯なのか、肥川は和の動きを読んでいた。つまり言い訳も言い逃れも説得も既に無用だ。身を翻《ひるがえ》し、この室《へや》を飛び出す。それだけでいい。

「ともかく、行ってきます。取材内容は必ず報告しますから」

身体を捩《よじ》り、足を踏み出す。

「たぶん、取材相手は来ないぞ」

「は？」

妙な具合に捻《ね》じれた体勢を元に戻す。どくん。胸を押し上げるように心臓が跳ねた。あるいは膨らんだ。背中がうそ寒くなる。生唾を呑み込む。喉は鳴らなかった。

肥川の指が動き、和の目の前にホログラムが現れる。

「えぇっ」。自分でも間の抜けたと感じる、ぼやけた小さな叫びが漏れた。恥じる余裕はない。

ほんの一瞬だが、和は目を見開いたまま棒立ちになった。

まさかそんな。まさか……。

目の前に大写しになった男の顔がある。真正面から撮ったものだ。それがスライドすると横向きが、さらに反対側の横面、さらに全身が現れる。ホログラムは鮮明で、男の手の甲に刻まれた刺青《タトゥー》をはっきりと見て取ることができた。羽を広げた鳥の形をしている。

そのタトゥーが目印だと告げられたのは、一昨日のことだった。

まさか、まさか。でも、そうなの……。

「明らかに死んでますね」

背後で掠れた声がした。驚いて上ずっているわけではない。井川太郎《いがわたろう》の地声だ。振り向くと、パソコンに見入っていた井川をはじめ、ため息を吐いていた二人、西野《にしの》アリサと中堂《なかどう》ミチ、誰かとしきりにしゃべっていたはずのジュドまで並んでホログラムを見詰めていた。先刻と変わらず動いているのは、清掃用ロボットだけだ。

「今朝早くに海岸部のGゾーンで発見された。発見時には既に心肺停止状態だったそうだ。司法解剖の結果、溺死なのは間違いないとさ」

「そういえば、全身がずぶぬれだね」

「Gゾーンって産業廃棄物の集積場と一般塵《ごみ》の焼却場のある地域っすよね」

ミチとジュドの言葉が重なる。

「あそこって関係者以外立ち入り禁止じゃなかったですかぁ。噂《うわさ》ですけど、核廃棄物も捨てられてて迂闊《うかつ》に近寄っちゃ危ないって聞きましたけどぉ」

アリサの物言いがいつもの何倍も甘ったるい。興奮している証拠だ。童顔で色白、小柄なこともあってしょっちゅう二十代前半に見られるが、実年齢は和と二つしか違わない三十六だ。二人の娘を育てているシングルマザーでもある。

「そんなとこでぇ溺死体が発見されるの、おかしくないですか。海から打ち寄せられたわけじゃないですよねぇ」

「そもそも、何で見つかったんです？　以前からあそこは曰《いわ》くつきの死体の捨て場だと言われていた所ではある。むろん、これも噂の範疇《はんちゅう》でしかないが、かなり前から囁《ささや》かれてはいました。しかし、これまで警察が捜査したことは一度もなかった。少なくとも、うちの社の情報網にはひっかかっていない。なのになぜ、この死体だけ見つかったんだ？　何か理由があるのでしょうか」

ミチがアリサとは逆の硬い調子でしゃべる。サーフィンが趣味とかで日に焼けた肌と伸びやかな体軀《たいく》を持つ。こちらは、掛け値なしの二十代だ。

「タレコミでもあったんですか」

井川がいつもと変わらぬ口調で尋ねた。中肉中背。肥川と違って掛けている眼鏡は正真正銘の度付きだ。「これと言って特徴がないのが、おれの特徴だ」と本人が言う通り、目立つところも外れたところも見当たらない。群衆の中に一秒で融《と》け込んでしまう個性。それが雑誌記者として功を奏した場面を和は幾度も目にしてきた。

「犬だ」と、肥川が答える。

「犬？　スパイってことですか」

「まんま、犬だ。今朝、Ｇゾーンに解体塵を捨てに来たオッサンが仕事を終えて帰ろうとしたら犬の吠《ほ》え声《ごえ》が聞こえたんだそうだ。で、周りを見回したら瓦礫《がれき》の陰から耳のピンと立った黒犬が顔を出した。オッサン曰く『何かを訴えるように鳴き続けていた』そうだ。それで、気になって傍《そば》に行くと、道案内をするかの如《ごと》く走っては振り返り、走っては振り返り……」

「本当の話ですか」

井川が眉を寄せる。

「少し盛ってるかもな。確かなのは、その瓦礫の後ろに死体が転がっていたって事実さ。オッサンは仰天し、すぐに警察に通報した。通報されちまったら、どれだけやる気のない警官でも動かないわけにはいかないだろう」

「瓦礫の後ろで溺死ですか」

井川の眉間の皺がさらに深くなった。

「ありえないっすよ」

ジュドが短い口笛を吹く。ジュドはれっきとした日本人だが自分のことをジュドとしか呼ばないし、呼ばせない。理由は語らないが誰も聞き出そうとはしなかった。呼んで返事をしてくれる通称があれば、事足りる。九歳のときからずっと引きこもりを続けていたが、十年前、両親が亡くなったのを機に穴倉から外の世界に這《は》い出てきたとは、本人から聞いた。

肥川が五人の部下を見回す。

「実は、この話には後日譚《ごじつたん》があってな」

「後日譚って、今朝、発見されたばかりなんでしょ」

「そうだ。死体じゃなくて発見者のオッサンの顚末《てんまつ》だ。このオッサン、無許可、無資格、無免許で解体処理業者を名乗り、仕事を請け負っていたらしい。それがばれて、あえなくお縄になったとさ。ちょっと笑えるだろう。犬が導いたトンデモ結末だ」

「笑えませんね。犬好きの間抜けなオッサンの方はどうでもいいけど、この死体の男の身元はまだ割れてないんでしょ。あ、いや、明海さん、もしかしてこの男と逢う約束を？」

頷《うなず》く。ついでに大きく息を吐いた。胸のあたりが苦しい。

「ええ、してたわ。これから逢うつもりだった」

「名前や身元は、知っているんですか」

アリサと同い年の井川は、肥川と和に対してはやや丁寧な言葉遣いになる。肥川にはまあ妥当な物言いだろうが、和としてはいかにも先輩風に取り扱われるのは、あまりいい気持ちはしない。しかし、今はそれどころではなかった。

「本名は知らない。カササギと本人が名乗った。それ以外、ほとんど何も知らないの。逢うのも今日が初めてだったわ」

唸《うな》りそうになる。カササギが殺された。摑《つか》みかけた紐帯《ちゅうたい》がするりと滑り落ちてしまった。

唸らないために口を固く閉じる。すると、微かな違和感が這い上がってきた。

「逢ったことがないのに、なぜ約束の相手とわかるんです」

ぽんぽんとボールのように、井川が質問を投げ込んでくる。他の四人は気分的には一歩さがって、やりとりを見詰める。そういう立ち位置を選んだらしい。

「手の甲のタトゥーよ。それが目印になると言われたの」

「いつのことです」

「一昨日。突然に連絡があったのよ。『ラダンの壺についての情報を売りたい。いくら払える』って。百万と答えたわ。前金で五十、とりあえず払うって」

「おいっ」

肥川が傍観者から責任者の顔になる。

「そんな法外な取材費、うちみたいな二流誌じゃ無理だぞ。わかってるんだろうな」

「内容次第じゃないですか。大スクープなら百万、二百万なんて惜しくないでしょう」

と言い返したのは和ではなくミチだった。口調が少し柔らいでいた。

「そうっすよ。二流だから取材費をケチるのか、ケチるから二流のままなのかってね」

「ほんとほんと、取材費を削るのって、実弾を持たずに戦地に赴けと言ってるのと同じですものねえ。みんな戦死、部隊全滅です」

ジュドとアリサが続く。肥川は眼鏡を押し上げ、鼻から息を吐き出した。

「実弾を補給するに足る戦果をあげているなら、幾らでも追加してやる。うちの兵站《へいたん》、ロジスティックスはどこに出しても恥ずかしくないほど整備されている」

「どの口が言うのやら」

ミチが肩を竦めた。アリサは俯《うつむ》き、ジュドは前を向いたままにやりと笑う。

「明海さんとしては百万払う価値のある情報かもと、考えたわけですね」

井川が変わらぬ調子で問いを続けてきた。

「ええ。少なくとも、わたしにとっては価値があると思えたの」

「そこまでの経緯を詳しく話してもらえますか。差し支《つか》えなければ、ですが」

「差し支えがあっても話してもらわにゃならんな。接触しようとしていた情報提供者が死んだ。自殺や事故でないのは明らかだ。明らかに殺された。口封じ&見せしめのためだろうな。つまり、今はかなりヤバい状況だってことだ。かなり、そうとう、非常にヤバい。相手は人一人殺すなんて御茶の子さいさいって連中なわけだし、明海が関わろうとしていた一件も取り扱い注意の危険物だってことになる」

肥川の視線が一人一人を舐《な》めるように動いていく。井川が心持ち眉を顰《ひそ》めた。

「ヤバいのは明海さんですか。我々ですか」

「明海だと言ったら、どうするんだ。こいつを生贄《いけにえ》として差し出すか」

「どこの誰に差し出すんです。デスクはその見当がついているんですか」

「ついていたら記事にしてるさ。うちは、一応、情報誌なんでね。おれは何も知らん。知らんからびびってんだ。姿の見えない敵は怖いぞ。明海も含めた〝スツール〟のスタッフ全員が標的になっていると心した方がいい。こんなヤバい状況から抜け出すためにも、明海の話を聞く必要があるんだ。少しでも正確に現状を把握し、対策を練る。緊急事態の鉄則だ」

肥川の台詞《せりふ》は、和に向けたかなり露骨な非難だ。おまえの軽率な行動と秘密主義がこういう事態を引き起こしたんだぞ、と。

「『御茶の子さいさい』なんて表現を躊躇《ためら》いなくしちゃうデスクの方が、よっぽどヤバくないですか。いやヤバいですよ。雑誌編集者としてかなりヤバいです」

「同感。うちの雑誌の先行きもヤバい気がする」

ミチの一言にアリサが同意する。井川が宥《なだ》めるように、軽く手を振った。それから、和に目を向ける。

「明海さん、緊急事態ではないでしょうが、やはり、ぼくらも共有していた方がいいんじゃないでしょうか。殺人なんて事件絡みになると、一人じゃ無理でしょう」

「ええ、そうね」

井川の言う通りだ。こういう事態にならなくても、単独で動く限界を感じていた。助力や協力がいる。他者からの援助を拒み、意地を張り続けた者の末路がどんなものか知らないわけじゃない。

話はする。でも……。

「話はします。でも、その前にわたしから質問させてください」

「ふん。被告人には答弁以外、認めていないんだが、まあいいだろう。ただし二十文字以内で」

肥川の戯《たわむ》れ口に構わず、和は半歩だけ前に出た。

「デスクはなぜラダンの壺のことを知っていたんですか。まさか、カササギからの情報じゃないですよね。そんなわけ、ないですよね」

「ところが、そんなわけがあるんだ。本人からの直接の情報なんだよな、これが」

目尻が痛いと感じるほど大きく見開いてしまった。背後で誰かが意味不明の、ほとんど唸りのような声を立てた。

「なんて言えたら、ちょっと格好いいんだがな。現実はそう甘くない。カササギなんて男、街で擦れ違った覚えすらないね。ふふ、恐れ入っただろう」

「どうして恐れ入らなきゃならないんですか。手短に、真面目に問われたことだけに答えてください。カササギと接触がないなら、どこで入手したんです」

「カササギ本人なのは間違いないんだ。ただ、死人になってからだがな。ああ、わかってる、わかってる。もったいぶって焦《じ》らすつもりはない。ただ、せっかくのネタだ。より効果的に披露しようとしているだけだ」

それをもったいぶって焦らすと言うんです。

和が怒鳴るより一瞬早く、肥川は続けた。

「司法解剖の結果、胃の中からカプセルに入った未消化の紙片が見つかった。殺される直前に呑み込んだと思われる。その紙片にうちの誌名と明海和の名、それにラダンの壺という走り書きがあったそうだ。これは、警察内部からの情報なので信憑性《しんぴょう》は高い。ふふ、驚いたか。おれくらいのジャーナリストになると、警察内の情報を秘密裏に手に入れるなんてさほど難しくはないんだ。キャリアの違いだな」

ミチがふっと短い息を吐いた。

「デスクの別れた奥さん、北部警察機構の統括官でしたよね。しかも、女性初の。二年前、抜擢《ばってき》されたときは話題になったのを覚えてます。そこからのリークですか」

「あ？　うーん、どうかな。スタッフといえども情報源は明かせないな。まあ、女房は別れた今もおれに未練があるらしく、時々、連絡はしてくるんだよ、ははは」

「さっき、電話がありましたよね。あれ、元奥さんからだったんですか」

「……いや、そうじゃない。こういう事情だから二、三尋ねたいことがあると、まあ、担当刑事みたいなやつからだったが……」

「じゃあ、リークというより事情聴取のために当たり障りのない部分だけ報せたってとこでしょう。死体の腹から、元夫が編集責任者を務める雑誌名と記者と思《おぼ》しき名前が出てきたんだ。当然、事情を調べに動くよな。デスク、ここに警察が来るんですね」

井川が斜め方向から、上司の顔を覗《のぞ》き込む。覗き込まれた方は、曖昧な笑みを浮かべた。

「いいぞ、太郎ちゃん。なかなかの冴《さ》えだ。そのくらい思案が働かなくちゃ一流雑誌の記者とはいえない。さすが、おれの薫陶を受けただけのことはある」

井川は肯定も否定もせず、表情も変えず、壁のスイッチを押した。何の変哲もない白い壁に、ビルのエントランスが映し出される。〝スツール〟が入居しているビルだ。背広姿の男が二人、入ってくるところだった。築二十年以上三十年未満だというビルは、保安設備が旧式な上に杜撰《ずさん》だった。出入り口付近に二台の監視カメラが設置されているだけで、受付も守衛もおいていない。おいていても、刑事二人を止める力はないだろうが。

「ああ、やっぱり来てる」と井川が呟く。振り返り、肥川ではなく和に顔を向けた。

「どうします。素直に事情聴取に応じますか」

和は取材道具の入ったデイパックを肩に掛けた。

「これから、カササギとの待ち合わせ場所に行ってみます」

肥川の口元がはっきりと歪《ゆが》んだ。

「馬鹿か、おまえは。相手はとっくに解剖台に載ってんだ。ゾンビじゃあるまいし、現れるわけないだろうが。現れたら逆に怖い。究極のホラーだ。おとなしくここにいろ。それで、素直に知っていることをしゃべればいい。今さらじたばたしても、しかたない」

「殺された男とわたしに連絡してきた男が同一人物とは限りません。手の甲のタトゥーについては、男から一方的に聞いただけですから」

肥川が唇を舐め、身を乗り出してきた。眼鏡の奥の眼がぎらついている。

「もう一人、鳥のタトゥーをした男がいるとでも言うのか」

「だから、わかりません。わからないから行ってみます」

約束時間は迫っている。今から飛び出しても間に合わない。それに、第二のカササギが現れる可能性は極端に低いのだ。

それでも行かないと。

さっきからずっと抱えていた違和感、その正体に気が付いた。

声だ。和に連絡してきた声は低くはあったが張りがあった。変声器を通した声ではなかった。ホログラムで見る限り、殺された男は四十以下には思えない。その年齢と声の若さが釣り合わない。おかしい。

「明海、ここでおまえがバックレたりしたら、我が社とおれがどれだけ迷惑をこうむるかわかってんだろうな」

「理解しているつもりです。でも、デスクならどうにでも誤魔化してくれますよね」

「馬鹿野郎、好き勝手なこと言いやがって。一言の報告も受けていないのに、どう誤魔化せってんだ。これで獲物をくわえて来なかったら、三か月間、給与二割カット。覚悟しとけ」

「気を付けてください。警察がわざわざ連絡してきたのも気になります。無茶をしないで」

肥川の脅しと井川の忠告を背中で受け止め、廊下に出る。二基あるエレベーターの一つが上昇を示していた。非常口の扉を開け、階段を駆け下りる。七階建てビルの最上階から三階まで一気に下りると、用心しながら扉を開けフロアーに出る。そこには、十軒近い小体《こてい》な飲食店が並んでいた。定食屋から炉端焼き、小洒落《こじゃれ》た構えの洋食屋や昔ながらの喫茶店といった趣の店までが、ごちゃごちゃと集まっている。ランチタイムの忙しさが一段落した今の時間帯、ほとんどがドアを閉めて、夕方の営業再開に備えていた。人気《ひとけ》はなく、様々な料理の匂いが漂い混ざりあう廊下を進み、突き当たりの業務用のエレベーターに乗り込む。地下駐車場のボタンを押すと、和は束《つか》の間《ま》、目を閉じた。

そうだ、井川の言う通りだ。男のことで和を問い質《ただ》しに来るのなら、予《あらかじ》め連絡など入れるだろうか。律儀に予約して訪れる刑事なんて聞いたこともない。

では、何のために？

エレベーターが止まり、軋《きし》むような音を立てて扉が開いた。入居者専用の駐車場が広がる。このエレベーターは三階の飲食店への食材搬入用だ。エントランスに取り付けてある監視カメラの類《たぐい》はない。和とは逆に地下から三階に上がり、そこから非常階段を使えばほとんど見咎《みとが》められることなく、ビルのどの階にも行きつける。穴だらけのセキュリティシステムだが、今のところ、入居者から文句や非難が起こっている風はない。

辺りに気を配りながら通りに出る。

幸いなことに、すぐにタクシーが拾えた。「第二F海浜公園までお願いします」と行き先を告げると、白髪の交じった短髪の運転手は無言で頷いた。

赤みを帯びた光が地に注いでいる。ようやっと、穏やかな季節が訪れた。ただ、来月には寒風が吹き、氷雨《ひさめ》が降り始める。束の間の穏やかさに過ぎない。

冷房も暖房も効いていない車内から、和は街を眺めた。既にFゾーンに入っている。風景で知れた。会社のあるEゾーンから一キロ足らずの距離ながら、街の風景は微妙に違っているのだ。微妙だけれど、紛れもない変化だった。

まず道路の状態が悪くなり、あちこちに罅割《ひびわ》れや小さな陥没が目につき始める。道路の脇には低層階のビル、その間に空き地やシャッターを閉めた個人商店、木造家屋が目立ちだした。不法投棄場になっているのか旧式の家電や家具、膨らんだ袋などが山積みされている場所も幾つかあった。生塵の袋も捨てられているのだろう、薄茶色の汁が筋となり歩道を伝い車道まで伸びていた。夜になるとドブネズミの恰好《かっこう》の餌場になる。さすがに車の内までは臭ってこないが、かなりの悪臭、異臭、刺激臭が漂っているはずだ。危険でもある。このところ、やたら地震が多い。体感できるほどの揺れが二度、三度起こる日もある。歩いていて確かな揺れを感じ、しゃがみ込んだ覚えが何度かあった。

直下型の前触れだと騒ぐ人たちがいるし、和も半ばぐらいはそうかもしれないと思っている。ただ、耐震補強のできていない古い家屋やビルは巨大地震どころか震度階級3、4といった中程度の揺れにさえ耐え切れず、崩壊する危険性が高い。まして、不法投棄された塵の山が崩れ落ちるのは目に見えていた。いや、地が揺れなくても崩れるときには崩れるのだ。実際、今年の春、通りかかった歩行者が突然、倒れてきた廃棄冷蔵庫の下敷きになり亡くなるという出来事が続けて二件、起こった。歩道にはみ出した塵に足を取られ、転倒した者もいる。一人や二人ではない。しかし、政府が対策に本腰を入れる気配はなかった。規制線を張り、不法投棄禁止の看板を立てるぐらいがせいぜいだ。それ以上は何もしない。塵の撤去さえ、鼠《ねずみ》の駆除さえ行わなかった。住人たちも声を上げない。上げても無駄だからだ。政治家も役人も、他のゾーンに住む人々も聞く耳など、意思など持ち合わせていないと知っているからだ。

　Ｆゾーンとゲゾーンは、俗に〝透明地帯〟と呼ばれている。あってもないもの、目に映らないものとして扱われ、政治や社会が注目することはまず、ない。とはいえ、電気、水道などの供給システムはそれなりに整い、病院や行政の出先機関もある。スーパーもホテルもある。安値で遊べる遊技場や風俗店は多い。映画館や図書館はない。

　車は海岸方面に曲がり、安定したスピードで走り続けていた。が、突然、急停止した。車体安定装置のおかげで、さほどの衝撃はなかったが驚きはした。それまでの運転が自動運転車に劣らぬほど滑らかだったので、余計に驚いた。

「どうしました」

「いや……酔っ払いがね」

　運転手は聞き取り辛《づら》いほどの小声で答え、顎をしゃくった。

　秋の光を浴びて大柄な男が一人、道路を横切り路地に消えていく。覚束ない足取りは明らかに酔っていた。昼間から酔い潰れる男も女も、この辺りでは珍しくない。

　タクシーはまた、滑らかに動き出した。

「死なないよ」

　運転手が呟いた。やはり聞き取り辛い。

「え、何ですか」

「天候がいいから。あの男、死にゃあしないよ」

「あ……ええ、そうですね。夏や冬みたいなことはないでしょうね」

　和もぼそぼそと答える。運転手は、もう何も言わなかった。

　今年も連日、うだるような暑さが続き、八月、九月だけで三千人を超える人々が亡くなった。

死者数は政府の発表によるから、実際はその二倍、三倍の数に上っているだろう。それでも、真冬の凍死者に比べると少ない。

人の肌も肉も骨までも焦がすかと思われる炎暑、内臓まで凍らせるような厳寒。ここ数年、天候は極端に暑いか、寒いかになってしまった。春も秋も気候的には一月《ひとつき》に満たないと感じる。極端で、獰猛《どうもう》で、容赦ない日々が一年の大半を占めるようになって久しい。想定外の大雨や嵐に見舞われる回数も十年間で一・五倍に達したとか。遅々として改善の進まない温暖化や極端な都市化が元凶だと専門家からは度々、警告が発せられはするが、有効な手立てを打つのでなければ警告は警告のままで、何の役にもたたない。

キラッ。視界の隅で光が弾《はじ》けた。目を細め、光を追う。

摩天楼とはよく名付けたものだと思う。地上数十階の超高層建築が夕暮れの近づいた空を背景に屹立《きつりつ》している様はまさに、天を摩する高楼だ。特殊ガラスに壁面を覆われた一際高いビルが光源だった。光を弾き、光を放ち、光を纏っている。

庁舎だ。ここからは見えないが、美しい庁舎の周りにはよく手入れされた森が広がり、森の中には形も大きさもまちまちの住宅が点在している。

十年前、人と科学と自然の融和を統一概念として、急速に進んだ新たな都市造りはまだ完成途上にあるとか。この先、世界有数のこの大都市がどう変貌していくか具体的にも、詳細にも和には摑めない。摑んでいるのは、AからGまでの七つのゾーンでできている都市が、実際はAからCまでの中央、D、Eの中間、F、Gの周辺の三区域に分けられているという現実だけだ。往来が禁じられているわけではない。しかし、人流が区域間を行き来することは、あまりない。ほとんどない。確かな境界線が引かれているかのように、人々は区域を跨《また》いで動こうとはしないのだ。ましてて、ゾーンの外に目を向ける者、足を延ばす者など皆無だろう。現実に存在している認識すらないのかもしれない。

中央、中間、周辺。そしてゾーン外。可視化できない、まさに透明な線で分けられ、どこで生まれ、どこで育ち、どこで生きるかで運命が定まる。「新たな身分制社会の始まりだな」といつだったか肥川が、珍しく生真面目な口調でそう言った。

「抗《あらが》わなくていいんですか」

「抗う？　なんでだ」

「ジャーナリストだからです。二十一世紀に身分制社会が現出するのを黙って見てるつもりですか。それ、ジャーナリスト精神に反しませんか」

「熱いな、明海。しかし、今更な意見だ。もう遅い」

「遅い……ですか」

「そうさ。抗い続けて負け続けて、とうとうここまで来ちまった。ここまで来たら、もうどうにもならんだろうな。諦めて、負けを認めて、巣穴に逃げ込むしかないな」

「でも、デスクが大手出版社を辞めて会社を立ち上げたのは、逃げるためじゃなくて挑むためじゃなかったんですか」

「何ともかっこいい台詞だな。おれに相応《ふさわ》しいじゃないか。まさにその通りと言いたいところだが、現実は不祥事を起こして辞めざるを得なくなり、食っていくために起業したって顚末なんだよなあ。しかもその不祥事が女絡みでな。すまん、がっかりさせたなあ」

「いえ、別に期待していたわけじゃありませんから」

肥川と酒を飲みながらぐだぐだと話し込んだのは、ビル三階の居酒屋でだった。

諦めて、負けを認めて、巣穴に逃げ込むしかないな。

あれは本心の声だったのだろうか。それとも……。

スマホが振動した。井川からの連絡だった。イヤホンをつけ、通話モードにする。

「しつこいなあ。だから、明海はいないんですったら。さっきからずっと言ってるじゃないですか。刑事さん、他人の話をちゃんと聞いてます？」

肥川の声が飛び込んでくる。

「聞いたから尋ねてるんですよ。明海って記者は今、どこにいて、何をしていますか」

艶《つや》のあるバリトンは刑事の一人だろうか。いい声だ。

「それにも何度も答えているでしょう。知りません。まったくわかりません」

「肥川さん、あなたはこの会社のオーナーで編集長なんでしょ。明海記者は部下なんでしょ。なのに、動向をまるで把握していないと仰るんですか」

「当たり前です。逐一、動向を報せてくるような記者なんていやしませんよ。それぞれの思惑で動けないようじゃ、この仕事はできないんでねえ。あ、そういえば刑事さんはどうなんです。一々、上司の指示を仰ぐんですか。二人一組で動くってのは本当なんですか」

「肥川さん、こちらの質問に答えてもらいたいんですがね」

井川のスマホは集音機能が格段に優れているようだ。肥川と刑事のやりとりが鮮明に聞こえる。大丈夫。きっと、この調子で誤魔化しちゃいますよ。

井川の声に出さない伝言も聞こえる。

そして、通話は切れた。それを待っていたかのように車が停止する。

「着きましたよ。ここでいいですかね」

第二F海浜公園の入り口だった。ドアを開けると、潮の香りを含んだ風が前髪を揺らした。

「お客さんが最後でしたよ」

降りようとしたとき運転手が振り向いて、ほんの少し笑った。

「明日が誕生日でね。六十五になります。運転手は引退ですわ。お客さんがたぶん最後の乗客になります。ありがとうございました」

タクシーもバスも乗用車も、六十五歳を過ぎれば運転は原則禁止されている。違反すれば刑事罰が発生するのだ。三年前に制定された法だった。

「まあ、自動運転の車が多くなりましたから、運転手なんてもう必要ない時代です」

「そうですか。あの、お誕生日おめでとうございます」

もう少し気の利いた台詞を伝えたかったが、とっさに思い浮かばなかった。

「それから、えっと、長い間、お疲れ様でした」

「ありがとうございます。すいませんな、つまらないこと言ってしまって。黙ってるつもりだったのに、つい口に出してしまってねえ」

運転手は軽く手を振ると、車を発進させた。

風が髪をなぶる。潮の香りが強くなる。

和は前を向き、大きく息を吸い込んだ。

第二F海浜公園入り口。ここが、待ち合わせ場所だ。

誰もいない。頭上をカモメが舞っているだけだった。

やはり、駄目か。カササギは殺されたのか。あの死体がカササギなのか。だとしたら、和と接触を図ったことで死を引き寄せてしまったのか。

ぞくっ。背筋に震えが走る。普段足を向けることのない場所だ。こんな淋《さび》しい、人気のない所だとは思わなかった。

ここで襲われたら。襲われたら、どうなる？

心臓が縮まる。

海風にさらされて半ば枯れかけた植込みの陰から、影が一つ現れた。逆光で影としか見えない。でも人の形はしている。和は全身に力を込め、両足を踏ん張った。

どこかでカモメが一声、鳴いた。


近づいて来る。

西に傾いた太陽を背に、影が近づいて来る。

和は軽く足を広げ、踏ん張り、近づいて来る影を見据えていた。

風が吹いた。半枯れの木の葉が一枚、コンクリートで固められた地面を滑っていく。

視線を素早く、辺りに配る。

やはり、人気はない。海辺を埋め立て営造された公園は、造られた当初こそ夕日の絶景スポットだの、家族で遊ぶにも恋人と歩くにも最適だのと騒がれたらしいが、かの『第一次都市再開発計画』が急速に進む中で、Ｆゾーン内の施設はいつの間にか整備も管理もおざなりになり、今では、そもそも人が気安く集える場所ではなくなった。地面は罅割れだらけで、かつては海を模して青く塗られた塀や休息所の壁は色褪《いろあ》せ、卑猥《ひわい》な落書きで覆いつくされていた。家族連れや恋人ではなく、異端者と呼ばれる人たちの姿ばかりが目立つようになった。変わらないのは、海に沈む刹那の夕映えの美しさだけだ。

無防備過ぎただろうか。

護身術ならそこそこ身につけている。入社時、「自分の身ぐらい自分で守れるようでなきゃ、一流の記者とは言えんからな。一応の技は身につけておけ」と、肥川から助言され、あまつさえ道場まで紹介された。

「おれの知り合いの柔術家だ。そのよしみで〝スツール〟の社員に限り、入会金無し、三か月間は月謝三〇パーセントＯＦＦにしてくれる。お得だろう。実にお得だ。うちに入社した特典の一つだぞ。よかったな」

肥川は、ポン引き紛《まが》いの口調で執拗《しつよう》に勧めてきた。あまりに強引だと訝《いぶか》しくはあったが、道場が職場から徒歩十分圏内であること、師範が中年の女性で、襲って来る相手と対等に戦うためではなく、あくまで身を守るための技を徹底して教えると明言したこと、それに古いビルの一階にある道場がすっきりと清潔な雰囲気であったこと等々が気に入り、入会した。稽古は途切れ途切れながらも、今に至るまで続いている。

「道場の師範って、このビルのオーナーなんですよ。だから、肥川さん事あるごとに胡麻《ごま》を擂《す》って恩を売ろうとしてんですよね。ほんと、見え見え過ぎて笑える」

ミチからそう聞かされたときも、ああ、なるほどねと納得し、「確かに露骨よね。笑うしかないわ」と嘘ではなく同意したものの、道場を辞める気にはならなかった。

師範からは度々、筋がいいと褒められた。衰えたとはいえ、いざとなったら、跳ぶだの走るだの蹴るだのといった身体能力も、並よりマシなぐらいには発揮できるだろう。しかし、それは相手が素手の場合だ。

今、近づいて来る者は鼠色のパーカーのフードを深く被《かぶ》り、両手をポケットに突っ込んでいる。あのポケットの中で銃なりナイフなりを摑んでいないとは、言い切れない。

無防備過ぎた。しかし、もう遅い。

この世はなるようにしかならない。じたばたしなければならない時と、じたばたしても無駄な時がある。今は、無駄な方だろう。

二メートルほど手前で影が止まる。いや、もう影ではない。

一人の、おそらく男だ。しかも、若い。

見上げるほどの長身ではないが、細く引き締まった身体をしている。肥川の締まり方とは違う無理のない、ごく自然な身体付きだった。若い証だ。

和は顎を上げ、挑むように相手を見上げた。

「あなたがカササギ？」

答える代わりに、男はゆっくりとポケットから手を抜いた。何も持っていない。しかし、甲には鳥のタトゥーが青く、くっきりと浮かんでいた。その手でフードを取る。和は思わず息を呑み込んだ。思っていたより、ずっと若い。おそらく、十七か十八。それ以上ではないだろう。男というより少年と呼んだ方がふさわしい。

胸の底が微かに痛む。

波紋に似て静かに広がる鈍痛に耐えかねて、和は相手から眼を逸らした。

「明海和さん、ですね」

落ち着いた大人の声だった。和は視線を戻し、頷いた。

「そうです。〝スツール〟という雑誌の記者です。連絡をくれたのは、あなたですか」

「証明してください」

「は？」

「あなたが、明海和本人だということを証明してもらいたい」

「証明って……、これでいいかしら」

電子身分証を見せる。国から全国民に配付されている証明書だ。全国民とはいっても、この国の籍を有するか、それに準じる者しか対象にならない。納税額、刑事罰の有無、病歴、最終学歴、出身地、家族構成、現住所、職種……様々な個人情報、一個人の、心内を除いたほぼ全てが収まっている。ただし、戸籍および住民票の登録や変更に不備がある場合、あるいは届けそのものがなされていない場合、発行されないし、発行が取り消される。このごろ、周辺ゾーンで増加著しい路上生活者や無戸籍者などは対象外となるのだ。そうなれば、どれほど困窮しても公的な支援を受けられなくなる。受給資格がないと判断されるからだ。コンピューターによる一律管理には、一人一人の状況や言い分は通じない。デジタル化の急速な進歩は社会の効率化に大いに寄与した。しかし、社会的な措置や仕組みから零れ落ちていく人々をすくいとる手立てにはなっていない。

〟スツール〟に入社してまもなく、そういう人々を取材したいと申し出た。肥川の返事は一言、「止《や》めておけ」だった。理由はと尋ねると「そんなもの記事にしても誰も読まない。周辺ゾーン以外に暮らす者たちが、証明書を持たない異端者の記事に興味を持つと思うか。思わないだろう。つまり、売上げには何ら繫《つな》がらない」と答えが返ってきた。

「でも、誰も興味を持っていないから記事にする価値があるんじゃないですか。知ろうとしないこと、知らなかったことを知らしめる。それが情報誌の役目でしょう」

食い下がった和に、肥川は露骨に顰《しか》めた顔を向けた。

「おまえ、いつの時代の生まれだ。情報誌の役目なんてとっくに死語になってるぞ。特にうちみたいな弱小企業は、生き残るためには役目だの使命だの言ってられるかよ」

「……一流じゃなかったんですか」

「生き残ることにかけちゃ一流さ。ということで、次号の特集は来月発売になるマルチサプリメントと家庭菜園を中心に、〝最先端の健康生活〟に決まった。富裕層の関心事の上位には必ず健康問題が入ってくるからな。金を摑んだやつらの思考ってのは、この暮らしを謳歌《おうか》するためには健康体でなければってとこに、大抵が行きつく。お高いサプリ、太陽の下で自然と戯れる休日、菜園で収穫した野菜で催す洒落たホームパーティ。それが、成功者のステータス・シンボルだとよ。なんで、今、井川とミチが製薬会社と不動産会社に取材&広告依頼に回ってる。おまえも、そっちに合流して明日中に記事をまとめろ」

にべもなく言い渡され、背を向けられた。今回、肥川に黙って動いていたのは、まともに提案しても却下されるのは目に見えていたからだ。むろん、いつまでも隠しておくわけにはいかない。先刻、肥川に伝えた通り、ある程度、目処《めど》が付いたら報告するつもりだった。かなり衝撃的な内容になる。肥川は食いついてくると和は踏んでいた。健康志向の読者におもねる記事にも、新しい生き方と銘打ちながら特権階級の自尊心をくすぐるだけに終始する特集にも、肥川自身がうんざりしている。そう感じていたのだ。

だから、鼻先に血の滴る餌をぶらさげてやる。それでも目を伏せ、横を向くなら見切りをつけるしかない。辞職願を提出して、去る。それぐらいの覚悟はあった。しかし、こんな展開になるとは予想外だ。もっとも予想通りに進む取材など、そうそうないけれど。

少年が目を細める。和と同じくらい、耳が辛《かろ》うじて隠れるほどの髪が風に揺れた。少し寒いのはこの風のせいなのか、和が緊張しているからなのか、どちらだろう。

「知ってますか」

「え？　何を」

「電子身分証ってわりに簡単に偽造できるらしいですよ」

和はスマホを握り込み、さらに顎を上げた。

「これが偽造だと？」

「その可能性もあると言ってるんです」

「つまり、これじゃわたしが明海和本人だとの証明にはならないと言うわけ？」

「ですね」

「ずい分と用心深いのね」

「今朝も人一人、死んでいますからね」

「殺された男とは知り合いなの？　わたしに連絡をくれたのはあなた？　だとしたら、わたしの顔を知ってるんじゃなくて？　そうでしょ。あなたはわたしが本人だとちゃんとわかっているんでしょ」

「どうして、そう思うんです」

「あなたが近づいて来たからよ。周りを気にする様子もなく、真っ直《ます》ぐにわたしの前に来たじゃない。違う？」

くすっ。少年が小さく噴き出した。ここで笑われるとは思ってもいなかったから、少し驚く。どんな顔つきになっていたのか、少年の笑いはさらに大きくなった。

「な、なによ。笑うようなこと、言ってないでしょ」

なぜだかむきになってしまう。笑われて頬が火照《ほて》るのは久々だ。この前、赤面したのがいつかさえ、思い出せない。

それにしても、遠慮なく笑ってくれるじゃないの。

少年を睨んではみるものの、屈託のない笑声を聞いていると心身から力が抜けていく。一緒に声を合わせて笑いたいような気分になる。

「いや、失礼しました。明海さんが矢継ぎ早に問いかけてくるので、ずい分とせっかちな人だなあって考えて、そしたら何だかおかしくて我慢できなくなって……すみません」

目元にも口元にも笑いの余韻を残し、少年は軽く頭を下げた。和は半歩、前に出る。

「わたしのこと、〝スツール〟の記者、明海和と認めてくれてますよね」

「ええ」

「では、お話を聞かせてもらえますか。まずは、ラダンの壺とやらについて」

少年が笑みを消す。とたん、雰囲気が一変した。和がとっさに足を引くほどの険しさが、眸《ひとみ》に宿ったのだ。ほとんど殺気に近い気配を感じた。

「ついてきてください」

踵《きびす》を返し、少年は歩き出す。一度も後ろを確認しなかった。振り向く素振りさえ見せなかった。和がついてくることを一分《いちぶ》も疑っていないみたいだ。

もちろん、ついていく。ここまできて、引き返せるわけがない。

風が強くなる。潮の香りをたっぷりと含む風に背を押され、和は少年の背を追った。


「もう、いいわ。帰ってきなさい」

短く命じると、原野律美《はらのりつみ》は仕事用のスマホを机上に放った。銃弾も貫通させない特殊合金のカバーがかかっている。心臓を守るために、常に胸ポケットに携帯するよう定められているほどの代物だ。少々乱暴に扱っても破損の心配はない。

そのまま机の上に腰を下ろし、溜息《ためいき》を一つ吐き出す。

壁の半分を占める窓からは、遠く海が望めた。そこから夕暮れの日が差し込んで、室内は柔らかな明るさに満ちている。

北部警察機構のビルは庁舎の聳《そび》えるAゾーンから外れ、Bゾーンの中央あたりにある。地下二階地上三十二階。周辺では最も高層な建築物だ。統括官の部屋は最上階の一角を占めていた。華美でも贅沢でもないが、壁も床も、きつね色とでも呼ぶのだろうか、淡い茶系に統一されて、落ち着いた重厚な雰囲気を醸し出している。巨大都市の治安を担う組織、その高官には相応しい雰囲気かもしれない。

律美はこの部屋が嫌いだった。毎朝、出勤するたびに苛立つ。何もかもがきちんと整理され、掃除が行き届き、塵一つ落ちていない。落ちていることを許さない。どこまでも清潔で無機質なくせに、落ち着いて重厚だって。

嗤える。

機構改編の流れの中で、警察は南北二つに分けられた。「江戸時代の奉行所かよ」と徒口をきいた者もいたそうだが、そんな単純な話ではない。本来の任務、つまり国民の生命、身体、財産の保護、犯罪の予防と鎮圧、及び捜査、被疑者の逮捕、交通の取締、公安の維持等は全て北部の管轄となる。南部警察機構は、国内外からのサイバー攻撃、サイバー・テロ、フィッシング、電子メールでの架空請求などのコンピューター犯罪全般を担う。

律美は北部のトップ、統括官の地位にある。さらに上には南北を統べる統一総監がいた。律美が今の役職についてまだ二年足らずだが、現統一総監は十年以上もその席に座っている。律美を統括官に抜擢したのも、その人物だ。抜擢したのなら更迭もできる。頂上に上り詰めるのは至難でも転げ落ちるのは瞬く間だ。些細《ささい》な失敗で、あるいは巧《うま》く立ち回れず落ちていった者を何人も見てきた。数は少ないが己の意志を貫いて去っていった者もいる。更迭、左遷というより駆逐、排除といった言い回しの方が真実には近い。強固な組織とはそういうものだ。はみ出す者を許さない。全て駆逐し、排除する。

定められた年まで勤め上げれば、相当な金額の退職金と功労手当が支給される。Aゾーンにそこその住居を構え、不自由ない老後を送れるだけの額だ。何事もなければ、何事かを起こさなければ、律美の現在も未来も保障されているのだ。

放り投げたスマホに視線を向ける。

余計なことをしたかな。

明らかに余計なことをした。

下唇を軽く舐めていた。心内がざわついたときの癖だ。舌の感触を確かめると落ち着く。変な癖だと自分でも思っている。親にはよく叱られた。悪癖は矯正すべきだと唇に辛子を塗られたこともあった。

「いや、かわいいぞ。ぺろぺろしている律美は、かわいい。見ていて幸せな気分になれる。悪癖？　何でだ？　他人に迷惑をかけるわけじゃなし、そんなかわいい癖を直す必要なんてないだろう。少なくとも、おれは好きだから直してほしくないね」

そんな風に認めてくれたのは別れた夫だけだった。いい加減で、体形維持の他は、金にも女にも、生きる姿勢そのものもだらしない男だったが、世間や社会の当たり前に囚《とら》われず己の感性で物事を計ることができる。それが唯一の長所、それ以外には美点と呼べるものは何もない男でもあった。

その男の経営する出版社の記者が、殺人と思しき事件と関わっている。それを知ったとき、余計なことをした。

普通なら所轄の刑事が動くべきところを抑え、直属の部下を派遣したのだ。規律違反にはならないけれど、余計なことだった。私情で動いたと見做《みな》されても申し開きはできない。実際、私情で動いたのだから。

ドアがノックされる。

「統括官、よろしいでしょうか」

控え目な声が卓上のスピーカーから漏れてくる。秘書の村井《むらい》のものだ。

「どうぞ」。座る場所を机からイスに移し、スピーカー横のスイッチを押す。ドアは音もなく左右に開いた。

「失礼いたします。ご指示のありました資料が揃《そろ》いました」

村井桃花《ももか》は外見も雰囲気もふわりと柔らかく、名前の通り桃の花を連想させる。むろん、統括官秘書を務めているのだから、観賞用の花ではない。頭の回りが速く、とっさの時、躊躇《ちゅうちょ》なく判断を下せる。銃の扱いに長《た》け、合気道の有段者でもある。実戦の場で通用する警官だ。律美が秘書に任命しなければ、現場で活躍していただろう。今年二十五歳。律美とは二十三年の歳《とし》の差がある。母娘《おやこ》ぐらいの差だ。

未来に向けて、優秀な女性管理職を育ててみたい。

ずっと胸に抱いている望みだった。ジェンダーギャップの解消だの男女共同参画だの、律美がまだ高校の制服を着ていたころから騒がれていた問題は、何十年と経《た》った今でも残っている。露骨な女性蔑視《べっし》の発言こそ影を潜めたが、それは隠れただけで消失したわけではない。何かの拍子にひょっこりと顔を出す。そのまま伸びて、辺りを覆いつくそうとする。蔓延《はびこ》った地下茎のように厄介で、危険で、面倒なのだ。だからこそ、村井のような人材を育て、能力を存分に発揮させたい。一人、二人、三人……その者たちがまた、新たな人材を見出《みいだ》し、育てる。それしか、旧弊で強靱《きょうじん》な茎を枯らす手立てはないだろう。

わかっている。しかし、望みは望み。現実の前に、あえなく砕けるかもしれない。その公算の方が大きい。少なくとも、更迭だの左遷だのを恐れ、組織からはみ出さずに生きる術を探っているようでは望みを果たすことは難しい。

「統括官？」

村井が首を傾《かし》げる。

「あ、はい。資料ね。どうもありがとう」

「デジタルデータは一切、取っておりません。全て印刷いたしました。一部は手書きです」

「手間を取らせたわね」

「いえ、仕事ですから。でも」

村井はもう一度、首を傾けた。肩すれすれできれいにカットされた髪が揺れる。この資料をわざわざ手書きさせた理由を問いたかったのだろう。しかし、それは分を超えた質問だと察し、呑み込んだようだ。デジタルデータにアクセスすれば痕跡が残る。特に内部資料の閲覧は中央コンピューターで全て管理、分析される。漏洩《ろうえい》防止のためだ。

上司がアクセス痕を厭《いと》うたのだと、村井はとっくに解している。口にしないだけだ。そもそも、事件性が疑われるとはいえ、被害者は身元不明の男一人、しかもGゾーンという周辺のさらに外部区域で起こった一件に統括官が関与するなど、例外中の例外だ。普通なら、毎日報告される事故、事件による死者数の一つにカウントされて終わりになる。数字は数字、そこから具体的な情報を引き出し、人間化しなければただの文字でしかない。文字でいいのだ。人間化しようとすれば処理のスピードは格段に落ちる。それは統括官の役目ではないし、仕事の範疇でもなかった。

なのに、なぜ？　疑念も訝しさも腹に納め、村井はほとんど無表情で立っている。律美はその顔に目を向け、

「山咲《やまさき》と実乃《みの》が戻ったら、すぐにここに通して」

〝スツール〟に聞き込みに出向いた部下の名を挙げた。

「かしこまりました」

短い返事の後、一礼すると村井は部屋を出て行った。ドアが静かに開き、閉まる。一息吐いて、大型封筒の中身を取り出す。ショートボブの女の写真が目に入った。

明海和。

Gゾーンで発見された死体、その胃の中から取り出された未消化のカプセル、カプセルの中のメモ、そこに記されていた三つの単語、人名と雑誌名と今のところ意味不明の語。

〝スツール〟は三流雑誌、明海和はその記者。そこまでは容易《たやす》く判明した。しかし〝ラダンの壺〟はまだ明らかになっていない。カプセルは薬やサプリメント用のゼラチンではなく胃液に溶けにくい合成樹脂製だった。つまり、司法解剖され、発見されることを前提に呑んだ、あるいは、呑まされたと考えられる。殺される寸前に。

何のために？

律美にカプセルの内容を報せてきたのは、長い付き合いの監察医局長だ。来年、定年を迎える老医師は、律美の個人用のスマホに直接連絡してきた。

「おい、おまえの亭主、何か厄介事に手ぇ出してんじゃねえのか」

一切の挨拶を省いて本題に踏み込む。

「松坂《まつざか》医官、わたしは独身です。亭主などおりません」

わざと硬い口調で答える。ちっと舌打ちの音が聞こえた。

「融通の利かねえやつだな。おまえの元亭主だよ。確か〝スツール〟ってろくでもない雑誌に関わってたよな」

「……松坂先生、肥川がどうかしたんですか」

声を潜め、問うてみる。ろくでもないのは雑誌ではなく本人の方だ。元夫なら厄介事に手を出していても不思議じゃない。首まで沈み込んでいるかもしれない。

「さっき変死体の司法解剖をやった。Gゾーンの廃棄物集積場で見つかった溺死体だ。おまえんとこに報告はいってねえだろう」

「ありません」

「だよな。統括官まで上がっていくようなネタじゃねえ。ホームレス風の男が一人、殺されたらしいとそれだけだ」

「溺死体と仰いましたが、銃やナイフによる外傷はなかったんですね」

「ああ、正真正銘の溺死さ。生きたままたらふく水を飲んでた。手首に条痕があったから、両手を縛られたまま、水中に落とされたんだろうよ。で、完全に息の根を止めてから、集積場に運ばれて放置された。そういう経緯じゃねえのか」

「飲んでいた水の分析は？」

「まだだ。分析するよう依頼はきてない。ま、周辺での変死体なんて珍しくもないからな。丁寧に調査する気なんぞ、ねえんだろ」

　それはつまり、犯人を挙げる気も薄いということだ。

「その件が、肥川……元夫と関わりがあると？」

「そんなこと、おれにわかるわけがねえだろう。腹の中からカプセルが出てきた。カプセルの中に紙が入っていた。紙におまえさんの元亭主のやっている雑誌名と同じ単語が書かれていた。わかってるのは、それだけさ」

　律美は一瞬、息を詰めた。

　あの馬鹿。何をやったのよ。ほんとに、どうしようもない男だとわかってはいたけど、やっぱり、どうしようもない男だわね。

　かつて夫だった相手に無言の罵詈《ばり》を浴びせる。へらへらと笑いながら、「まっ、いいじゃないか。人生、どうにかなるもんさ」と肩を竦める姿が目に浮かぶようだ。

「先生、そのメモのコピーいただけますか。検視報告書もお願いします。これから、村井に取りにいかせますので」

「こっちから届けてやるさ。あ、それとな」

「はい」

「解剖所見を読めばわかるが、仏さん肝臓と噴門あたりに病変が見つかった。放っておいたら命取りになる変異だ。殺されるよりはマシな死に方ができたとは思うがな」

「わかりました。ともかく報告書お願いします。それと、ありがとうございます」

「何へのお礼だ」

「個人的にお報せいただきました」

暫《しばら》くの沈黙の後、軽い咳払いが伝わってきた。

「報せたのがいいのか悪いのか、迷うとこだな。なあ、リッツ」

松坂は昔、まだ律美が所轄にいたころの呼び方をした。少し、懐かしい。律美をリッツと呼ぶのは、松坂と肥川だけだ。

「おまえさんは、よくやってるよ。贔屓目《ひいきめ》抜きでそう思うぜ。男を見る目はねえかもしれんが、そこはご愛嬌《あいきよう》ってことにしとかなきゃな」

「先生、そういう冗談はやめてください。笑えませんから」

「はは、だな。まっ、悲しいかな、おまえには男を見る目が具わってねえ。その代わりじゃねえだろうが、この男組織の中でトップ近くまで上り詰めるだけの、本物の力と性根は確かに具わってんだ。誰がどう言おうともな。けどよ、立派立派と褒め称《たた》える者ばかりいるわけじゃねえ。むしろ、足を引っ張って引きずり落としたい輩《やから》の方が多いだろうよ。おまえさんがいなくなることで、直接、益を受ける者だけじゃなくてな」

「〝女のくせに〟ですね」

女のくせに、男より偉くなるな。女のくせに、男を出し抜くな。女のくせに……。

時代錯誤も甚だしい思考や言説が、ここではまかり通っている。組織は改編されても、意識はほとんど変化していない。能力や人柄ではなく、女である、その一点のみで律美の統括官就任に異を唱える警察幹部もかなりいた。今もいるだろう。

「おまえさんが大きなミスをして、統括官の座から落ちるのを待ってる、狙ってるという方があたってるかもしれんが、そういうやつらが確かにいる。それが現実だ」

「はい」

「つまり、おまえさんはミスを犯しちゃならんわけだ。男なら許されるミスが女には許されん。馬鹿みたいな話だが、それも現実だ」

「はい」

「おまえさんの能力は高い。並じゃねえ。おまえさんを今のポジションに据えたやつは、なかなかにいい決断をした。けど、どんなスーパースターだって弱点はあるだろう。おまえさんの場合、その弱点が元の亭主だよ」

「先生……」

「あいつとは、あまり関わり合わねえ方が得策ってもんだと、おれは思ってる」

スマホを落としそうになった。いや、壁に投げつけたくなった。実際には、固く握り締めたまま立ち竦んでいたのだが。

「関わり合うもなにも、今はまったくの他人です。連絡など一切、取っていませんし」

わりに落ち着いた受け答えができた。安堵《あんど》する。

「そうか。余計なこと言っちまったな。気を悪くするなよ」

松坂の口調から力が抜ける。律美はそっと息を吐いた。

「気を悪くするだなんてとんでもない。そんな助言をしてくださるの、先生だけですから。でも、先生、大丈夫ですよ。わたし、いざとなったら肥川のこと、赤の他人と割り切れます。その自信はありますから」

「そりゃあ何かい。例えば、あいつが人でごった返した往来で銃を乱射した。つまり無差別殺人の犯人だったとしたら、その場で射殺するのも辞さないって、そういうことか」

「極端なたとえですね。でも、そう命令を出します。むろん、状況次第ですが」

何なら、わたしが撃ち殺してあげてもいいわ。射撃の腕は折り紙付きだしね。

心の中で呟く。

松坂は、あはっと小さな笑い声を残し、通話を切った。


松坂とのやりとりを思い出しながら、資料をめくっていく。〝スツール〟と明海和についてのあらましが、村井の端正な筆致で記されていた。肥川については、〝スツール〟のオーナー兼編集責任者であることと生年月日と職業上の履歴のみしかない。肥川と律美は事実婚で戸籍上では他人だ。婚姻届は未提出のままだった。公的な手続きをしていないので、データベースには含まれていないだろう。

職歴、病歴、学歴、犯罪歴。引っ越し回数から貯蓄額、家族構成、健康診断結果、体力測定値にいたるまで市民の個人情報は一元化され、管理されている。その管理は厳密で、徹底し、そう容易くはアクセスできない……ことになっている。表向きは、だ。実際はアクセスできないのは一般人だけで、官庁には当てはまらない。特に、警察機構は犯罪捜査に必要と判断されれば、自由に個人情報を引っ張り出せる。それを漏洩すれば相応の罰則が設けられてはいるが、余程のことがない限り適用されない。

別に、隠してるわけじゃないけどね。

結婚相手に肥川を選んだのは明らかに人生の汚点ではあるけれど、隠すつもりはない。

隠さなきゃならないほど、わたしは弱くないから。

誰でもない自分に向かって、伝える。

地位を守るために事実を曲げたり、過去を恐れたり、想《おも》いに背いて行動したり、見て見ぬ振り、知らない振りをしたり、わざと見過ごしたり、命令通りに真実を握り潰したり……そんなことは、そんなことは決してしない。


「結局、同じじゃない？」

肥川が言った。いつもと変わらぬ軽い口調だった。二人で暮らしていたころだ。季節は忘れたが、窓ガラスの向こうで小糠雨《こぬかあめ》が降っていたのは覚えている。

野菜サラダ、プレーンオムレツ、コーヒー、バゲットのサンドイッチ。朝食は肥川の担当でメニューは定番だったが、サラダのドレッシングは手作りで驚くほど美味《おい》しかった。

「え、この朝ご飯のこと？」

思い返せば、自分を殴りつけたくなるほど間抜けな問い返しをしてしまった。あまつさえ、「わたしは満足しているけど」と続けたのだ。本当にぶん殴ってやりたい。

「いや、朝食のことじゃない。きみのことだ」

「わたし？」

「そう」

「わたしの何が同じって？」

「きみときみの職場のお偉いさんが、同じに思えるんだよな」

「は？　何言ってるの。そんな遠回しの言い方やめて。いらいらするわ」

ドレッシングの味が瞬く間に消えて、妙な酸っぱさだけが残った。

「苛つくのは心当たりがあるからか。えっと、つまりさ、今、リッツの頭の中にあるのは何かってことなんだよな」

肥川の物言いは変わらない。軽薄というか軽やかというか、〝おれの言うことなんか全然、たいしたことないから。別に本気で聞かなくていいよ〟と暗に囁かれているようで、それが心地よいときも不快なときもある。

「これ、おれが感じただけなんで気にしなくていいけどな、この前さ、リッツに籍のこと言われただろ。そろそろ、ちゃんと入籍した方がいいかもって、な」

言った。「わたしたち、そろそろ正式に籍を入れない?」と、確かに言った。やっぱりケジメは必要な気がするとも言った。一緒に暮らし始めて八年が経とうとしていた。ケジメを付けるには潮時だと考えたのだ。

それが何か?

「組織で上を目指そうとすれば、ちゃんとしてなきゃ駄目だって考えたんだろう?」

ベビーリーフを口に放り込み、咀嚼《そしやく》し、肥川はにっと笑った。

「組織が認める結婚の形、家族の形、人生の形を作らなきゃ駄目だってさ。つまり、変革じゃなく順応を選んだわけだ。それって、お偉い男と同じ思考だなと、ひゃっ」

肥川が悲鳴を上げ、身を竦めた。律美の投げたフォークが頰を掠めたからだ。銀色のフォークは壁に当たり、跳ね返り、床に落ちた。カチンと硬い、そのくせ間の抜けた音が響く。

律美は立ち上がり、そのまま、ダイニングを出た。

あれが別れる原因になったのかどうか、よくわからない。おそらく、原因ではなくきっかけだったのだろうとは考える。

肥川は律美を見限ったのだ。組織を変えるのではなく、補完していく側に回った配偶者に失望した。あるいは、許そうとして許しきれなかった。律美自身が目を逸らしていた律美の内心を見透かし、遠慮なく踏み込んできた。その言葉に憤るのは、傷つくのは、多分に真実を含んでいたからだ。逸らしていた目の前に、これがおまえの事実だとつき付けてきたからだ。

好き勝手に生きて、世の中に何の貢献もしていないくせに、ふざけんじゃないわよ。あなたに、わたしの苦労や辛抱が、わかるっていうの。何にもわかってないくせに、偉そうに言いたいだけ言って。いったい、何さまのつもりよ。

肥川のあれこれを思い出すたびに、こぶしで机を叩きそうになる。そういう感情の乱れが嫌だし、乱される自分に腹立ちが募るのだ。もう五十歳の頂《いただき》が近い。不惑はとっくに過ぎて天命を知る年齢だ。論語など読んだこともないけれど、惑いとは無縁でいたい。

律美は深呼吸し、肥川に関する資料を脇に押しやった。明海和の写真を手に取る。頭の中から元夫の記憶が褪せていく。気持ちが凪《な》ぎ、思考が正確に回り始める。

最初、目にしたときから引っ掛かっていた。

見たことがある？　逢ったことがある？　知っている？

いや、そんなはずはない。明海和という名前に覚えはない。わりに珍しい名字だし、記憶力には自信があった。一度でも出逢っていれば、顔と名前は必ず一致する。整形や事故で容姿がまるで違っていれば難しいが、名前が変わったぐらいでは誤魔化されない。

写真を見詰める。

目鼻立ちは整っている。特に目の形は秀逸だ。柔らかな曲線と意志のある眸、こういう目に見据えられたら、少し怖《お》じるかもしれない。それとも魅せられるだろうか。なのに、美しいとは感じられないのだ。

なぜか？　なぜだろう。

痩せぎすだからか。地味だからか。写真の中の女は化粧気がほとんどなく、髪型も無造作なボブだ。服装は清潔ではあるが装飾物は何もない。手間と金をかけている外見ではなかった。我が身をことさらよく見せようとする努力を放棄している。そんな印象すら受ける。

「ことさらよく見せようとする努力を放棄している」

思念を言葉にしてみる。何度も何度も声にして呟く。

「ことさらよく見せようとする努力を放棄している。ことさらよく見せようとする努力を放棄している。ことさらよく見せたくない。見せたくない。目立ちたくない……」

眉間がずくりと疼《うず》いた。疼きが火照りに変わり、脳内に熱が走る。

目を閉じる。記憶を呼び覚まし、思考を巡らせる。

律美は深く息を吸い、静かに吐き出した。深呼吸を繰り返す。

明海に引っ掛かったのは直感だ。根拠はない。しかし、自分の直感がどれほど頼りになるかは、十分に承知していた。高性能の照準器のようにほぼ百パーセント、的を外さない。

何かある。何かあるはずなのだ。

目を開ける。こめかみを押さえる。思いつかない。明海和という女はどこに繋がるのか。

時期尚早。引っ掛かりはしたが、獲物を釣り上げるほどの針はまだ、整っていない。そういうことだろう。なら、焦っても仕方ない。

今度は思いっきり、腹の底から息を吐き出してみる。

残り一つの単語。

ラダンの壺。

これは何だろうか？　マイセン磁器や有田《ありた》焼のように、ラダンというのは地名になるのか。それとも何かの暗喩？　隠語？　これが明海和や〝スツール〟にどう結びつくのか。

スピーカーが鳴った。村井の声が山咲と実乃が戻ったと告げる。

「五分後に報告に来るように伝えて。その前にちょっと来てくれる」

「はい。すぐ参ります」

返事通り十秒も経たないうちに、村井は律美の前に立っていた。

「明海和の詳細な情報が欲しいの」

写真を渡すと、村井はちらりと眺め「わかりました」と答えた。

「被疑者扱いですか」

「いいえ、あくまで一般関係者です。個人情報のアクセスには注意して……なんて、そんなこと言わなくても、あなたは心得ているわね。ごめんなさい。歳を取ってくると、余計な一言が増えてくるものね。昔はそんな上司にうんざりしていたのに、いつの間にか同じ轍《てつ》を踏んでる。反省しないとね」

村井が瞬《まばた》きする。それから、小さくかぶりを振った。

「今のは、ご指示と受け取りました。余計だとは思いませんし、統括官が余計なことを口にされた場面を一度も見たことがありません」

束の間、言い淀み、僅《わず》かに伏せていた顔を上げ、村井は告げてきた。

「原野統括官はわたしにとって、目標です。いつか、追いつきたいと思っています」

口にした台詞の青臭さに村井本人が赤面する。それでも、「本心から思っています」と続け、一礼した。

「村井」

呼び止める。振り返った村井の頰は、まだ微かに紅潮していた。

「目標というのは、いつか統括官という役職に就きたいということ？」

「原野さんのような統括官になりたいと、そういう目標です」

「それはわたしが女だから？　女性として重要ポストに就き、活躍したいと思っているの？」

「はい、思っています。せっかく、原野統括官が切り拓《ひら》いてくださった道です。途絶えさせたくはありません。後に続きたいです。でも、それだけじゃありません。わたし、誰かにおもねって生きたくないんです。そういう生き方がどれほど惨めか、よくわかっていますから。ですから、原野統括官のように凜《りん》としていたいと思っています」

　ため息を吐きそうになる。

「そこまで言ってくれて、ありがとう。でも、買い被りだわね。わたしは、これでも結構日和見《ひよりみ》で、忖度《そんたく》に長けているのよ」

「そうですか」

「そうよ。がっかりした？」

　結局、同じじゃない？

　肥川の一言がまた耳底から這い上がってくる。自分の信念や想いより組織の規律を大事とする。組織を守るためなら個人を犠牲にするのも止む無しと考える。

　そういう連中と同じになってないか。

「でも、ぎりぎりの状況下じゃないですよね」

　村井がふっと笑んだ。頬が緩んで、口元に愛嬌が滲む。

「ぎりぎりって？」

「上手く言えませんが、ぎりぎりの選択をしなくてはならなくなったとき、統括官は日和見も忖度もしないはずです。ご自分に忠実に行動されると確信しております」

姿勢を正し敬礼すると、村井が背を向ける。ドアが閉まると同時に目を閉じた。

買い被りだ。村井は自分の理想を上司に被せて、憧れているに過ぎない。

村井の父親は若くして亡くなっていた。一般企業に勤めていたとも、死因は急性アルコール中毒による心不全とも聞いている。ごく普通のサラリーマンが心不全を起こすほど、大量にアルコールを摂取した。不幸な事故として片付けられてしまったが、人一人の死がそう簡単に片付くわけもない。村井が父の死をどう受け止め、片付けられない想いをどう収めたのか。収めきれないままなのか。律美には窺《うかが》えない。窺うものでもないだろう。ただ、今の村井は自分に忠実に行動したいと願っている、と、そこは窺える。

自分に忠実に行動する。

「それが、なかなか難しいんだよね」

独り言ちてみる。己の唇から漏れた声なのに、やけに他人行儀に響いた。


地下室でも、あるのだろうか。

罅割れたタイルの階段を和は慎重に下りていく。少し前に少年の背中があった。とんとんとリズミカルに動いている。慣れた足取りだ。

薄汚れた外壁の二階建ては、公園の隅にひっそりと蹲《うずくま》っていた。建っているというより蹲っていると表現したくなる風情だ。

壁の一部は崩れ、出入り口のシャッターは大きくひしゃげている。窓は割れて、枠さえなくなっていた。疲れ切り、汚れ切って、しゃがみ込んでしまった人みたいだ。かつては休息所で、一階には土産物屋と事務所、二階にはレストランやカフェがあったと案内板に記されていた。少年は寸の間の躊躇いもなく、ひしゃげたシャッターの隙間から中に入り込むと、この階段を下り始めた。和も続く。ここまで付いてきたのだ、引き返すわけにはいかない。

階段は螺旋《らせん》を描きながら下に延びている。下りていくにつれ、光は薄く闇は濃くなる。とても濃くなる。そのせいか、ずい分と深く潜っていくように、どこまでも果てしなく続いているような錯覚に陥ってしまう。

階段を下り切る。錆臭《さびくさ》い壁に囲まれた小さな空間だ。白っぽいドアがぼんやりと闇に浮いている。そのドアの前に立ち、少年は初めて振り返った。

「目がいいんですね」

「え……」

「視力です。こんなに暗いのに、全く危なげのない足取りだった。よく見えているんだなと思いましたが」

「あなたが前にいたからよ。必死について行っただけ。あなたこそ、ずい分としっかりした歩き方だったじゃないの」

「おれは慣れているから。それだけですよ」

「慣れてるというのは、この階段に？　それとも薄暗がりにってこと？」

「ここで取材を始める気ですか」

「あなたが了承してくれるなら、是非ともお願いしたいけど」

「見上げた記者魂ですね」

くすくす、くすくす。軽やかに笑いながら、少年はドアノブに手を掛けた。ギィギィと不快な軋み音を立てて、ドアが開いていく。

大きく目を見開いていた。光が零れてくる。闇を分断する如く、真っ直ぐに差し込んでくる。それはドアが開くにつれて太い帯状になり、和の足元を照らした。

「さ、どうぞ」

少年がドアを押さえ、入れと促す。素直に従う。躊躇う気など微塵《みじん》も起こらなかった。ただ用心はする。闇はさまざまな危険を孕《はら》むけれど、光の中にも同様の危険が潜んでいるのだ。まして、ここはほとんど未知の場といっていい。どれほど用心してもし過ぎることはない。

足を踏み出す。「まっ」。短い叫びが喉から飛び出した。

赤みを帯びた光に満ちている。西日だ。水平線に沈もうとしている太陽から届いた光が、薄《う》っすらと紅《あか》く染めていた。染められているのは崩れかけた壁に囲まれた部屋だ。

和は視線を巡らせる。最初は素早く、二度目はゆっくりと。

案内板には、海と鳥たちを観察するスペースのことも記されていた。ここが、その観察スペースになるのだろう。

天井は高く、無数の罅割れが目についた。西側の壁はガラスで、これはどういう奇跡か、罅は入っているものの壊れてはいない。

「こちらに、どうぞ」

少年がガラス窓の近くに誘う。塗《ぬり》の剝《は》げた丸い小さなテーブルと二脚のイスが置いてあった。カフェででも使っていたのかもしれない。

「この建物、実は三階建てなんですよ。崖の上に建っていて、一階分だけ崖より下に作ってあるんですよ。このガラス窓からだと海が間近に見えるから」

「なかなか凝った造りだったのね」

「ええ。まさか、こんな風に打ち捨てられるとは思ってもみなかったでしょうね。まだ、今みたいにゾーンの厳格化が進んでいないころだったから、いろんな人たちが思い思いに集える所だったみたいですよ。明海さんは来たことがありますか」

「ないわ。でも」

「でも？」

「ここなら外側から回れたんじゃないの。わざわざ暗い階段を使う必要があったのかと尋ねたい気持ちは、あるわよ」

少年はイスに座り、ひょいと肩を竦めた。

「階段を使ったのが不満でしたか」

「不満や文句を言える立場じゃないって、わかってる。ただ、落ち着かないだけよ。あなたが階段を使った意図が摑めないから」

「明海さんは、暗闇の中でも支障なく階段を下りられる。それを確かめるため。そう言ったらどうします。驚きますか」

「わたしを驚かせたいの」

「いいえ」

「わたしは驚かせてもらいたいわ。驚くほどの話を聞かせてもらいたい」

イスを引き、腰を下ろす。デイパックの中から小型のボイスレコーダーとパソコンを取り出す。

「話、聞かせてもらえますね」

少年が表情を消した。感情を映さない眸が和に向けられたまま動かない。崩れた壁の間から風が吹き込んでくる。埃《ほこり》が舞い上がり、光の中で煌《きら》めく。少年がゆっくりと和から海へと視線を移動させた。

海の上では数羽のカモメが羽を広げ、着水しようとしていた。

第二章　藍色の掟《おきて》

「まったく、やってられねえな」

と、舌打ちしてみせたけれど、周りからの反応は全くない。もう一度、音高く舌を鳴らしてみる。やはり、誰も反応しなかった。ちらりと見ることすら、相槌《あいづち》を打つことすらしない。

「おい」

太志は腰に手を当てて、室内に視線を巡らせた。

「おまえら、何とか言えよ」

ｗｅｂ情報誌〝スツール〟の編集室には、明海和を除いた残りのスタッフが揃っていた。

「何とかって、何を言えばいいんですか」

アリサが乾いた口調で答えた。この乾き方は精神状態がいたって平静、落ち着いている証だ。甘ったるさが拭われた分、少し挑戦的に聞こえる。

「何でも思ったことを言えばいいだろう。この惨憺《さんたん》たる有り様を目にして、何も思わない、感じないってこたぁねえだろうが」

声を張り上げる。

「惨憺たるってほどじゃないと思いますよ。でも」

机の下に屈《かが》み込んでいたミチが立ち上がり、白い陶器の欠片《かけら》を掲げた。

「あたしがずーっと大切にしていたマグカップ、見事に割られちゃいましたけど」
「器物損壊罪で訴えてやれ」
「警察相手にして勝ち目がありますか」
「〇・二パーセントぐらいの勝率だな」
「止めときます。初任給で買ったやつだけど、ま、簡単に割れちゃうような安物だったし諦めましょう」

さして惜しくもなさそうに、ミチは欠片を清掃用ロボットの口に放り込んだ。一応、人型の部類にはなるが、雪ダルマ型の旧式な機械だ。型落ちして半額になった物を〝スツール〟を起業するさいに購入した。新型に比べると見劣りはするが、値段のわりによく働くいい子だ。人間のスタッフもこれくらい素直に文句も不平も言わず働いてくれたらと、思う。

「初任給、めっちゃ安かったでしょ」

アリサが踏み付けられて花弁の取れた造花を拾い上げ、言った。

「安い、安い。これじゃバイト代に負けちゃうって思いましたね」

二人の女は、顔を見合わせくすりと笑った。相手にせず、井川とジュドに声をかける。

「別段、仕事に支障が出るほど荒らされちゃいないな」

山咲、実乃と名乗った刑事たちは、のらりくらりと質問をはぐらかす太志に腹を立てたのか、思いの外しぶといと焦ったのか、単なる嫌がらせなのか、明海の机を中心に室内を引っ掻《か》き回し、私物やファイル数冊とメモリーを押収していった。

捜査令状など必要ない。状況によっては令状がなくとも、家宅捜索も身体検査もできる。警察機構にはそれだけの権限が与えられていた。やむを得ない場合に限りだが、許可なく個人情報を操作することも許されている。〝やむを得ない場合〟の判断は機構側にゆだねられるから、事実上、どのようにでも操れるというわけだ。

まったく便利な世の中になったもんだ。

声に出さず呟く。

便利で厄介で、息が詰まる。

窒息しないための手立ては二つ。大人しく従うことに違和感をもたないか、警察機構を含めた統治側に入り込むか。入り込む方はどう足掻《あが》いても無理だろうから、今のところ大人しく従うしかない。違和感を捨ててしまえば造作もないことだ。

「肥川さん」

かなりの力で腕を掴まれた。思いっきり顔を顰めたが力は緩まなかった。

「明海さんは、大丈夫なんすか」

ジュドが瞬きもせずに、見詰めてくる。

「大丈夫ってのはどういう意味だ」

渋面のまま腕を引き、尋ねる。白い喉仏が上下した。唾を呑み込んだのだろう。

「危険な目に遭ってるんじゃないですか。連絡、取れるんすか」

「そんなこと、おれにわかるわけねえだろう。今日の行動計画なんて提出もしてなきゃ、受け取ってもいないんだからな」

「怒鳴らないでください。おれの聴覚は正常ですから、フツーにしゃべれば聞き取れます」

ジュドは人差し指で耳の穴を穿《ほじ》る真似《まね》をした後、上目遣いに太志を見やった。

「明海さんが追いかけているネタって、何です」

「直球で尋ねてきたな」

「持って回った言い方なんて、している場合じゃないでしょ。警察が踏み込んできて、社内を好き勝手に調べまくってあれこれ押収していったんすよ。ヤバくないですか」

「おい、我が社を秘密結社のアジトみたいに言うな。押収なんてったって、どうでもいい資料を申し訳程度に持って行っただけだろ。威勢よく乗り込んできたはいいが、何の獲物も釣り上げられずぎりぎりメンツを保つために適当に持ち帰った。それだけのこった。はん、こっちとしては痛くも痒《かゆ》くもないね」

「次号の特集記事のデータも押収されました。〝自然を満喫、健康ライフ　美と健康を保つためにあの人がやっていること〟のデータです」

アリサが口を挟む。両手を肩のあたりまで上げているのは、降参のポーズだろうか。

「……まさかコピーを取ってなかったんじゃないだろうな」

「そのまさかなんです。書き上げて、デスクに確認してもらおうとしていた矢先、この騒動に巻き込まれ、何が何だかわからない内に気が付いたらデータ全部、持ってかれてました」

「馬鹿野郎。へらっと言うことか。締め切りは明日だぞ。わかってんのか」

「デスク、自動的にデータを複数保存しかつ共有できるシステム、ちゃんと導入しましょうよ。我が社のデジタル状況、十年以上遅れてますよ。ｗｅｂ情報誌の会社なのに」

今度はミチが話に割り込んできた。この二人、格段仲が良いようにも見えないのに、こちらに注文を付けてくる時に限って妙に息が合っている。

「ともかく、明日までに記事は完成させろ。絶対にだ」

ミチの訴えを聞き流し、アリサに命令する。

「えー、データ、取り戻してくれないんですか」

「警察機構を相手におれにどう立ち回れってんだ。国家権力の象徴みたいなところに、一人で乗り込めってか？　そんな度胸はないね。あまり、買い被らんでもらいたい」

「デスクが度胸ないの、よく理解してます。逃げたり、誤魔化したりする方が得意分野ですものね。さっきの刑事とのやりとりも、本領発揮って感じでしたよ。のらりくらりとかわして、デスクにしかできない処世術だなと感心してました」

「それは嫌味か、アリサ」

「まさか、ただの冗談です」

肩を窄《すぼ》め、アリサはパソコンの前に座った。ミチが覗き込む。

「アリサさん。保育園のお迎えがあるんでしょ。あたし、やっときますよ」

「わっ、ほんと？　助かる。じゃあ、頼むね。ここに下書きが残ってるからレイアウトはこのままで、小見出しの場所だけこっちにずらして欲しいの。で、内容も移動させて波線部分をカットしたら、きれいに収まるんだけど。ただ、少し修正しなきゃいけないとこもあるの。こことここね。文章を上手く繋げてくれる？」

「ああ、なるほど。わかりました。任せてください」

「おい、下書きのデータは残ってるのか。だったら、騒ぐほどのことはないだろうが」

「一番、騒いでるのデスクじゃないですか」

ミチと席を替わり、アリサはにっと笑った。それから、ジュドに顔を向ける。もう、笑っていなかった。

「ジュド、明海さんのことなら心配しなくていいと思うよ」

「どうしてですか。アリサさん、明海さんが何を追いかけていたか知ってるんすか」

アリサは真顔のまま、かぶりを振った。

「ぜんぜーん。何一つ、知らないよ。けど……」

「けど？」

「あの人、すごく用心深いじゃない？　それに何て言うか、勘が鋭いんだよね。危険に対する勘みたいなの、並じゃない気がする」

「だから大丈夫だと？」

「多分ね。自分で自分の身を守れるタイプだよ、きっと。つまり、あたしたちがあれこれ気を揉《も》まなくても無事に帰ってくるって」

そこで太志を横目で見て、続けた。

「案外、大スクープをお土産にしてね。楽しみでしょ、デスク」

「どうだかな。あまり当てにはできないけどなぁ」

いかにも気のなさそうな物言いをしてみせる。が、心内は少しざわついていた。

明海和が何を追いかけ、暴き出そうとしているか薄々とは察していた。とはいえ、薄々は薄々に過ぎず明確な形にはならない。霧の向こうに、ぼんやりと浮かんだ影のようなものだ。

「アリサさん、お迎えの時間、ギリですよ」

ミチに促されて、アリサが「いけね」と叫び部屋を飛び出していく。出て行くまぎわに「ミチちゃん、お願いね。じゃ、お先に失礼しまーす」とひらりと手を振った。

「まったく、一人前の社会人なら退社の挨拶ぐらいきちっとやれってんだ」

つい、文句が零れる。ミチが「やだっ、口うるさい上司みたい」と肩を竦めると、ジュドがすかさず「みたいじゃなくて、まんまそれっしょ」と応じた。

出て行ったアリサを含め、誰にも動揺の気配はない。

「明海さんて、ずっとアンダーグラウンドに拘《こだわ》ってましたよね」

井川が言った。いつも通りの淡々とした物言いだ。

「そうだな。少なくとも、健康食品や美容には関心がなかったみたいだが」

「今日の捜査は、そこが関わっていると思いますか」

「明海の追いかけているネタ絡みだと？」

「そうです。おれもジュドもそう感じてますが」

井川の傍らでジュドが首を縦に振った。同意の仕草だ。

「明海さんは、何を追いかけてるんでしょうかね」

「さっきも言ったろう。おれは、ほとんど何も知らない。一応、鎌をかけてはみた。子ども狩と人身売買かってな」

明海が過去の行方不明者、特に子どもに関わる資料を集めていたのは井川もわかっていたはずだ。明海は自分の仕事について報告しようとはしなかったが、徹底的に秘密にしていたわけでもない。しかし、井川は顎を引き、露骨に眉を顰めた。

「子ども狩？　何ですか、それは」

「聞いたことないか」

「ありませんね」

「おれも詳しくは知らん。けど、一時、ネット上で話題になったらしい。ちょいと昔になるがな。何でも子どものころ、友人たちとかくれんぼしていたら、鬼になったはずの子がいつまで経っても捜しに来ない。待ちくたびれて隠れ場所から出てみたら鬼の子だけ消えていたとか、前を歩いていた女の子が角を曲がった瞬間に姿が消えてしまったとか、そういう類の話だったな。あー、人身売買組織が商品にするために子どもをさらってるなんて話も、あったかな。何でも夕暮れ時に、黒いマントを着た男が現れてさらっていくんだそうだ」

「何ですか、それ。都市伝説的なやつですか」

「だろうな。ま、ほんとに一時ですぐに消えちまったから、伝説にもならんだろうが」

「それを明海さんは調べていた？」

「かどうかはわからん。その節があったってことだけだ」

井川が眼鏡を掛け直す。前髪を掻き上げ、低く唸った。

「明海さんが今、逢っているのはどういう相手なんですか。その都市伝説と関わりあるんですか。いや、そんな眉唾な噂話はどうでもいいけど、警察絡みだとするとかなり厄介だし、危険じゃありませんかね」

「かもしれんな。警察絡みだけでなく相手の正体が知れないわけだからな。ただ、まあ、アリサの言い分じゃないが、明海は大丈夫だろう。そう簡単にくたばるやつじゃない。おれが心配してるのはな」

「金、ですか」

井川は眼鏡の位置を丁寧に直し、僅かに笑んだ。

「そうだ。まさか、本気で百万払うつもりじゃあるまいなと気が気じゃない」

「百万以上の価値があるかもしれませんよ。西野じゃないけど、明海さんが大スクープをものにする可能性、わりにあるんじゃないですか」

口元に薄笑いはまだ残っているが、口調は真剣だった。張り詰めている。

「明海がそれだけのものを銜《くわ》えて来ると、期待してるのか」

「大いに」

「じゃあ待つしかないな。おあずけをくらった犬みたいに、涎《よだれ》を垂らしながらひたすら待つ。今のところ、おれたちにできるのはそれだけだろう」

「えっ、じゃあ、今日は明海さん待ちですか。もちろん、残業手当は出ますよね」

立ち上がったミチに向かい、太志は虫を追い払う仕草で手を振った。

「うちはフレックスタイム制を採用してる。残業なんかあり得んな。帰りたきゃとっとと帰れ。ただし、アリサから任された仕事だけはきちんとやれよ」

「わかってますよ。言われなくたってやります。まったく、最悪の労働環境だわ」

わざと頬を膨らませて、ミチが腰を下ろした。

「もう一つ、引っ掛かってることがあります」

井川は、僅かに前屈みになって声を低くした。

「つくづく、何にでも引っ掛かる男だな。大水が出た後の橋桁《はしげた》みたいなやつだ」

「橋桁は引っ掛かるんじゃなくて、引っ掛けられる方ですよ。肥川さんて、言葉の使い方がイマイチ正確じゃないですよね。雑誌の編集長なのに」

「おれは、仕事で本領を発揮する。その他の部分で不正確だろうが、ぐだぐだだろうが、いい加減だろうが一向に構わんな。で、何だ、おまえが引っ掛かってることってのは」

一応、尋ねはしたが、答えは予想できた。

「ええ、ずっと引っ掛かってはいたんです。警察はどうして、明海さんを逃がす隙をおれたちに与えたんでしょうか」

予想通りの答えだ。答えであると同時に質問でもある。

「律儀なアホだったたんだろ」

「それが、わざわざ連絡してから事情聴取にやってきた理由だと言うんですか」

「まあ、一般ビジネスの常識としてはアポなしの訪問なんてのは、あり得ないからな。そこんとこに、警察機構もやっと気が付いたんじゃないのか」

井川の眉間にくっきりと皺が刻まれた。忌み物を眺めるような眼つきになる。

「一般ビジネスの常識が通用する相手じゃないと思いますけどね。連絡は北部警察機構の統括官から直接あったわけじゃないんですよね。刑事からだと、さっき言いましたよね」

「うん……まあな」

「口ごもるところが怪しいな。違うんですか。違うんですね」

「井川、おれを尋問してるのか」

太志も眉を顰めてみる。眼鏡を外し、目頭を押さえる。〝かなり疲れています〟のポーズのつもりだったが、井川はまるで意に介さなかった。

「ただ聞いているだけですよ。引っ掛かったままにしておくのは性に合いませんから。それに、誰から連絡があろうと、その後ろに統括官がいる可能性は高いですよね。かなり高いです。肥川さん、どうなんです。統括官から直《じか》に連絡があったんですか。統括官なら立場上、死体の情報をいち早く知ることができる。知った上で報せてきたってことになります。それは、何故《なぜ》なんだろう。考えられる答えは一つ。明海さんが逃走する機会を作るため。今のところ、それしか思い浮かばないんですよね」

なかなか執拗だ。この粘り気は記者としては及第点だろう。問い質される側としては、鬱陶《うっとう》しい限りだが。

「おまえ、本当に鬱陶しいね」

口が滑った振りをして、本心をぶつける。井川は「そうですかね」と軽く流した。

「けど、非は肥川さんにあるでしょ。まったくね、部下にまで嘘をついてどうするんですか。しかも、何の意味もないのに」

「別に嘘なんかついてねえよ。誰から連絡があったか、とっさに思い出せなかっただけだ」

何とも稚拙な嘘を重ねている。我ながらちょっとばかり情けない。

太志は軽く舌を鳴らした。

「で、何だって？　ああ、刑事が来るって報せてきた理由な。うーん、よくわからんが、おれが窮地に陥るのを心配したんじゃないのか。女心の情けってやつさ。この微妙な男女の機微を独身のおまえに説明するのは、ちょいと難しいがなぁ」

心配したのはおれの方だ。

もう一度、舌打ちしたくなる。

誰からの連絡だったのかと問われ、刹那、迷った。律美の立場を慮《おもんぱか》ったのだ。それで、下手な誤魔化し方をしたあげく、あっさり見破られた。しかも、井川の言う通り刑事だろうが秘書官だろうが後ろに律美がいるのは同じではないか。そんなことにも思い及ばないとは。

情けないし、恥ずかしい。そして、少し揺れる。未《いま》だに、律美を庇《かば》おうとする己の甘ったるさに揺れて、酔いさえ覚える。気分が悪い。

「統括官にまで上り詰めた人物が情に動かされて、立場上手に入れた情報を一般人に、しかも当事者に極めて近い者に伝える？　ちょっと考え難いでしょう」

井川は容赦なく、畳みかけてくる。

「おれも明海も当事者じゃないぞ。ただ、名前を書かれていただけだ」

「変死体が呑み込んでいたカプセルの中の紙にね。正真正銘の当事者ですよ」

「でも、元妻が統括官て、すご過ぎですよね。しかも女性初、なんでしょ。デスクとの差がすご過ぎてコメント求められても、出てきませんよ。ほんと、すご過ぎる」

ミチがパソコン画面を見詰めたまま「すご過ぎ」を連発した。無視して、井川との会話にだけ受け答えする。

「言っとくけどなリッツ……統括官から直接、連絡があったわけじゃないぞ。秘書官だという若い女がおれのスマホに直にかけてきたんだ。失礼なことに、名前は名乗らなかったな。うちと一緒で部下の躾《しつけ》がイマイチできてねえんだろうよ。で、その秘書官さまは、用件だけ伝えてさっさと切っちまいやがった。あ、まあ、死体の映像は送信してくれたがな」

「秘書官の後ろには統括官がいるわけでしょ。秘書官が指示なく勝手に動くことは、ちょっと考えられませんからね」

井川が念を押してくる。必要以上にしつこい。ここまで粘着質でなくても記者にはなれる。こいつを思いっきり蹴飛ばしたら、さぞかし気が晴れるだろうな。

考えただけで脚がむずむずした。

「まあ、そうだがな」

蹴飛ばす代わりに煙草《たばこ》を取り出し、銜える。それだけで、気持ちが幾分かは落ち着いた。ニコチンその他の有害物質を百パーセント除去したものだ。ほとんど無臭で僅かないがらっぽさもない。気の抜けた炭酸飲料みたいな代物だが、今、〝煙草〟として公に売り出されているのは、これだけだ。むろん、公に認められていない諸々を売買できる場は、ある。嗜好品《しこう》しかり、薬品しかり、盗難品しかり、だ。闇市、ブラックマーケットは、現実にもネット上にも存在する。

嗜好品、薬品、盗難品……そこに人は加わるのか？　売り買いの対象として。

なかなかに過激で刺激的なネタではあるな、明海。

黙りこくった上司を窺うように、井川が首を傾げた。

首を傾げた男を見ていても楽しいわけがない。太志は横を向き、退出間際にアリサが残した台詞を思い返す。

それに何て言うか、勘が鋭いんだよね。

明海に対しての一言だった。その通りだ。明海と一緒にいて、同じように感じることが何度かあった。

ああ、こいつは大丈夫だな。この勘の鋭さがあれば、生き延びられるな、と。その感覚は、夫婦の関係だった律美にも抱いていた。

明海は危険が差し迫ったとき、どう動くべきか瞬時に判断できる。そういう場面に遭遇したわけではないが、察せられはする。さっきも難なく刑事の目を掻い潜《くぐ》り、脱出できた。迷ったり、躊躇ったりしている時間はなかったのだから、迷わず躊躇わず状況に応じて、もっとも適切な行動をとった。誤りなく動けたわけだ。

律美も、今このとき自分がどう行動すべきかを理屈でなく感覚で導き出せる。こっちの方は傍にいて時折、舌を巻いた覚えがある。ただ、律美は強大な組織に所属する中で、その感覚をあえて抑える方向に舵《かじ》を切った。つまり、自分を信じて突き進むのではなく、マニュアル通り波風を立てずに歩く道を選んだのだ。はみ出さない。外れない。異物にならない生き方を、だ。本人は気付かぬ振りをしていたが、太志がそれとなく指摘したとたん、顔色を変えた。あまつさえフォークまで投げつけてきた。スプーンではなくフォークだ。肉に突き刺す、突き刺さるやつだ。とっさに避《よ》けなければ、頬の肉が抉《えぐ》られていただろう。痛いところを突いてきた男に、律美は本気でフォークを突き立てようとした。

今にして思えば、もう少し持っていきようがあったかもしれない。それとなく、注意深く、少なくとも律美が、鋭利な先端の食器を投げなくて済む程度に柔らかく伝えればよかったか。

離婚そのものは、さほど後悔していない。もともと、他人と生きていくのは苦手な性質《たち》だ。しかし、律美を憤らせたまま別れた事実には悔いしかなかった。もう少し、気の利いた後腐れのない別れ方をすべきだったのだ。たまには、笑いながら食事ができる程の関係を残しつつ、他人になる。それくらいの洒落っ気はあってもよかった。

うーん、リッツ、すまん。おれの手落ちだ。

唸ろうとしたとき、頭の隅で閃光《せんこう》が走った。唸りのかわりに息を吸い込んでいた。

リッツ……。うん、まさか。

一瞬閉じた目を開ける。視線がぶつかってきた。井川とジュドがまじまじと見詰めている。

「うわっ、何だおまえら。気持ち悪いな。男二人してそんな熱視線《ねっしせん》を送ってくるな」

思いっきり顔を顰める。井川も渋面で返してきた。

「どこが熱視線なんですか。さっきから一人でぶつぶつ言ってるから気になっただけですよ。まさか、金策が尽きたんじゃないでしょうね」

「えっ、やっぱ〝スツール〟潰れるんすか。ヤバっ。マジでヤバいっすよ。退職金とか、ちゃんと払ってくれますよね」

ジュドが声を大きくする。語尾がこころなしか、引き攣《つ》っていた。

「うるさい。〝スツール〟は順調な上にも順調だ。来月は特集二本立てでいくつもりだ。忙しくなるからな、覚悟しとけ」

「それは何よりです。じゃあ、さっきからぶつぶつ呟いているのは特集のテーマを考えてたんですか。それとも」

「井川」

軽口を遮られ、井川が真顔になる。「はい」と答えた声も緩んではいなかった。

「おまえ、さっき、何が引っ掛かってると言った？」

「は？　何をって金策云々《うんぬん》は冗談のつもりでしたが。いや、おれもうちの業績がそう悪くないとはわかっているので、潰れるなんて考えてもないです」

「違う、違う。その前だ。確か、明海を逃がす隙を作ったとか言ってたよな」

「あ、はい。ただ、まあどうなんでしょうか。ふっと思い付きで口にしたんですが、何て言うか、ちょっと穿《うが》ち過ぎですよね。警察機構がおれたちみたいな弱小出版社の記者を相手にするわけないし、やっぱり、肥川さんと元奥さんの絡みでしょうか。けど、それも釈然としないんですよねえ。どうも、ピースがきちんと嵌《はま》らないって感じです」

「試したのかもな」

「はい？」

「おれたちを、というより明海を試したのかもしれんぞ」

井川が瞬きする。ジュドは「意味、わかんないっす」と言い、その一言を表現するかのように大きく首を傾げた。ミチはひたすらパソコンを睨み、指を動かしている。

「試すって、明海さんが刑事たちから上手いこと逃げ切れるかをってことですか」

「まあ、そうだな」

「何のためにです」

「わからん」

井川は顎を引き、ジュドはさらに首を倒す。さしずめ、〝ますますわからないっす〟の身体表現だろう。

何のために？　わからない。

わからないが、想像ぐらいはできる。

太志は口の中に微かに残った煙草の感触を、奥歯で嚙み潰した。

律美は勘で動いたのではないか。一瞬の勘で、明海和を注目すべき相手と判断した。相手というより標的だろうか。では、その根拠は何だ？

律美の勘は、天才の言う啓示とか突然の着想などとは異質だ。過去の経験、記憶、情報に裏打ちされた刺激によって閃《ひらめ》く。埋もれていたものが、むくりと頭をもたげる。そういう類に属する。

だとしたら、律美の内に予め〝明海和〟が入力されていたことになる。いや、別の名前かもしれない。太志の知っている明海とは違う名、違う姿であるかもしれない。それが、律美の記憶の底に沈んでいた。断定はできないが、手応えのある仮定はできる。そして、この仮定の方が元夫を心配して云々より、よほど真実に近いだろう。

大きく一つ、息を吐き出す。

こいつは、ちょいとおもしろくなるかもな。

ぞくりと背中が震えた。悪寒ではなく、武者震いに近い。久々の感覚だ。

「おい、井川、ジュド」

「はい」

「なんすか」

「あの刑事たちが何を持ち帰ったか、すぐに調べろ」

「押収物のリストなら、受け取りましたけど」

「それと照合してみろ。抜け落ちたものがないかどうかをな。特に明海の私物については念入りに確認してくれ。ロッカールームの方も忘れるな」

井川とジュドは数秒、顔を見合わせていたがすぐに動き始めた。

「えー、けど、明海さんの持ち物、勝手に触っていいんすか。責任は全部、肥川さんが被ってくれるんすよね。おれたち、関わりないってことにしといてくださいよ」

ジュドの冗談六分本気四分の訴えを聞き捨てにして、太志は専用のパソコンを明海のプロフィール画面に切り替えた。

「あーぁ、明海さん、いつ帰ってくるかなあ」

ミチが欠伸《あくび》のついでのように呟いた。

「まずは金を」

と、少年は言った。低いだけで、全く感情を含まない声だった。

「自己紹介もまだなのに、報酬を要求するつもり？」

「嫌ならいいですよ。ここで、お終《しま》いにすればいいだけですから。送らないけど、一人で帰れるでしょう」

和は少年を真正面から見据え、顎を上げた。

「なに、それ？　脅しているわけ？」

「まさか。記者さんを脅して、こっちに何の得があるんです。おれは、ただ、あなたがこの取引を成立させる意思があるかどうか確かめたいだけです」

膝の上でデイパックの口を開ける。軽量、小型のリュックは丈夫で扱いやすく重宝している。ただし、飾り気は一切なく墨で塗り潰したような色合いも、極めて素っ気ない。要するに実用一辺倒の代物なのだ。

「現金でという要望だったわね」

五十万入りの封筒をテーブルの上に置く。

政府の肝煎《きもいり》で始まった全方向デジタル化に伴うキャッシュレス決済は驚くほどの速さで進み、今では電子身分証一枚あれば支払いは事足りる状況だ。身分証は全ての個人情報に繋がっているので、貯蓄や収入の額に応じて使える金額が決まってくる。カード破産の危険を取り除く方策とされていた。この大都市の九割の店舗が、業種に関わりなくキャッシュレス決済のみを導入している。つまり、身分証がなければ日々の買い物もままならなくなるのだ。

その身分証は三年ごとに更新される。政府は全ての国民に配付すると明言しているが、Ｆ、Ｇ

の周辺ゾーンの住人は約七割が持たざる者だ。

明確に居住地を特定できない。それが理由らしい。ただ、現金が通用するマーケットが全て消滅したわけではない。残り一割とはいえ、現金のみで商売する店は存在する。そういう店を和は一度、取材したことがあった。

「ねえさん、お上《かみ》からのお墨付きを貰《もら》ってんだろう。え？　お墨付きだよ。身分証ってやつ。だったら、現金のありがたさなんてわからんだろうが」

串刺しにした肉を炭火で炙《あぶ》りながら、店主は終始、不機嫌な表情を変えなかった。質問にもろくに答えてくれなかった。和が串刺し肉を三本購入したとき、「まいど」と頭を下げただけだった。二日後、再訪したときは二十本、買った。思いの外、美味しかったのだ。〝スツール〟の同僚への土産のつもりだった。三度目のときは三十本、注文した。アリサから子どもの分も頼むと現金を渡されていたからだ。そのとき、店主から炭火を熾《おこ》すコツやら肉の炙り方やらを教えてもらった。教えてもらったコツを使いこなす力にも機会にも恵まれていなかったが、店主と途切れ途切れでも会話ができたのは嬉《うれ》しかった。

四度目に訪れたとき、店は廃業していた。閉店を告げる貼紙が一枚、色の剝げたシャッターに貼り付けられて、風が吹くたびにめくれた下端が音を立てていた。

自分の取材が引き金になったとは、さすがに考えなかったが、おいてけぼりをくらった子どものような淋しさは感じた。底深く怒りを抱え込んだ淋しさだ。その怒りは店主に向けたものではない。不愛想な店主に怒る、どんな理由も和にはなかった。では、どこに向けるべきなのか。唇を一文字に結び、和は踵を返した。

あの取材も、結局、活《い》かせず終いになってしまった。記事にしても載せられないと、肥川から告げられたからだ。告げられたとき、店主の仏頂面が浮かんだ。冷ややかな眼差《まなざ》しやへの字に結ばれた口元が妙に生々しく思い起こされたのだ。

「残り五十万はあなたの話の真偽が確かめられてから渡すわ。それくらいの駆け引きはさせてもらうわよ。結構な額なんだから」

「これ、明海さん個人の金ですか」

「そうよ。うちの編集長、極め付きのケチなの。よほどの取材じゃなければ百万もの大金、出してくれないのよ。あ、でも、もちろんきちんと請求するから。後で領収書、ちょうだい」

あはっと声を上げて、少年が笑った。意外なほど明るい、澄んだ声だ。

「おもしろいですね、明海さんて。こんな愉快な人だとは思わなかった」

「わたしのこと、どんな風に思ってたの」

笑い声が止む。風の音が強くなる。

「どんな風に？」

「ええ、わたしの何を知って、わたしのことをどんな人間だと思っているのかしら」

少年がまた、笑った。今度は偽物だ。声帯を震わせ、口角を上げただけに過ぎない。

「まるで、恋人に迫るみたいな台詞ですね」

「さすがに、十代を恋愛対象にはしないわね」

「選択権はそっちにあると？」

「いいえ、そこまで傲慢じゃないし自惚《うぬぼ》れてもいない。でも、あなたとわたしが並んで歩いていても、恋人同士には見えないでしょ。どうにも無理があるわよね。それが現実よ」

「じゃ、どんな関係に見えますか」

「え……」

「おれと明海さんが並んで歩いていると、周りにはどう見えますかね」

顎を引く。少年の視線を受け止める。息を呑み下す。

「何のために、そんなことを尋ねるの」

「話を振ってきたのは明海さんでしょう」

太陽が水平線に沈もうとしていた。その光が海面を滑り、真っ直ぐに伸びてくる。かつて休息所だった廃墟《はいきょ》はオレンジとも紅とも言い難い光に照らされて、異世界のような色合いになっている。しかし、それはほんの短い間だった。海に呑み込まれるように太陽が消えていく。それまで遠慮がちに地を這っていた闇が一気に膨れ上がり、辺りを黒く覆い始める。闇が風景を食《は》む音が聞こえてくるようだ。シャリシャリ、シャリシャリと。

「親子」

少年が呟いた。白い顔は闇に紛れない。闇を払うのでもない。紗《しゃ》を被った人に似て、ぼんやりと浮かんでいる。

「……といったところでしょうか」

闇の下の顔を見詰め、和は息を整えた。鼓動が僅かに速くなっている。

「あなたは幾つなの？　十代後半？　だとしたら、わたしとしては親子より歳の離れた姉弟《きょうだい》の設定でお願いしたいけど」

冗談めかして言ってみる。ただ、自分の表情が張り詰めているとは、わかっていた。目尻に僅かだが痛みさえ感じる。

「母親の役回りは嫌ですか」

少年が搨背《とうはい》にもたせかけていた背中を起こす。テーブルの上に両手を乗せる。右手。そこに鳥のタトゥーが刻まれている。

本物だろうか。単なるペイントだろうか。

右手の甲。刻まれた印。封印した記憶。

鼓動がさらに速くなる。腋《わき》の下に汗が滲み、口の中が乾いていく。

とん。背中に人の気配がぶつかってきた。尖《とが》ってはいない。少なくとも殺意は含まれていなかった。それでも、身体は反応する。

和は立ち上がり、振り向いた。

床上一メートルに満たない辺りが仄《ほの》かに明るい。臙脂色《えんじいろ》の明かりがゆっくりと近づいてくる。瓦礫の転がる床を歩く足音も近づいて来る。

少女……だろうか。ぼさぼさの長い髪を背に垂らした子どもだ。白い貫頭衣《かんとうい》のような服装をしている。腕も膝から下も剝《む》き出《だ》しだ。見るからにサイズの合わないぶかぶかのズック靴を履いていた。おそらく七歳前後。もっと幼いかもしれない。楕円《だえん》形の盆を掲げて立っていた。盆の上にはランプがあり、臙脂色の光源になっている。アンティークなどとは程遠い、そっけない円柱型のガラス容器だ。その中で灯心が燃えている。輪郭のあやふやな光は、ＬＥＤの隙の無い明るさに慣れた眼には、あまりに頼りなくも儚《はかな》くも映る。

少女は無言で、ランプをテーブルに置いた。ランプの後ろに隠れていた二つのグラスも並べる。中には水がたっぷりと入っていた。

「あ、どうも。ありがとう」

我ながら間の抜けた挨拶をしてしまった。赤面する。少女はちらりと和を見上げ、少しばかり腰を落とした。その仕草も「どういたしまして」と返してきた口調も、驚くほど優雅だ。

「これを」

少年が封筒を少女に渡す。少女は無言で受け取り、盆に載せた。それから、緩やかな動きで踵を返した。静かに去っていく。闇に溶け込んだように思えた。

「あの子は、誰？」

問うてみる。容易く答えを貰えるとは考えていなかった。しかし、返事は即座だった。

「生き残りです」

「生き残り？　何の」

「ラダンの壺からの」

和は位置のずれたイスを直し、腰を下ろした。心臓の動きは元に戻っている。二度、深呼吸を繰り返す。灯心の燃える匂いを吸い込む。串焼きの店で嗅いだ、炭火の匂いを思い出す。炭と石油だから、まるで違うけれど同じように柔らかく染みてくる。

「そのラダンの壺って何なの？　そこから、詳しく話を聞かせてもらえる？」

「嫌だとは言いません。前金を受け取っちゃったので」

「当然だわ。支払った分に見合うだけの取材、させてもらうつもり」

「明海さん」

不意に少年が身を乗り出してきた。その唐突な動きから、和はイスごと身を引いた。イスが床に擦《こす》れ、不快な音を響かせる。少年がまた、軽やかに笑った。

「そんなに用心しなくていいですよ。おれは女を襲ったりしないから」

「それはどうも。安心したわ。それなら、落ち着いて話ができるってものね」

「尋ねたいことがあるんです」

笑みを消して、少年が言った。ランプの明かりが横顔を照らし出す。整った顔立ちだからだろうか。どこか作り物めいて見える。

「取材するのは、わたしなんだけど」

「わかってます。でも、一つだけ聞かせてください」

ガラス容器の中で炎が揺らいだ。蓋がないから空気の流れに揺れ動くのだ。その度に、焦げ臭さが増す。和は背筋を伸ばし、少年と視線を絡めた。

「あなたはなぜ、この取材を始めたのです？」

息を吸い込む。質問はありきたりなようで特別だった。和の真ん中に突き刺さってくる。はぐらかせる相手じゃない。

和は奥歯を強く嚙み締めた。ランプの炎は揺れ続けている。

第三章　過去の風景

ゆっくりと下唇を舐める。

舌の先に、粘膜のかさつきが伝わってくる。

時間稼ぎをするつもりはない。そんな姑息《こそく》なやり方が通用するとは思えなかったし、性にも合わない。いいかげんにはぐらかすのも、誤魔化すのも危ない。空言など以《もっ》ての外だ。見破られたら、全てお終いになる。少年は立ち上がり、周りを囲む闇の中に去ってしまうだろう。和は何の獲物も手に入れられないまま、一人残される。それだけは、どうあっても避けねばならない。やっと指に触れた機会を、みすみす取り逃がすわけにはいかないのだ。

もとより、はぐらかす気も誤魔化すつもりも、嘘を並べる意図もない。ただ、何をどこまで話せばいいのか、話せるのか思いあぐねてはいる。正直に全てを吐露するわけにはいかないし、必要もないだろう。

グラスの水を口に含む。唇同様に、いや、さらに口の中は乾いていた。水が染みる。

「わ、美味しい」

思わずグラスを見詰めてしまう。

何の変哲もないガラスの器だ。中身の成分や温度で色を変える、あるいは極めて軽量でありながら耐久性に優れ、多彩な色合いを誇る特殊プラスチック等とは違う。少し厚みのある半透明な器はランプの明かりを受けて、うっすらと紅く染まっていた。

もう一口、今度は喉に流し込んだ。さほど冷えているわけではないのに、心身の熱を冷ましてくれるようだ。

「この水、ほんとに美味しいわ。水道水じゃないわね」

「無防備ですね」

「え？」

「明海さん、もっと用心深い人かと思ってたけど」

グラスを置く。半分ほどになった水が、僅かに揺れた。

「この水のこと？」

「ええ」。少年は頷いた。和は息を吐き出し、グラスを摑む。一気に飲み干した。

「ああ、やっぱり美味しい」

少年に向けて、笑みを作る。向けられた相手は僅かに眉を顰めた。

「用心深いっていうのはね、何でもかんでも疑ってかかることじゃないと思うけど」

「……じゃ、どういうものだと思ってるんですか」

「勘よ。気を付けなければならないかどうか、とっさに判断……というより、感じるの。その感覚を研ぎ澄ます。これは危ない、あれは安全だってね」

「へえ、勘を研ぎ澄ます、か。で、明海さんの勘、身を守れるほど鋭いんですか」

「まあね」

「その鋭い勘で何度も窮地を切り抜けてきた？」

「ええ、その通り。と言えればかっこいいんだろうけど、あいにく、何度も窮地に陥るような派手な生き方してないのよ。地味で地道な仕事を続けてきたし、これからもそうだと思う。誰かに命を狙われて逃げ回るとか、正体の見えない敵と戦うとか、そういう見どころ満載のストーリーとは無縁の人生なの」

暫く沈黙の間があった。空になったグラスから指を離す。ずっと握っていたのだ。

「水を飲んだのは、勘が警告しなかったからですか」

「いいえ、あなたがわたしを殺す理由が思いつかなかったからよ。水の中に無臭、無味の毒を仕込まなきゃならないどんな理由も浮かばなかった。それだけ」

唐突に、少年は笑った。顔を伏せ、くっくっくっと小刻みな笑いを漏らす。

「そんなに、おもしろい話をしたっけ？」

「わりに笑えます。それじゃ勘が鋭いんじゃなくて、危機管理能力が低いだけって話になりませんか。考え方が甘くて、ご都合主義だって」

「ふーん、じゃあ、あなたにはわたしを殺す理由とやらがあるわけ。当人としては、まさかねという思いではあるんだけど」

思案が及ばないところにある殺意。見当のつかない殺人の動機。

あるだろうか。あるかもしれない。人は得てして己に甘くなる。己の過失、己の失態をすんなりと受け入れられない。できれば、〝なかったこと〟として記憶から消したいと望む。あるいは知らない振りをしながら、本当に知らなかったのだと信じ込もうとする。「わたし（わたしたち）は、何も知らなかったのだ」は言い訳の常套句《じょうとうく》だ。

だから、わからない。自分がどこかで何かを〝なかったこと〟にしていないと断言できる、そんな自信は欠片もなかった。

「殺される理由、百パーセントないと言い切れますか」

「いいえ。あなたの正体を知らないのだもの、明言できるわけがないでしょ。さっき、地味で地道って言ったけど、あれ、嘘じゃない。でも、仕事がら他人の秘密や隠し事に踏み込むこともあったから。誰からも怨《うら》まれていないとは、とてもじゃないけど言い切れないな」

「仕事絡みの怨恨かぁ。うーん。雑誌記者が殺される理由としては、ありきたりだなぁ」

闇が濃くなる。ランプの淡い光に羽虫が一匹、寄ってきた。小指の爪ほどの薄青い虫だ。ランプの熱に驚いたように翅《はね》を震わせ、少年の背後の闇に消えた。

「ありきたりの理由で、人を殺すのは嫌だな。でしょ？」

今度は、和が眉を顰めた。同意を求めているのだろうか。

「特別な理由があっても嫌ね。できれば避けて通りたいけど」

「避けられなかったら、どうします？」

ほんの瞬きの間、少年は黙り、すぐに「あなたが」と続けた。

「あなたが、誰かを殺すに足る理由を手に入れたなら、どうします、明海さん」

和も瞬きをする。唇を舐め、少年を見据える。

「たぶん、殺さなくてもいい理由を必死で探すと思う」

「狡《ずる》いな」

少年の眉間に皺ができる。嫌悪を表す皺だ。眉を寄せただけなのに、険しい気配が滲む。理由などなくても、人を殺せる険しさだろうか。

「そーいう、いかにも正解って回答は狡くて、つまらないですね」

「がっかりさせたのなら謝るわ。ごめんなさい。でも、あなたの意に沿う回答より、正直な気持ちを答えた方がいいと思ったの。あなたの気に入るように本心を隠して答える方が、よほど狡い気がしたんだけど」

羽虫がまた一匹、寄ってくる。さっきと同じものなのか、種が同じだけなのか見分けがつかない。薄青色の翅は、それなりに綺麗だった。

「明海さんて」

少年が息を吐き出した。

「ものすごく真っ当な性格なんだ。どうやったら、そんな真っ当で退屈な思考回路ができあがるんだろうな。興味深いや」

「わたしに興味を持ってくれたわけ？　だとしたら、ありがたいわね。わたしもあなたには、大いに興味があるんだから。お互いさまよ、カササギ」

少年の口角がほんの少し上がった。

「とりあえず、そう呼んでも差し支えないでしょ」

「お好きなように」

「本名は？　と尋ねても教えちゃくれないわよね」

「今、しゃべるのは明海さんの方ですよ。なぜ、この取材を始めたのか。聞かせてください。いや、そのずっと前からでもいいいな」

「ずっと前？」

「真っ当で退屈な思考回路が育っていく過程。マジで興味あります」

「わたしの生い立ちを聞きたいってこと？」

「語れる範囲で、ぜひ」

少年、カササギが背筋を伸ばす。見詰めてくる眼差しが真摯だ。

苦笑を浮かべようとした。口元が強張《こわば》っているのか、上手く笑えない。

「立場が逆でしょ。取材させてもらうのはこっちなんだけど。それに、あなたの言う通りわたしのこれまでの人生なんて、真っ当だけど退屈。そんなものよ」

「そうですか」

「ええ。語ることなんか、ほとんどないの。地方都市……人口六万に届かない小さな市だったけど、今はもっと減っちゃってるだろうね。取り立てて、確かな産業なんてないところだったから」

海にさほど近いわけではないのに、風の向きによっては稀《まれ》に潮が匂う。かつては、その海に繋がる街道が市を東西に貫き、旅籠町《はたごまち》として賑《にぎ》わっていた。そんな匂いと歴史を纏った場所だった。

「父と母、五つ上の姉とわたしの四人家族だった。わりに仲のいい家族だったと思う。父も母も、大らかな人だったからね。豊かじゃないけど、明日の食事を心配しなくちゃならないほど貧しくもない。ちょっとしたイベント、誕生日とかクリスマスとかには外食して、ささやかなプレゼントを贈り合ったりできる。その程度の家だったわ。いわゆる、〝普通〟の範疇にすっぽり嵌っちゃうのかな。毎日が平穏だったし、それなりに満たされてもいた。そう……別に、これといった不満なんかなかったのよ。でも、わたしは田舎の暮らしに飽き足りなくて、都会に出ることばかり考えてた。生まれてから小学校を卒業するまで都市部にいたこともあって、何て言うか……田舎の日々が窮屈だったの。周りの子もみんな出たがっていたわ。もちろん、みんながみんなじゃない。姉なんかは……」

微かに人の気配がして振り返ると、あの女の子がいた。ガラスのピッチャーを両手で支え、そっとテーブルの上に置く。半分ほど水が入っていた。

「度々、ありがとう。ちょうど喉が渇いていたの、嬉しい」

お愛想ではなかった。過去を語るうちに、喉がひりつくほど渇いてきたのだ。少女は先刻と同じように「どういたしまして」と、大人びた返事を残して去っていった。

カササギが和のグラスに水を注ぐ。

躊躇わなかった。渇きに振りかけるように、飲み干す。

「さ、続けて」

カササギは和を促し、自分と和のグラスを再び水で満たした。ピッチャーもガラス製だ。下部に切り込み細工が施してある。

「田舎にうんざりしていたあなたは都会に憧れ、住んでいた町を厭うていたんですね」

「厭うてはいなかったけど……閉塞感はあったかな。ここでずっと暮らしてたら、どんどん萎《しぼ》んじゃうみたいな。閉塞感というより焦りだったかも。今、思えば笑っちゃうほど的外れな焦りなんだけど、当時はねえ、都会に戻れば、自分の未来が開けるみたいに思い込んでたし。姉にはそういうところ全然なくて、どちらかといえば、地方暮らしが好きだったみたい。同じように育ったはずなのに、人って違ってくるものね」

「そうですね。あっ」

カササギの肘が当たり、傍らのグラスが床に落ちる。派手な音を立てて砕けた。ガラスの破片と水が飛び散る。和はとっさに屈み込み、欠片を幾つか拾い上げた。

「すみません。大切なグラスなのに、やっちまったな」

「ほんとね。特殊ガラスじゃないのね。床に落ちて砕けるグラス、久々に見たわ」

「古い物ですからね」

「これ、今じゃ貴重品じゃない。どこで手に入れたの？」

自分のグラスを仔細《しさい》に眺めれば、底から二、三センチの部分に羽を広げた鳥、おそらくカモメだろう形が線描されていた。なかなかに凝った作りだ。

「盗んだ品じゃないですよ。このレストランの倉庫の隅にあったんです。箱に詰められて十個ほどかな。酒類なのかソフトドリンクなのかわからないけど、きっと何かの飲み物のためのグラスだったんでしょうね。もっと小振りで丸いやつも幾つかありましたよ。それには、巻貝が描かれてたかな。あ、楕円形の白い皿もあったな」

そこで、カササギは僅かに前屈みになった。

「ね、明海さん。この建物が造られたころは、落とせば壊れちゃうグラスや陶器の皿が普通に使われてたんですよ。ちょっと信じられない気になりませんか」

ランプの炎が揺れる。

そうねと答えた。

「言われれば、子どものころ、ガラスのコップなんて当たり前にあったわね」

炎は揺れ続ける。テーブルの上のぼやけた光もちらちらと揺らめいていた。


壊れない器や機能的な家具がもてはやされ始めてから、もうずい分になる。道具だけではなく衣服もそうだ。大量生産することで価格を抑え、かつ、その年、その季節の流行を取り入れた物が重宝され、広く行き渡っていた。それは、決して悪いことではないけれど、職人の技を活かす余地はなくなる。

織り、焼き、染め、縫い、編み、研ぎ、絵付け、細工、象嵌《ぞうがん》……。日々の暮らしが効率的で実用的になればなるほど、特別な技術、熟練の技とは縁遠くなる。今、そういう諸々を所有し、使い、身に纏えるのはAからBゾーンあたりに居を構える人々ぐらいだ。そこには、精緻な家具が、一流の職人の手による織り物や染め物が、見事な工芸品の数々が存在している。格差など、昔からあった。貧富の差が消えることなどないのだろう。けれど、このところ、その差は人の営みの全てにわたり、より鮮明に、より明白になってきている。身に着けている物だけで、しゃべっている話題だけで、使っている道具だけで、どのゾーンで暮らしているのか判別できる。

より鮮明に、より明白に人と人との間が開いていく。そこに線が引かれ、線は壁となってそびえたつ。人の視力では捉えられない壁だ。壁は滑らかで、高い。上ること、まして乗り越えることは不可能だ。見えない壁のあちらとこちらに人は分かれて、交わることはない。

そうだ。格差など昔からあった。持つ者と持たざる者。富める者と貧しい者。人間が集い社会と呼ばれるものを創り上げたときから差はあった。それは徐々に拡大し、支配者と被支配者が生まれ、身分制度が確立し、その構造がときに人の力で強化され、ときに覆される。変革も変容もされる。けれど、また、新たな構造ができあがるのだ。そして、あのとき奇《く》しくも肥川が言ったではないか。「新たな身分制社会の始まりだな」と。〝スツール〟の入ったビルの三階、小さな居酒屋での呟きだった。

人は、新しい身分制社会を受け入れようとしているのだろうか。日々の生活、生き方、一生。それが生まれ落ちた時点で定められてしまう。その現実に違和も不満も訴えず、過ごしているのだろうか。

〈それなりに暮らせるなら、それでいいです。他人を羨んでもしかたない。そこそこの楽しみも喜びもあるし。それで十分だと思ってるんです〉

〈そうそう、ものすごく幸せじゃないけど、ほら、FとかGとかの暮らしと比べたら全然、いいものな。上ばっか見てもしかたないって、わかってるもんな、おれたち〉

〈道徳でも習ったし。『自分のいる場所、与えられた環境で精一杯努力するのが正しい』って。あれ、真理でしょ？　不満とか言ってる人って一生懸命に生きてないって感じがする〉

〈うんうん、わかる。努力してないのに文句言うの、おかしくないですか。え？　あたしたち？　努力？　うーん、してますよ、そりゃあ。ちゃんと働いてるし〉

〈Fとかさ、言っちゃあ悪いけど働かずに、一日中、ぐだぐだしてるやつらいっぱい、いるだろ。

ああいうの、最低だよな。うん、最低だ〉

　以前、街頭でインタビューしたさい、そんな答えが返ってきた。肥川と居酒屋で飲んでから七日ほど後のことだ。取材対象はＤ、Ｅ、つまり中間とされるゾーンの若者たちだった。中央と周辺に挟まれた区域で生きる若い人たちは何を思い、考えているのか。それを知りたくて、取材してみた。

「やりたけりゃやってかまわんが、何にも出てこないと思うぞ。他にも仕事は山ほどあるんだ、適当にしとけよ」

　肥川からは、いつもながらのやる気のない反応しかなかった。そのやる気のない言葉通り、ほとんど何も見出せなかった。若者たちは並《な》べて穏やかで、程を弁《わきま》えていた。路上で騒ぎもするし、犯罪すれすれの行為に及んだりもする。ちょっとしたスリルや模範からの逸脱を楽しんでもいるようだ。それでも、概《おおむ》ね今の自分、現状に満足していると、異口同音に語った。和が予想した怒りや嘆きは、ほとんど聞こえてこなかった。

　素直とは、理不尽や矛盾を感知する能力の衰えとイコールで結ばれるのか。

　和は考え込んでしまった。

　都市の整備が進み、ゾーンの存在が際立つのと比例して、人々は素直に諦めがよくなっていく。この世界有数の大都市は過去のどんな時代より秩序立ち、平安なのだろう……か。


　ガラスの、目に留まる中で一番大きな欠片を摘まみ上げる。砕けた先は鋭利に尖り、触れただけで皮膚を傷つけそうだ。

　その鋭利さ、その剣呑《けんのん》さが妙に懐かしい。鮮やかにも感じる。

「後で片づけます。それで、あなたは田舎から上京してきたわけだ。もうずい分と昔の話になりますか」

「ええ、とても昔の話。一昔も二昔も前になるのかな」

「まさか、それから一度もその町に帰ってないとか、じゃないですよね」

「まあ、それに近いかな」

「じゃあ、もう何年も何十年も帰っていない？」

「そうかもしれないわね」

そんなこと、あなたに関わりないでしょ。そう言い返そうとしたけれど、どうしてだか黙していた。無言で、水の入ったグラスを見詰めてしまう。

「なぜ、帰らないんです」
一、二秒、言葉を途切れさせた後、少し口調を緩めカササギは問いを重ねた。問うていながら、和の返事を待たず続ける。
「帰りたくないからですか。それとも、帰れない？　帰る意味がない？」

和は心持ち身体を引いた。真正面からカササギを凝視する。

何なの？　この子は何か知っているわけ？

まさかと眉を寄せる。

まさか、あのことを知っているわけがない。

「そうね。故郷の町にはもう誰もいないから、帰る意味っていうなら、あまりないかもしれない。帰りたいわけじゃないし、帰ってもしかたないってのが現実かな。家も家族もなくなっちゃったからね」

わざと軽々しい物言いをして、肩を竦めてみせた。

「両親は亡くなったのよ。事故でね」

不自然に聞こえない程度に口調を早める。

「自動車事故よ。姉の誕生日に三人で買い物と食事に出かけて、信号無視のトラックに激突されたの。運転していたのは父、助手席に母、後部座席に姉が座っていたけど、両親は、ほぼ即死だったみたい。トラックを運転していた男も搬送された病院で亡くなった。後でわかったんだけど、この運転手の体内から、かなりの量の薬物が検出されたのよ」

「つまり、薬物中毒による錯乱から運転を誤ったと結論付けられたわけですね」

「そうね。赤信号を無視して交差点に突っ込んだんだから、普通の状態じゃないでしょうね。薬物の常習者だったと、これも後で聞いたけどね」

「淡々としてますね。他人事《ひとごと》みたいな言い方だ。さっきも言いましたよね。『わたしのこれまでの人生なんて、真っ当だけど退屈』って。事故で両親を失っているにもかかわらず〝真っ当だけど退屈〟なんて言えるのかなあ」

「そういう言い方しないと、感情に引きずられちゃうのよ。ここで、急にわたしが泣き叫んだり、嘆いたりしたら、そっちも困るでしょう」

「困りはしませんが戸惑いはしますね。明海さん、感情に振り回されるようには見えないからなあ。泣き叫ぶところなんて、想像できないや」

眉をさらに寄せ、口元をやや歪め、和は渋面を作る。

「さっき逢ったばかりなのに、ずい分と知ったような口を利くじゃない。わたしが、どういう気性なのか、あなたわかってるの？　わかってるわけないわよね」

挑むように、カササギを見据える。いや、本当に挑む心持ちになっていた。いけない。これじゃまるで、高校生の言い合いじゃないの。

冷静になれと、頭の中で理性が戒《いまし》めてくる。

相手は、どう見ても遥かに年下だ。しかも、取材対象ではないか。問うのも、突っ込むのも、掘り下げるのもこちらのはずだ。なのに、むきになって言い返しているなんて、どうかしている。

「気性とかはわかりません。でも、能力はわかりますよ」

カササギが生真面目な表情で見つめ返して来た。

「能力？　何の？」

「危険なものを察知できる力、そこから逃げ延びる力、そんなものかな。明海さん、優れてますよね。でなければ、ここにこうして座っているわけないものな」

「……何が言いたいの」

「事故ですよ。あなたの両親が亡くなった事故。あなたは、事故には遭わなかったんでしょ。車に同乗していなかったわけですよね」

その通りだ。乗っていなかった。

「体調が悪かったのよ。あの日に限って、妙に……」


身体が怠《だる》かった。原因はわかっている。生理の前だったのだ。毎月、二、三日前から頭も身体も怠く、鈍い痛みさえあった。始まってしまえば、嘘みたいに消えてしまう不調だったが、真っ只中《ただなか》にいるときは不快で持て余す。しかも、いつもより程度が重いように感じられた。寝込むほどではなかったが、買い物もレストランでの食事も億劫《おっくう》でしかない。

「ごめん、あたし行かない」

リビングのソファに寝転んだまま、姉に告げる。

「誕生日なのに、付き合ってくれないわけ？」

姉がわざと頬を膨らませる。それから、ふっと息を吐き出して笑った。

「まっ、アレの前は辛いからね。わかるわかる。それに、あたし、もういい大人なんだし。親に誕生日、祝ってもらうのって、どうよ？　正直、多少、抵抗あるんだよね」

「でも、あのフレンチレストランで食事したいって言ったの、お姉ちゃんでしょ」

「えへっ、そうなの。悲しいかな、あたしの薄給じゃフレンチなんて厳しいからなあ。親のスネカジリよ。父さんに頼んだら、プレゼントがわりにご馳走《ちそう》してやるって言ってくれたし。予約も取れたし、ま、ここは素直に楽しんできまーす」

　ひらりと手を振って、姉はリビングを出て行った。母は外出用の鞄《かばん》を肩にかけ、

「じゃ、行ってくるわね。昨日の残りだけど冷蔵庫にサラダとシチューがあるからね。なるべく早く帰ってくるわ」

　と、キッチンを指差した。和は苦笑する。

「急がなくていいよ。ゆっくりどうぞ。小学生じゃあるまいし、留守番ぐらいできるから」

「そりゃそうね」と母は笑い、姉と同じ仕草で手を振った。その後ろで、父が軽く頷く。

　三人が出て行く物音を聞きながら、和は目を閉じた。

　頭が重い。眠い。眠くてしょうがない。欠伸が漏れる。

　自動車のエンジン音が微かに響いてくる。父の愛車と言えば聞こえはいいが、もう十年近く乗っている旧型のガソリン車だ。電気自動車や水素車は、まだほとんど普及していなかった。

　車が遠ざかる。どこかで、犬が吠えている。庭の木々が風にざわめいている。

　全ての音が薄れて、消えていく。

　夢を見た覚えはない。すとんと眠りに落ちて、徐々に浮き上がり、ふっと目覚めた。そんな感じだ。目が覚めたとたん、必死の形相で走っている女性の顔が見えた。

　え、なに？

和が瞬きしたとたん、女性の顔は高層ビルの林立する都会の風景に変わった。

あ、テレビか……。

テレビをつけっぱなしで眠っていたらしい。部屋の中は暗く、寒い。

嘘、もうこんな時間？

テレビ画面の端に表示されている時刻に驚く。二時間以上、眠っていたらしい。慌てて起き上がり、明かりをつける。それを待っていたかのように電話が鳴った。固定電話だ。

リリリリ、リリリ。

リリリリ、リリリ。

携帯電話が国民のほぼ八割に行き渡っていると言われていた。固定の電話にかかってくるのは、珍しい。ずっと沈黙を続けてきたクリーム色の電話機は、置物とさして変わらない。母がこまめに掃除する性分でなかったら、薄っすらと埃を被っていただろう。

リリリリ、リリリ。

リリリリ、リリリ。

置物ではない、人の生み出した通話装置だ。

己の力を誇示するように、鳴り続ける。唾を呑み込み、受話器に手を伸ばす。

リリリリ、リリ。

「……はい」

「あ、もしもし」

野太い男の声が鼓膜にぶつかってくる。なぜか、軽い眩暈《めまい》を覚えた。

男は警察の者だと告げた。その後、やや、声を低くする。両親と姉の名前を確認した後、
○○町△△二丁目の交差点で、事故に遭われました。

と、告げた。それから後のことは、うろ覚えでしかない。ただ一つ、下腹部が鈍く疼いていたのだけは覚えている。

次に記憶があるのは姉の横顔だった。集中治療室の中で、透明なチューブを幾つもつけられて眠っている。その横顔をガラス越しに眺めていた。ガラスにぼんやりと自分の顔が映っている。看護師が二人、忙《せわ》しげに、しかし、静かに動き回っていた。

「それで、お姉さんは一命を取り留めたんですか」

カササギが妙に古臭い言い回しで、問うてきた。

「命は助かったわ。事故の瞬間、車の外に放り出されて助かったみたい」

「不幸中の幸いってやつですね」

「そうね、怪我《けが》の方は順調に回復したけれど、回復した後も姉にとって辛い日々は続いた。いえ、本当に辛い日々は退院してから始まったのかもしれない」

「身体は治っても、心の方は回復しなかったと？」

カササギはこぶしで自分の胸を軽く叩いた。

「ええ……。姉はずっと自分を責めてた。レストランでの食事をねだったりしなければ、外出さえしなければ、父さんも母さんも死なずにすんだのにって」

どんな慰めも無駄だった。姉から笑顔どころか表情が消え、しゃべるかわりに考え込むかぼんやりと俯く時間ばかりが増えていった。罪悪感と後悔に圧《お》し潰されそうになりながら、それでも、ぎりぎりのところで姉が踏み止《とど》まっていたのは、和がいたからだ。

わたしが父さんや母さんを殺したようなもの。だから、何としても、和、あなただけは守らなくちゃと思っていた。それだけを支えに何とか生きてきた。生きてこられた。

そうなの、和。あなたがわたしを生かしてくれていたの。

でも、あなたは間もなく、この町を出て行く。

大学に進学する。新しい暮らしを始める。

わたしの役目は終わった。そうでしょ？

よかった。本当によかった。今、心から安堵しています。あの日からずっと背負っていた荷物を一つだけおろして、少しだけ軽くなった。そんな心境です。

和、でも、本当にごめんなさい。わたしはあなたから、両親を奪いました。その罪が消えることはないと、わかっています。一生背負い続けなければならないと、わかっています。でも、あなたは自由です。孤独と背中合わせだけれど、自由です。

どうか、自由に生きてください。

あなたが、ものすごく強い人だと、わたしは知っています。なんて言ったら、あなたは怒るでしょうね。すごく、怒るでしょう。

「あたしのこと、わかったように言わないでよ」なんて、身体を震わせて抗議するでしょう。

その顔、その眼つきがリアルに浮かんできます。あなたは昔から、決めつけられること、命令されることを何より嫌っていたものね。

でも、やっぱり強い人だと、わたしは思います。

それとも、強い人であって欲しい。そんな願望なのかなあ。

和、これからは一人です。一人で生きてください。一緒に生きる誰かが見つかるまで、一人で踏ん張って。ああ、でも、あなたは誰かに寄り掛かったり、頼ったりする性分じゃないよね。パートナーができたとしても、自分の足で立って、歩いていくのかな。

あっ、またわかったようなこと言っちゃったね。ごめんなさい。

それと、もう一つ。わたしのことは心配しなくていいからね。わたしも、もう一度、新しい生き方を探してみるつもりです。罪を背負いながら、それでも、わたしなりの人生、わたしなりの幸せを探してみようと考えています。

幸せになっちゃいけない。一生、償い続けなくちゃいけない。そう思っていました。事故の直後、意識が戻り、事態を呑み込んでからずっと、です。死ぬことばかり考えていました。でも、和、あなた、毎日、お見舞いに来てくれたよね。父さんと母さんのお葬式もほとんど一人で出してくれたんだよね。

そして、退院の日、あなたはわたしを迎えに来てくれた。「お姉ちゃん」って抱き締めてくれた。あのとき、わたし、ふっと生きてていいのかもって感じました。そして、父さん母さんの三回忌を済ませた、今は、生きていこうと決めています。うん、やっぱり、和は強い人だ。その強さで、わたしを支えてくれた。

ありがとう。

あーあ、頭の中がぐちゃぐちゃになってきた。書いても書いても、心の中のことをきちんと伝えられない。

事務的なことだけ伝えます。

この家と土地の売却が決まりました。来月一日が引き渡しの期日です。家を売ることは、何度も話し合って、あなたも納得してくれてたから問題なく進めました。売却にかかる費用その他を差し引いた金額は、別紙のとおりです。これに、あなた名義の父さんと母さんの保険金と預貯金、事故の賠償金等々を加えて、あなたの口座に振り込んであります。知り合いの税理士さんに入ってもらって、税金等の手続きは完了しています。計算書を同封してありますから確認してくださ

くださ い。税理士さんの名刺もいれておきます。事情は説明してあるので、何かあったら相談してみてください。

振り込んだ金額は、贅沢しなければ、あなたの学生生活（学費含む）とその後の暮らしを支えてくれるぐらいはあると思っています。父さん、母さんからの最後の贈り物です。大切に使ってください。

和、今、深夜二時です。明日、いえ、今日、あなたを見送り、来月一日、業者さんに家を渡したら、この手紙を投函《とうかん》します。そして、わたしも旅立ちます。

心配しないでね。間違っても、行方不明者届なんて出さないでよ。わたしは死んだりしないから。生きていくためにこの町を出るんだから。


学生専用のマンションの一室、入居し立ての部屋で受け取った手紙には、冒頭にも末尾にも挨拶書きはなかった。生きていくためにこの町を出るんだから。その一文で、途切れたように終わっている。薄っすらと青い紙の上に藍色の横線が引いてある便箋だった。

青は姉の好きな色だ。

驚かなかった。予感はあったのだ。こういうやり方で、姉はあの町を捨てるだろうと、頭の片隅で理解していた。理解しながら、目を逸らしていただけだ。

「それっきりですか。それっきり、お姉さんには逢っていない？」

「……ええ」

「明海さん、捜そうと思わなかったんですか」

「むしろ、姉が望んでいないのに捜しては駄目だと思ったわね」

「割り切ってますね」

「割り切らなくちゃ、前に進めないことなんていっぱいあるでしょ」

「ですね。同意します。でも、そこで終わりじゃないですよね。上京してから、ここにこうしているこの時まで、どうやっていたかと」

「いいかげんにして」

テーブルを強く叩く。グラスの水とランプの炎が揺れた。

「もう一度、言うけど、取材対象はわたしじゃなくあなたなの。問うのは、わたし。答えるのは、あなた。あなたは、その立場を受け入れた。ひっくり返さないでもらいたいの」

「ああ、すみません。ついつい、突っ込み過ぎましたね。明海さん、とても興味深いもんで」

「わたしの何に興味があるの？　あら、もしかして、年上が趣味なのかしらね」

わざと下卑た言い方をしてみる。この取り澄ました少年を煽《あお》ってやりたい。

カササギがグラスに向かって、顎をしゃくった。

「え？　これが何か？」

「飲まないじゃないですか。口を付けようとさえ、しない」

「それはだって……喉が渇いてないもの」

「ほんとにそうですか？　喉が渇いていない。そんな理由で手を出さないんですか」

「何が言いたいの」

煽るどころか、調子を乱すことさえできない。終始、カササギのペースで進むやりとりに、和は指を握り込まねばならなかった。

「用心してるんじゃないかと思って。つまり、この水に不安を感じている」

違いますかと、カササギは付け足し、仄かに笑んだ。

「ですよね。明海さんの勘が告げたんだ。アブナイ、ノムナと。だとしたら、すごいな。たいした能力だ。そりゃあ生き残れますね。自動車事故の話だって、逆じゃないんですか」

「逆？」

「そう、逆。具合が悪くて食事に同行しなかったんじゃなく、同行したくないから具合が悪くなった。明海さんが意識しているかどうかは別にして、それが真実じゃないかな」

「寝ぼけたこと言わないで。馬鹿馬鹿し過ぎて嗤う気にもならない」

カササギがランプの傍で指を広げた。手のひらに小さな瓶が載っている。茶色の本体に白いスポイト型の蓋が付いていた。指先で蓋を取ると、カササギは中身をグラスの中に垂らした。蓋を閉め、瓶をパーカーのポケットにしまう。

その間、三秒足らずだろう。滑らかな動きだ。

「こういうことを警戒したんじゃないですか、明海さん」

「それは、なに？　まさか、致死率百パーセントの猛毒なんてのじゃないわよね」

努めて平静を装い、和はふっと息を吐き出す。それで、自分がずい分と構えていたのだと気が付いた。上目遣いにカササギを見やる。

この少年は、どうしてこうも緊張を強いるのか。

わたしが勝手に張り詰めているだけ？

「下剤です」

「はい？」

「これ、けっこうよく効くんですよ。便秘のときはお勧めですね」

「……便秘でなかったら、どうなるの」

「うーん、かなりきついからなあ。一、二時間はトイレに籠《こも》らなきゃならないかも」

「とんでもない話だわ。そんなものを飲まそうとしたの」

「明海さん、飲まなかったじゃないですか。二杯目までは一気飲みだったくせに、三杯目のグラスには指も触れなかった。グラスの中身が二杯目までとは違うと感付いたからと考えても、おかしくないでしょう」

束の間、カササギを見詰め、かぶりを振る。

「確かに変だなとは感じたかな。でも、それはグラスじゃなくてあなたに、よ」

床に散ったガラスの破片を指差す。

「あなたがグラスを落とした。そこに引っ掛かったの」

「動きが不自然でしたか」

「いいえ、とても自然だったわ。うっかり、やっちゃったって風だったもの。ガラスの器が砕けるのは久々に見たけど、肘だの、手先だのが当たって何かが落ちるなんてこと、珍しくない。ええ、ちっとも珍しくないわよね。うちの会社でも、しょっちゅう、誰かが何かを落として騒いでるものね」

資料はすべてデータ化しろ。机の上を整理しろ。物を落とすな。落とした物を蹴るな。塵は塵箱に捨てろ。社の備品は所定の位置に戻せ。無駄に使うな。

肥川がよく、怒鳴っている。アリサ曰く「口うるさい小姑《こじゅうと》っぽい」怒鳴り方だ。ミチに言わせれば「人間関係には極めつきにだらしないのに、他のことに関しては、どうしてああも細かいんでしょうね」となる。

唐突に、〝スツール〟の面々の声や、顔付きや、やりとりを思い出していた。肥川も含め、送り出してくれた。このままじゃ帰れない。

「だったら、何に引っ掛かったんです」

カササギの声は〝スツール〟の誰とも違った。和の知っている誰とも似ていない。

「あなたが、うっかり物を落とすような人だとは思えなかった」

能《あた》う限り感情を滲ませず、和は告げた。

「ましてや、壊れるとわかっているグラスを不注意で落とす？　それはないなって気がしたの。むろん、わたしはあなたのことなんて、ほとんど何も知らない。あなたが、とんでもない粗忽者《そこつもの》の可能性だって無きにしも非《あら》ずよ。けど……そうね、やはり勘かもしれない。危険を察知するのじゃなく、人を見定める勘。わりに鋭いかもしれないわ」

わずかに身を乗り出す。

「その勘が教えてくれたのよ。あなたがグラスを落としたのなら、それはわざとだって。それなら、なぜ、わざと落としたのか。短い間でも、わたしの注意を逸らすため。手許《てもと》のグラスから視線を外させるため。そう考えるのは当然でしょ。わたしがガラスの欠片に気を取られていたとき、あなたは何かをした、と」

「なるほど。筋は通ってますね。その何かとは、下剤を混入させることだったわけですが」

「最低としか言いようがないわね」

「致死率百パーセントの毒薬よりマシでしょ。ふふ、でも、これで確かめられました。明海さんが一筋縄じゃいかない兵《つわもの》だってことがね」

「ありがとう。褒め言葉として受け取っておくわ。じゃ、今度はあなたのことを確かめさせてちょうだい。やっと、本題に入れるわ。ここからの話、録音しても構わない？」

小型ボイスレコーダーをランプの近くに置く。駄目だともいいとも、答えはなかった。

「人身売買、それも子どもを売買するマーケットが存在している。明海さんが、そういう情報を摑んだのはいつですか」

「また、質問？」

「答えられませんか」

　軽く息を吸い、吐き出す。風が壁の割れ目から吹き込んでくる。冷たい。この時期、日が暮れると地上は急速に冷めていく。

「もうずい分と前になるわ。初めは、この国、この都市にかなりの数のストリートチルドレンがいるという情報、そのときは、ただの噂に過ぎなかったけど、それが耳に入ってきた。信じられる？　日本の首都にストリートチルドレンよ。家がなく、路上で暮らす子どもたちがいるなんて、俄《にわ》かには信じられなかった。むろん、虐待を受けている子、居場所のない子、帰るべき場所を持たない子……たくさんの子どもたちが苦しんでいることも、そういう子が犯罪に巻き込まれやすいことも承知していたわ。でも、公的に子どもたちを支援する組織も助成する試みもあって、何とか機能していると思っていた」

「児童保護法とか、ですか」

「ええ……」

　この都市の再開発、再整備が急速に進んでいたころ、国会では次々と子どものための法案が審議、可決されていた。特に、首相肝煎で推進された児童保護法案は、この国の全ての子どもたちに一定の教育と住環境を保障し、未来を育む拠《よ》り所《どころ》となると謳《うた》われた。

「貧困をはじめ、如何《いか》なる理由によっても子どもたちの学びの場が奪われることのないように、生命が脅かされることのないように、自分の可能性を伸ばしていけるように努め、社会を構築していくのは、我々大人、とりわけ政治に関わる者の責任であります」

　当時、まだ三十代。歴代で、最も若いとされる首相、木崎誠吾《きざきせいご》は誇らしげに演説した。引き締まった長身に仕立てのいい背広を纏い、弁舌爽やかな青年政治家は国民に絶大な人気を博してはいたが、魔窟にも喩《たと》えられる政治の世界で、いかんせん若すぎる、すぐに潰されるだろうとの憶測も飛び交ってはいた。もともとは、自身を含む閣僚たちの国内外企業との癒着や醜聞が次々と発覚し、世論のごうごうたる非難と内閣支持率の急激な落ち込みに耐えきれず、前首相が任期途中で辞任した。その後を受けて選ばれた男だった。

ショートリリーフに過ぎない。ただのお飾りだ。前政権のダークなイメージを薄めてくれれば、それ以上の仕事はしなくていい。

新首相の若さと爽やかさを前面に押し出して祭り上げ、裏では今まで通りに、この国の政治を動かしていけばいい。老獪《ろうかい》なベテラン政治家たちの思惑は、しかし、見事に外れた。

国民の圧倒的な支持を背景に、木崎は大胆な政策を打ち出し、現実のものにしていったのだ。経済の立て直し、民間からの優秀なブレーンの登用、卓越した外交政策、そして何より国際的なモデル都市の構築……。どれもが鮮やかで、力強く、新しい。それまで、国民とはかけ離れ、靄《もや》の向こうで、一部の者たちだけがこねくり回していた〝政治〟が、木崎の登場で靄が晴れ、身近なところに戻ってきた。

そう称され、高い支持率を保ったまま長期政権を維持している。

影を生み出さない光はない。

誰の言葉だったか忘れたが、脳裏に刻まれている。

影を生み出さない光はない。

この都市が美しく、煌びやかに変わっていけばいくほど、ゾーンの間の見えない壁は高くなる。中央に理想的な居住空間ができあがっていくのと比例し、周辺の荒廃と衰退が進んでいく。全ての汚物、全ての廃棄物を周辺に掃き出せば、そこに清潔で整った、利便性の高い場所が現れるのは当然だろう。なのに、人は影を見ない。影に追いやられた者は身を縮め、光の中に住む者は影などないように振舞う。しかも、その構図はこの国のあらゆる地方都市に広がろうとしていた。

規模の違いはあれ、各都市は首都に倣いゾーン化を進めている。そうすることで、政権とより緊密に結び付いていく。

　ここまで来たら、もうどうにもならんだろうな。諦めて、負けを認めて……。

やはり居酒屋で聞いた肥川の呟きは、誰より現実を知っている者の一言だったのかもしれない。本心かどうかは別だが。

　ただ、和は、児童保護法で子どもの人権や暮らしはある程度守られるのでは、と考えていた。格差の是正には至らなくても、最低限の教育と生きる道は保障されるはずだと。

「甘いですね、明海さん」

　カササギの指がテーブルを叩く。コッコッと一定のリズムで叩き続ける。

「ええ、ストリートチルドレンや子どもの人身売買の話がほんとうなら、とんでもなく甘かったわね。もし、そうなら……現実なら、国際的なモデル都市どころか、最低な国の最低な都市ってことになる」

「それを確かめたくて、取材を始めた？」

　コッコッコッ、コッコッコッ。

「真実を知らなくちゃと思ったの。この都市で何が起こっているか知って、報せなきゃと」

「勘は働かなかったんですか」

「え……」

「危険感知のセンサーですよ。作動しなかったのか、作動させなかったのか。どっちだろう」

「……どういう意味」

　コッコッコッ、コッコッ。

　音が止まる。指を握り込み、カササギが囁いた。

「明海さん、あなた、殺されますよ」

風が首筋を撫《な》でていく。風だとわかっている。それなのに、和は首を押さえ小さな悲鳴を上げた。ナイフを押し当てられたように感じたのだ。

「間違いなく、殺される」

カササギがもう一度、囁いた。

殺される。

胸の内で囁き返す。ほとんど無意識に唾を呑み込んでいた。そんなわけがないのに、苦い。

和は目の前のグラスを摑み、半分ほどを一息に飲み下した。

やはり美味しい。水と一緒に舌に残った苦みも流れていく。

「下剤入りだと告げましたよね」

カササギが少しだけ口元を歪める。

「言わなかったけど、わたし、筋金入りの便秘症なのよ。一週間、お通じがないなんてざらなの。よく効く下剤を混ぜてくれたなら、御の字だわね」

トンッ。音を立ててグラスを置く。

「この都市には、法の目から零れ落ちたにもかかわらず、全く顧みられない子どもたちがいる。それどころか、品物として売り買いされている。世界有数の大都会、民主国家と経済大国を標《ひょう》榜《ぼう》する国家の首都でよ。それが真実かどうか、わたしは知りたいと思った。だから取材をしているわけ。何年もかけてね」

指先で口元を拭い、和は胸を張った。

何年も、何年も、何年もかけた。ここに辿《たど》り着くまでに、長い年月を費やしたのだ。

だから、おいそれと引き下がるわけにはいかない。簡単に誤魔化されるわけにも、諦めるわけにもいかない。殺されるなんて、論外だ。

「わたしを殺そうとするのは、誰？」

カササギを見据え、尋ねる。

「あなたじゃ、ないわね」

「へえ、あっさり言い切るんだ。おれのこと、信用できると判断したわけですか」

「いいえ、ちっともしてないわ。でも、あなたがわたしを殺したいなら、幾らでも機会はあったでしょ。階段で振り向きざまにナイフで刺しても。このグラスに下剤じゃなくて毒を入れても、わたしを殺《や》れたじゃないの。でしょ？　あなたじゃない。じゃあ、誰よ。わたしを、というより、子どもの人身売買について取材している記者よね。その記者が目障りで、取り除こうとしている者がいる。それは誰？」

「知りません。ただ」

「ただ？」

「知りたいとは思います」

いったん言葉を切り、カササギは握り込んでいた指を広げた。手の甲に印《しる》された鳥まで翼を広げたように見えた。ほんの一瞬だけれど。

「知らなくちゃならない。その正体を確かめなくちゃならないんです」

束の間、和は息を詰めた。口を軽く開け、詰めた息を吐き出す。夜気が胸の底まで染みた。

「ねえ、まさかとは思うけれど」

イスに座り直し、改めて目の前の相手に視線を向ける。

「わたしに接触してきたのは、そのため？　正体不明の誰かをおびき出す。その囮《おとり》にするため……なんて話にはならないわよね」

うーんとカササギが唸った。それから、芝居がかった仕草で肩を竦め、笑む。

「違います、そんな恥知らずな酷《ひど》い真似はしません。と、断言したいんですが」

「できないわけね」

「はい。明海さんがストリートチルドレンや人身売買について取材していると知ったとき、あ、これは使えるなと思った。そこは事実です。明海さん、かなり前から取材を続けてましたよね。けど、思うような結果を出せなかった。スクープにはとても届かない。そういうところでしょう」

「言い訳してもいいかしら」

和は右手を軽く挙げた。カササギがまた、肩を竦める。

「どうぞ。ただし、手短にお願いします」

「ありがとう。あなたが寛容な人でよかったわ。あのね、今、大手のマスコミはほとんど機能してないでしょう。ほぼ官報をなぞるだけという状態になってる。定例会見以外の取材は政府の許可がないとできないんだから、仕方ないと言えば言えるのかしら。言ってお終いにしていいわけはないけど」

「機密漏洩防止法、ですか」

「ええ」

児童保護法案が審議されていたのと時期を同じくして、与党から提出された機密漏洩防止法案はさほどの抵抗もうけず、国会で承認されていた。

その一年前に大手新聞社の記者が、国家防衛に関する機密データを他国の政府関係者に漏らすという事件があった。機密内容自体が古いもので大事には至らなかったが、それを機に機密漏洩防止に対する関心は高まり、法案はあっさり可決されたのだ。因《ちな》みに、スパイ容疑で身柄を拘束された記者は、意図的漏洩ではなかったとして起訴処分を免れた翌日から所在不明となり、一週間後、遺体で発見された。遺書はなかったが、SNS上でも現実でも、かなりの批判、非難、誹《ひ》謗中傷《ぼうちゅうしょう》を受け続けていたことから、精神的に追い詰められ自死したとの見解が発表された。記者の所属していた新聞社は発行部数を大幅に減らし、法案に全面的に賛同する意を社説等で何度も表明した。

「大手が使えないなら、うちみたいな中小、零細ジャーナリズムが踏ん張らなきゃならないんだろうけど、やはり腰が引けてるのよね。何が機密漏洩に繋がるか基準がはっきりしていない以上、何をしても罰せられる可能性はあるわけだから。大手はともかく〝スツール〟みたいなちっぽけな会社、簡単に潰れちゃう」

「ストリートチルドレン、人身売買。そんな取材なんてとんでもないってわけですか」

「自分で自分の首を絞めるみたいなもんでしょうね。だったら個人で動くしかない」

と、思っていた。思い込んでいた。しかし、いつの間にか〝もしかしたら〟という気持ちが芽生え、伸びて、かなり育っている。

もしかしたら、〝スツール〟の面々なら乗ってくれるかもしれない。

危ないな。でも、おもしろそうだ。

明海さん、やってみましょうよ。やるべきですよ。

おれなんか失《な》くして困るもの、ほとんどないっすから。ここが潰れても他に仕事はあるし。

あたしは潰れちゃ困るけど、でも、確かにやるべきですね、それは。

肥川を別にすれば、みんなはそんな風に言ってくれるかもしれない。

甘いかもしれないと迷いつつ、ある程度、取材を進めたら編集会議で報告するつもりだった。

むろん、その前に肥川に全てを打ち明けねばならないが。

若い男の声で、情報があるとの連絡を受けたことも、迷いを振り切るきっかけになった。動き出した。

そう感じた。地道な取材が実を結んだ、とまではいかないだろう。しかし、やっと、どこかに繋がったのだ。繋がった先にある情報を首尾よく手に入れられたら、みんなに告げよう。

一人の取材では限界がある。助けてもらいたい。力を貸して欲しい。

どうしても記事を書きたいのだ。真実を明らかにしたい。

井川なら、アリサなら、ミチなら、ジュドなら理解してくれる……のではないか。

正直、わからない。それぞれに生活があり事情があるのだ。わざわざ、逮捕の可能性さえある取材に力を貸してくれるかどうか。

迷う。その迷いを振り切る。この機会を逃すわけにはいかない。

「わたしに連絡してきたのは、あなたね」

「はい」

「それはさっき言ったように、わたしを囮にするため？」

「それもあります。金が欲しかったってのもあります。明海さんが何をどこまで知っているのかを知りたいってのもあります」

「ちょっと、ふざけないで。情報を提供してもらうのはこっちよ。あなたは何者なの。何を知っているわけ。わたしが殺されるかもというのは」

「かも、だなんて曖昧な言い方はしてません。殺されると断言したはずです」

和は背筋を伸ばし、顎を上げる。

「脅してるの」

「まさか」

「むろん、冗談でもないわね」

「本気で忠告しました」

「わたしを殺そうとする者の正体は知らない。でも、この件に深く入り込めば、殺されることは知っている。で、あなたは正体不明の相手をわたしを使っておびき出したいと望んでいる。そういうことで、いいかしら」

「大筋では認めます。それと……」

カササギの口調が急に曖昧になる。表情も少し、揺らいだようだ。

「それと、なに？　まだ他に理由があるの」

「しっ」

カササギが指を一本、立てた。気配が緊張する。

え、なに？　演技をしたって誤魔化されないから。

和も身構える。とたん、動悸《どうき》がした。思わず胸を押さえるほど強い。

頭の中で赤い光が点滅する。

キケン、キケン、キケン、キケン。危険だ、逃げろ。

和とカササギは同時に立ち上がった。イスが横倒しになる。カササギが指を口に持っていく。すぐに甲高い指笛の音が響いた。

ピィー、ピィー、ピィー。

闇が動く。小さな影がばらばらと飛び出してきた。

「みんな逃げろ。プレデターだ」

カササギが叫ぶ。

「ジン、リイ、ワカ。みんなを誘導しろ」

応える声が確かに三つ、闇から聞こえてきた。

「明海さんも、早く。逃げるんだ」

「逃げる？　いったい何が」

最後まで言い切れなかった。カササギに腕を引っぱられたからだ。反射的にデイパックを摑み、テーブルの上のボイスレコーダーをシャツのポケットに押し込む。

「海岸へ、ともかく逃げろ」

背中を押される。ガラスの壁の一部が開いていた。非常時用のドアになっているらしい。振り向いたとき、カササギがランプを消した。消す直前、顎をしゃくる。

行け。逃げろ。振り向くな。

闇の中を外に飛び出す。

その闇を切り裂くように、ヒューッと鋭く高い音がした。

とたん、一瞬だがあたりが真昼の明るさになる。網膜に突き刺さるような光だ。陽光とは明らかに違う。

閃光弾？　まさか、こんなところで。

驚く間もなかった。耳元で風が唸り、ガラスが砕ける。

え、銃弾？　銃で狙われた？

いくらFゾーンだとはいえ、〝透明地帯〟とはいえ、ここは国の首都の一部だ。そこで、閃光弾が炸裂《さくれつ》し、銃弾が飛んでくる？　ありえない。ありうるわけがない。

光が消え、闇に包まれる。がすぐさま、第二、第三の光が四方を照らし出す。

「きゃっ」

傍らに小さな身体が転がった。子どもだ。とっさに抱き上げる。身体の奥でカチリとスイッチが入った。驚愕《きょうがく》も、恐怖も、躊躇いも掻き消える。

子どもを抱いたまま、和は走った。

ともかく、光の外に出るのだ。閃光弾を使ったということは、相手は暗視装置を着けていないのだろう。闇に紛れれば逃げ切れる。どういう相手なのか見当もつかないが、殺意があるのだけは確かだ。しかも大人、子どもお構いなしの無差別の殺意だ。

「つっ」。右腕に痛みが走る。痛みというより熱だ。ずり落ちそうになった子どもを抱え直し、歯を食いしばる。子どもが縋《すが》りついてきた。

「痛い、痛い、痛い。ママ、怖い。怖いよ、ママ、ママ」

ママ、ママ。

胸の底が疼く。和は腕に力を込めた。

「大丈夫よ。ママが守ってあげる。怖くなんかないからね」

囁く。幼い泣き声がぴたりと止んだ。

そうだ、泣いてはいけない。泣けば相手に気付かれる。音を出さず、声をたてず、逃げ切るのだ。背後で悲鳴が上がる。

「嫌だ、助けて」「逃げろ、早く」「離せ、離せ、離せーっ」

悲鳴、叫び、足音、そして銃声。

声と音が入り乱れ、縺《もつ》れ合い、背中にぶつかってくる。

海岸へ。カササギは言った。

海岸はどっちよ？　落ち着いて、和、落ち着くの。

自分に言い聞かす。目を閉じ、深呼吸する。耳が潮騒《しおさい》を捉えた。その音に向かって、駆け出す。

逃げろ、逃げるんだ。駆けながら、心内で呟き続ける。

逃げる。誰にも捕まらないために。

松林まで来たとき、不意に黒い影が二つ、行く手を塞いだ。おそらく男だ。二人とも背が高く、肩幅が広い。黒いジャンパーのようなものを着込んでいた。

息を整える間もなく、強烈なライトを向けられる。眩《まぶ》しい。目を閉じよろめいたとたん、足をすくわれた。地面に転がったと思った瞬間、目の前でオレンジ色の火花が散った。後頭部を強く打ち付けたのだ。

人って頭を打つと、本当に火花を見るんだ。

ふっと思う。そのまま気が遠くなりそうだった。腕の中から重みと温《ぬく》もりが消える。

「やだーっ、嫌だっ」

引き攣った泣き声が和を現実に引きずり戻した。

「やだ。助けて、ママ、ママーッ」

和は立ち上がり、遠ざかろうとする影にぶつかっていった。子どもを肩に担いだ男が前に倒れ込む。地面に落ちた大型ライトを拾い上げると、もう一人に光を向ける。さっき、やられたお返しだ。光の中に、黒いジャンパーにジーンズ姿の男が浮かび上がる。若い。カササギと同じく十代後半ぐらいに思えた。違うのは、肩から自動小銃を提げていることだ。

「てめえ、やりやがったな」

倒れていた男が飛び起きてくる。その額にライトを打ちおろした。「ぐわっ」とも「げげっ」とも聞こえるへしゃげた声を上げ、男はまた地面に突っ伏した。もう一人、自動小銃を構えようとする男の顔面にライトを投げつける。渾身《こんしん》の力を込めた。それが男の顔面を直撃する。血が飛び散ったようだが闇の中では、はっきりと見定められない。

子どもが飛びついてきた。もう一度、さっきより強く抱く。そのまま、潮騒を目指して走る。

満ち潮だった。

波がすぐ足元まで寄せてきて、砂浜は僅かしか覗いていない。潮騒がはっきり聞こえたわけだ。

和は顔を上げ、辺りを見回した。遠くに点々と煌めく明かりはEゾーンのビル群のものだろう。〝スツール〟の入った古いビルも、和のマンションもその群れの中の一つだ。

あそこに帰り着けるだろうか。

帰り着かなければならない。でも、どうやって。

頬を汗が伝う。潮の匂いにむせそうだ。

「あっち」。子どもが遠い光を指差す。

「あっちに逃げて」

「無理なの。ボートでもないと渡れない」

日の落ちた海を子どもを連れて泳ぎ切る自信はなかった。和は泳げても、この子がずっと摑まっていられる保証はないのだ。

「ボート、あるよ。黒いのと白いのとパンダさんとか……」

「は？　パンダ？」

首を傾げる。後ろからざわめきが伝わってきた。閃光弾はもう上がらないが、自動小銃の射撃音は響いている。戦争とも内乱とも無縁の国で耳にする音ではない。

「向こうだよ、向こう」

じれったいのか、子どもが両足をばたつかせる。

「早く、逃げて。逃げなきゃ捕まっちゃうよ」

小さな身体が震えていた。この子は捕まればどうなるかを知っているのだ。知って怯《おび》えている。逃げてと、必死で訴えている。

砂浜は十数メートルさきで途切れ、そこからは小高い盛り上がりになっていた。低木や蔦《つた》が絡まり合って生えている。先端は大岩となり海に突き出ていた。

「わかった。行くわよ。しっかり摑まっていて」

子どもを背負い、海の中に入っていく。冷たい。冷たい。冷えた海水が容赦なく染み込んでくる。

「あっちだよ。あの岩の向こうだよ」

意外にしっかりした口調で、子どもが指示してくれる。素直に従い、海の中を歩く。

海面に突き出ている大岩に沿って回り込む。岩肌に置いた手のひらの下で、何かがもぞりと動いた。思わず手を引っ込める。そこに波が寄せてきた。バランスを崩しながら、和はそれでも何とか踏ん張る。冷たい海水の中に落としたりしたら、この子は……。

死ぬとまでは思わないが、かなりの打撃になるような気がする。抱いていても、負ぶっていても、ごつごつとした骨の感触が伝わってきた。ひどく瘦せているのだ。しかも薄手のシャツに重ねて、ランプの少女と同じ貫頭衣を身に着けているだけだった。

「いい、力一杯、摑まってるのよ」

「うん」。短い返事の後、首に回した腕に力が込められた。喉を圧迫されて少し苦しいが、安定感は増した。

よし、行くぞ。

今度は強く岩を摑む。何かがまた、もぞもぞと動いている。船虫か何かだろう。気にする余裕はない。波に足を取られないように、岩に沿って進んでいく。

海風が吹き付けて、指先から体温を奪っていく。冷えて痛いほどだ。腕の傷もずくずく疼き続けている。ただ、背中は温かい。子どもの温もりが心地いい。

父も母も底なしに冷たかった。

案内された警察署の、裏手にあった霊安室。父と母はそこに並んで横たわっていた。二人とも白いシーツにすっぽり包《くる》まって、エジプトのミイラのようだと思った。

「お顔を確認してもらえますか。ただ、運転しておられた男性は顔面の損傷が激しくて、指紋での確認になりますが、あ、女性の方も指紋確認できますよ。少し時間がかかりますけど。あの、だから無理はしなくてもいいですが……」

案内してくれた警察官らしい女性は、淡々とした事務的な調子を最後まで保てず、戸惑いと気遣いと憐憫《れんびん》が綯交《ないま》ぜになった表情になった。

警察官だと断定できなかったのは、女性が制服ではなく、地味なスーツ姿だったからだ。もっとも、女性のスーツや表情等は後になって徐々に思い出したに過ぎない。あのとき、和の目には白いシーツの塊しか映っていなかった。

「ね、ほんとに無理には」

「大丈夫です」

女性から視線を逸らし、答える。シーツをめくる。

母がいた。

閉じきれなかった瞼《まぶた》のせいなのか、紫色の唇のせいなのか、ひどく気難しげに見える。突然降りかかった不運を懸命に堪《こら》えている風でもあった。でも、顔そのものは綺麗で、傷も痣《あざ》もない。枕もとに立てられた線香から薄い煙が上がり、母の上で漂っていた。

和はそっと頰に触れてみる。

硬い。そして、冷えていた。指先の温もりがみるみる吸い取られていく。異様な冷たさに、和は小さく叫んでいた。氷とも北風とも違う、未知の冷たさだ。

これが人の死んだ証なのか。

和は指を握り込んだ。その指を開き、ゆっくりと父を覆ったシーツへと伸ばす。

女性が息を吸い込んだ。


クシュン。背中でクシャミが聞こえた。

「寒い？　我慢してね」

「うん」

「そうだ、お名前、教えてくれる？」

「サリ……クシュン」

「あ、やっぱり寒いのね。でも、もうちょっとだからね」

「足が痛い。さっき、転んだ」

あと少しで岩を回り込める。しかし、回り込んだ先に何があるのか。和は知らない。それでも、もうちょっとの辛抱だと口にしてしまう。根拠のない言葉でも一時の慰めになるだろうか。腕が緩まないのだけが救いのように感じる。

「サリって、お名前なのね」

子どもを揺すり上げ、わざと明るい声をかけた。海が徐々に深くなっている。腰のあたりまで海水が押し寄せてきた。

「サリナだよ。でも、サリでいいよ」

「サリちゃんか。女の子だね」

束の間、沈黙があった。低い呻《うめ》きが続く。

「あれ、女の子じゃなかったの？」

「違うよっ、やめて」

唐突な、激しい拒否だった。サリナは逃れようとするかのように、身を捩った。和は完全に身体の均衡を失う。踏ん張ることができない。そのまま、後ろ向きに海に倒れ込む。一瞬、あらゆる音が消えた。水の膜に覆われた無音の世界に引きずり込まれる。微かな生臭さが鼻の奥に入り込んできた。

すぐに立ち上がったけれど咳《せ》き込んでしまった。海水が喉の奥に染みる。

「サリちゃん」

二メートルほど先で水音と飛沫《しぶき》が散っている。暗すぎてそれだけしか窺えない。

「サリちゃん」

両手でサリナをすくい上げる。ずぶ濡《ぬ》れのサリナが海水を吐き出し、泣き始めた。

「ごめんね、ごめんね。悪かったね」

濡れた身体を抱き締める。サリナは和にむしゃぶりつき、泣きじゃくった。

「女の子じゃない。女の子じゃない。違う、違う。やだ、怖い」

え、なに？　この子は何を嫌がってるの。いや、怖がってるの。

一瞬、途方に暮れる。その隙を狙ったかのように、波がぶつかってきた。疲れ切った足が和とサリナの体重を支えきれなかった。よろめき、また、海中に落ちそうになる。しかし、落ちなかった。背後からしっかりと支えられたのだ。

「カササギ」

カササギは小さく頷くと、和の腕からサリナを抱き取った。促すように顎をしゃくる。そして、力強く歩き出した。和もその後に続き、海の中を移動する。

「まあっ」

岩を回り込んで、和は目を見張った。

「ほんとにパンダだ……」

闇に慣れた目が、パンダ風に白黒に塗り分けられた足漕《あしこ》ぎボートを捉える。船首には片目をつぶったパンダの顔がくっついていた。その鼻先から鎖が伸び、杭《くい》のようなものに繋がっているのだ。パンダの横には、お馴染《なじ》みのスワンボートが並んでいる。

カササギはパンダの中にサリナを押し込んだ。

「明海さんも早く乗って」

「え、の、乗るって？　待ってよ、これを漕いで海に出るの」

「そうです、早く。愚図愚図している暇はない」

しかし、足漕ぎボートというのは、波のない池や湖で使うもの、しかも、明らかにレジャー用だろう。波のある夜の海を渡れるとは思えない。

「少しの力でも推進力が増すように、ペダルのところを改造してあります。明海さんが本気で漕げば、逃げ切れますから。脚力には自信があったんでしょ」

中学、高校では高跳びの選手だった。でも、そのことをカササギが知っているわけがない。そして、確かに躊躇っている場合ではなかった。

和はボートに乗り込んだ。カササギが鎖を外す。

「え、一緒に行かないの」

「それ、二人乗りですからね」

「こんなときに、つまらない冗談なんて言わないで。早く乗りなさいよ」

「おれはまだ、やらなきゃならないことがあるんです」

銃声と悲鳴が大岩の向こうで響く。

「すみません。サリナのこと、お願いします」

一礼すると、カササギはパンダの胴体を両手で押した。既に海面に浮いていたボートはゆらりと一揺れする。

「漕いで、明海さん、思いっきり漕いでください」

「言われなくたって漕ぐわよ」

思いっきりペダルを踏む。かなりの速さでボートは前へと進み始めた。確かに改造されているのだ。こんなスピードの出る足漕ぎボートには初めて乗った。ただ、安定感はかなり悪い。波がぶつかるたびに揺れて放り出されそうになる。

ふと周りを見回すと、暗い海面の上にスワンボートが二隻、手漕ぎのボートが何隻か浮かんでいるようだ。逃げ出した者たちが乗っているのだろう。

波が来た。パンダが少し傾く。

「サリちゃん、しっかり摑まっとくのよ」

「うん……」

か細い声が返ってきた。サリナはイスの背にもたれていた。その身体が小刻みに震えている。寒いのだ。びしょ濡れになった上に、夜風をまともに受けている。寒くて当たり前だ。和も寒い。濡れたシャツやスーツが身体に張り付いて、熱が奪われる。しかし、和なら凌げるこの寒さは、サリナには耐え難いものかもしれない。

こんなに小さくて、こんなに痩せているのだもの。

「サリちゃん。がんばって。すぐ温かいお風呂に入れてあげるから。温めてあげるからね」

サリナのこと、お願いします。

さっき、耳にしたばかりのカササギの一言が耳の底で渦巻く。

「言われなくても漕ぐし、お願いされなくても助けるわよ。見くびらないで」

馬鹿野郎と胸の内で叫び、和はさらに強くペダルを踏み込んだ。


「ふーん、なるほどな。それで、おまえは今、どこにいるんだぁ」

楊枝《ようじ》で歯をせせりながら、尋ねる。

「自宅です」

明海のぶっきらぼうな返答がスマホ越しに流れてくる。

「あぁ、自宅ね。そのナンチャラって子どもを自宅に連れ帰ったわけだ」

「そうです。お風呂に入れて、温かいスープを飲ませました。今、ベッドで寝てます」

「それはけっこう。ずぶ濡れの子どもの取り扱い方としては、ほぼ満点だ」

太志はそこで一呼吸分、間をあけた。が、明海は黙ったままだ。息の音さえ伝わってこない。唇を一文字に結んだ横顔が妙に生々しく浮かんでくる。

笑った顔など、ほとんど見た記憶がない。見たいとも思わないが。


明海は、太志が〝スツール〟を立ち上げて間もなく、採用したスタッフの一人だ。ウェブで記者の募集を知って応募したと言っていた。

「きみは、あまり愛想がよくないみたいだね」

「ここでの仕事は愛想が必要ですか」

「いや、まったく。あ、でも、取材先によってはいるかもな。愛想笑いもできないようじゃ、取材対象とのコミュニケーションも取りづらいだろうな」

「愛想笑いだけがコミュニケーションの方法じゃないと思いますが」

「正論だ。で、きみはどうやって取材対象から話を聞きだすつもりだ」

「趣旨を説明し、取材したい気持ちを丁寧に伝えます」

「これも正論だな。まるで高校生相手の面接官になった気分だ」

明海が顎を上げる。眸の光がきつくなり、挑みかかるような眼つきになった。軽くからかったのが気に障ったらしい。

おいおい、面接だからな。採用を決めるのはこっち側だからな。もう少し、媚《こ》びてくれてもいいんじゃないか。

胸裏で苦笑いしていた。

「じゃあ、明海さん。改めて尋ねるけど、記者にとって一番、必要なものってなんだろうか」

定番の質問をぶつけてみる。今までの応募者の大半が、「情熱」、「好奇心」もしくは「志」と答えた。太志自身、就職試験の面接に臨んでよく似た答えを返した。

情熱。好奇心。志。ジャーナリズムや出版業界に留《とど》まらず、どんな業種の面接でも使える重宝な言葉だ。これに、「やりがい」だの「夢」だのをさらっと振りかければ、さらに耳触りはよくなる。

明海が答えた。

「執念です」

太志は瞬きして、眼鏡を取った。伊達眼鏡を掛け始めたばかりで、人でも物でも凝視しようとすればつい、外してしまう。

「執念、か」

「はい」

「もう少し説明が欲しいな。それは、取材対象に拘るってことなのかな」

「忘れないということです」

「忘れない、か」

明海の言葉を繰り返すだけの自分が、馬鹿に思える。

「なぜ、この取材をするのか、それを忘れないことです」

なんだ、こいつは？　思考回路が化石なみに古いんじゃないか。

やはり胸裏で毒づいて、嗤ってやろうとしたが口元がうまく動かなかった。

少し気圧《けお》されている。

そう思い及ぶと、ひどく忌々しい気分に陥った。同時に、少しばかり高揚もする。目の前に座る女をおもしろいと感じたのだ。要領よく立ち回れる者も、社交的で人好きのする者もたくさん知っているけれど、こんな古臭い、不愛想なやつは初めてだ。

確かに、おもしろい。

「よし、採用。週明けから出勤してくれ。細かい説明は今日中にメールする」

「え？」

「だから、採用だ。明海和さん。きみを〝スツール〟のスタッフとして正式に雇用する」

「あ……はい」

「うん、どうした？　採用されると困ることでもあるのか？　他に就活中とか」

「いえ、そんなことはありません。ただ、あんまり急だったので驚いています。こんなに、あっさり決まると予想もしてなかったものですから。あの、ありがとうございます」

「なんのなんの。即断即決。それが、うちの社是《しやぜ》なんで」

「はあ？」

明海の面《おもて》に戸惑いが浮かんだ。すると、意外に子どもっぽい表情になる。太志は噴き出しそうになる口元を懸命に引き締めていた。

　あれから、もう何年にもなる。明海は辞めもせず、愛想もよくならず、太志が紹介した護身術の道場にも通い続け、今に至っている。

　今に至っている？　今、こいつは何をやってるんだ。

「肥川さん」

　ぼそりと呼ばれた。吐息と大差ない不明瞭な声だ。

「わたしの話、信じられませんか」

「馬鹿言え。おまえはおれの部下だ。部下を信じなくてデスクが務まるか。と、言えたらかっこいいんだがな。現実はちょいと厳しい」

「信じられないと？」

「うーん、難しい質問だ。おまえが、ヤバい相手に逢いに行ったのは知っているし、気軽に話を盛ったり、作ったり、嘘や冗談を口にする性格じゃないともわかっている。冗談が通じなくて辟《へき》易《えき》したことが何度もあったからな。けど、前半のカササギくんとのやりとりはともかく、後半部分の冒険譚となると俄かには信じ難い」

「……そうですか」

　声の調子がさらに低くなる。

「いや、誤解するな。おまえがありもしない出来事をでっち上げたなんて、疑ってるわけじゃないぞ。ただ、騙《だま》されたんじゃないかとは思う」

「え、騙された？　カササギにですか」

「そうだ。何者かが襲ってきたってのは芝居だったたって可能性、あるだろう」

「何のために芝居なんかするんですか」

「おまえから金を巻き上げるためだ。前金、渡したんだろう」

「ええ……」

「けど、結局は何も聞き出せなかった。取られ損じゃないか。あ、言っとくけど、会社から取材費の補塡はないからな。ネタを手に入れてないんじゃ、経費として認められんぞ」

「また、けち臭いことを」

と、背後からミチが口を挟んでくる。スタッフ全員が、おのおののスマホで太志と明海のやりとりを聞いていた。仕事用のスマホには通話を共有するためのアプリを入れている。帰宅したアリサもどこかで受信しているはずだ。明海はむろん、そのことを承知の上で太志に連絡をしてきた。もっとも個人用スマホの番号など、お互い知らないのだが。

「いいえ、あれは芝居なんかじゃありませんでした」

「言い切れるのか」

「言い切れます」

「おれの知人の祖母さまは、今年九十六になった。その歳で、まだすたすた歩けるし、頭もしっかりしてて、去年は水着を着てプールで泳いだそうだ」

「はぁ？　何の話ですか」

「実年齢より一回りは若く見えるってのが祖母さまの自慢だったらしい。ところが、その祖母さまが詐欺にあった。言葉巧みに怪しげな投資話を持ち掛けられ、全財産の半分を持って行かれたんだとよ。けどな、祖母さまは自分が詐欺に遭ったことを絶対に認めようとしない。わたしは騙されていない。投資した金額は三年後には倍になって戻ってくるの一点張りだとさ。認めちまうと惨めになるからだろうと、知人は言ってたがな」

「わたしも、そうだと？」

「いや、一般論だ。自分が騙されたと認めるのは、案外、難しい。金絡みだと特にな」

「肥川さん、ビデオ通話に切り替えてください」

明海の求めに、太志より先に井川が動いた。太志の机上の装置を手早く操作する。

壁がビデオ画面に変わり、明海が大写しになる。シャワーを浴びたのか、首に白いタオルを巻いていた。濡れた髪が頬に張り付いている。その頬は薄っすらと桜色だ。

おや、意外に艶っぽいじゃないか。

太志は僅かに肩を竦めた。

「明海さん、これでいいですか」

「ええ、ありがとう。肥川さん、みんな、これを見て」

Tシャツの袖をめくり、明海が腕を露《あら》わにする。

うぐっ。井川が喉を鳴らした。赤黒い線が肘の直ぐ上に斜めについている。その周りも赤く腫れて、熱を持っているようだった。

「その傷、もしかして」

ジュドが壁にぶつかるほど、身を乗り出した。

「銃痕じゃないっすか、明海さん」

「ええ、多分、自動小銃だと思う。わたしを狙ったというより、流れ弾が掠めたって感じだけどね。掠ったぐらいで済んで助かった」

「ほんとっすね。貫通してたら、今、こうやってしゃべってられないっすよ」

「ジュド、冗談でもそんなこと言わないでよ。背筋が寒くなる」

ほんとうに悪寒を覚えたのだろう、明海は身体を震わせた。

「ちゃんと治療しなくて大丈夫なんですか。銃の傷って膿《う》みやすくて、高い熱が出るって聞いたことありますよ。ほんとかどうかは、わかんないけど」

ミチが眉を顰めた。本気で心配している顔だ。明海がふっと笑む。

「ありがとう、ミチ。でも、ほんとに掠った程度だから心配しないで。消毒はちゃんとやったから、たいしたことにはならないわ、きっと」

そこで、明海の口調がやや早くなった。

「だけど、わたしの腕を銃弾が掠めたのは事実です。何ならスーツの傷も見てください。調べれば銃によって付けられたってわかると思います」

「そこまでしなくていい。おまえの生傷で十分だ。言いたいことも理解した。まあ、確かに、しがない雑誌記者を騙すのに、銃まで持ち出すやつはいないだろうな」

「相手は発砲してきました」

明海の声がくっきりと響く。それほど大きくも高くもないのに、耳の奥に入り込んできた。

「しかも、集団で襲ってきたんです。武装集団がこの都市にいるんですよ、肥川さん」

ミチとジュドが顔を見合わせた。井川は腕を組み、画面を見詰めている。

「ちょっと待て、おかず。これは、ちょいと厄介な話になりそうだ。ビデオ通話でのんびりやりとりしている場合じゃないな」

「名前におを付けないでください」

「些事にこだわるな。この会話が傍受、盗聴されている可能性だって無きにしも非ずだと思えて来たぞ。とりあえず、今すぐ出てこい……と言うのは、さすがに無茶だな」

「当たり前です。なに、考えてるんですか。明海さんの状況、わかってるんでしょ」

ミチが露骨なしかめ面を向けてきた。

「だから、無茶だって言っただろうが。いちいち、食ってかかるな。明海、明日午前中に、うん？　明海、どうした？　どこに行った？　おーい、おかず」

画面から明海の姿が消えている。数秒後に現れたが、顔つきが強張っていた。

「子どもが発熱してます。かなり高いみたいで、ぐったりしてるんですが」

「子どもの発熱？　それは、おれの専門外だ。お手上げだな」

「ぐったりって、意識がないんですか」

アリサの声が机上の集音装置から広がる。明海がかぶりを振った。

「名前を呼んだら、少し目を開けたわ。でも、すぐに閉じちゃって、それに息が荒いの。さっきまでは静かに眠ってたのに」

「子どもの病気って急に悪化するんです。明海さん、熱を測ってみてください。それと頭のとこ冷やしたら少しは楽になります。でも、急いで病院に運んだ方がいいと思いますよ。救急外来に連れて行ってください」

「おお、アリサ、すばらしく的確な指示を出せるじゃないか。それくらい、仕事も熟してくれると嬉しいんだがな。明海、聞いたか。先生の指示に従え」

「身分証がないんです」

明海が叫んだ。叫びだったけれど、どこか悲しげな調子を含んでいる。

「わたしのじゃ役に立ちません。子どもの登録なんてしてないんです」

生まれ落ちたそのときから、住民は全ての情報を登録される。登録が証明されなければ、急病だろうが大怪我だろうが治療は受けられない。無料で、高水準の医療処置を受けられるのは、身分証の提示ができてこそだ。できなければ門前払いされる。最悪、身分証不提示人物として通報される危険も出てくるのだ。

「デスク、何とかすべきですよ」

ミチがしかめ面のまま、指先を突き付けてくる。

「は？　おれに何ができるってんだ。せいぜい、ここから声援を送るぐらいだぞ。がんばれ、がんばれ、病気に負けるなってな」

「デスクなら、もぐりの医者の一人や二人、知ってるでしょう。すぐに連絡してください」

「馬鹿言え。おれみたいな、まっとうに生きている人間が、そんないかがわしいやつらと知り合いなわけないだろうが。だいたい、身分証無しで診てくれる医者なんて……」

我知らず、口をつぐんでいた。記憶の底から、一人の男が浮かび上がってくる。もう何年も逢っていない。向こうが太志を覚えているかどうかも怪しい。覚えていれば、却《かえ》って避けられる可能性もあるだろう。

しかし、医者だった。間違いなく医者だ。

「心当たりがあるんですね」

ミチが詰め寄ってきた。トリコロール風に塗り分けられた爪が眼前に迫ってくる。

「まあ、なくもないがあるともいえん。そういう状況だ」

「どういう状況か、ほとんど理解不能です。ともかく、心当たりがあるならすぐに連絡してください。今すぐです。愚図愚図してちゃ駄目です」

「いや、でもなあ。そう言われても、ちょっと接触しづらい相手で……」

ミチがさらに言い募る前に、アリサの甘ったるい声が響いた。かなり興奮しているようだ。

「手遅れになったらぁ、デスクの責任ですよ。子どもは体力ないからぁ、放っておいたらどんどん悪化しますからねぇ。命に関わるんですぅ」

「肥川さん、お願いします」

明海が頭を下げる。今にも泣き出しそうな表情になっている。もう何年も上司と部下として接してきたが、こんな顔つきを目にするのは初めてだ。

「わ、わかった。三方から攻められちゃ陥落するしかないな。連絡を取ってみる。けど、期待するな。上手くいく確率は半分以下だぞ」

いや、三割以下だなと言い直そうとして、止めた。三割だろうが、三パーセントだろうがやれることをやるしかない。そういう窮状に追い込まれたらしい。

太志はパソコンのデータの中から、一つの名前と電話番号を選び出した。


医者がつかまりしだい連絡する。

そう告げて、肥川は通話を切った。

和はスマホを摑んだまま、ベッドの傍らに座る。サリナの熱を測ってみると、三十九度近くあった。高熱だ。はっはっと短い息の音が、か細くなるようで怖い。このまま、切れ切れになり、止まってしまうのではないか。苦しいと訴えることすらできないほど衰弱しているのではないか。

どうしよう、どうしたらいい。

心細い。不安でたまらない。

やっぱり、弱いんだ。

指を握り込み、固いこぶしを作る。

わたしは何にも変わっていない。あのときと一緒だ。子ども一人、守れない。それほどに弱い。

何も、変わらないままなんだ。

サリナが身動《みじろ》ぎする。瞼が僅かに持ち上がった。

「サリちゃん、気が付いた？　しっかりして。今、病院に連れて行くからね」

薄っすらと開いた目が和に向けられた。白く乾いた唇が横に広がる。笑ったのだ。

「……ママ」。呟いて、サリナはまた目を閉じた。

小さな手を握る。微かな力だが握り返してきた。

「サリ、サリナ、がんばって。がんばるんだよ」

肥川さん、お願いします。お願いだから、この子と医療を結び付けて。

神も仏も信じない。頼っても意味ないとよくわかっている。でも、人には縋りたい。人は人に救ってもらえる。稀にだが、そういうことがある。

肥川さん。

スマホが鳴った。

「おかず、医者と連絡が付いた。すぐに連れて来いだとさ。今から、おれが車を回す。五分後にE－40《ヨンゼロ》の交差点で落ち合うぞ」

肥川が早口で告げる。和は立ち上がり、深々と頭を下げた。

第四章　トンネルの出口

ここは。

和は口の中の唾を呑み込んだ。呑み込んでから、運転席の肥川に目をやる。といっても、後部座席からでは後頭部しか見えない。

「肥川さん」

「なんだ」

「どこに向かっているんですか」

「はぁ？」

鼻から息が抜けるような声が返ってきた。

「おかず、おれたちはこれから子連れで遊園地に出かけるのか。それとも、ファミレスで楽しいお食事会でも催すつもりかよ」

「遊園地もお食事会も、肥川さんとは行かないと思います」

誰とも行かない。今、目的地とするのは病院だけだ。

「おれだってごめん被る。ガキは嫌いさ。やつらが群れて、好き勝手に騒いでる場所なんて近づきたくもないね。まだ、病院の方がマシってもんだ」

「病院に向かってるんですよね」

「ったりまえだろうが。おまえが連れて行けって偉そうに命令したんじゃないかよ」

命令した覚えはない。むしろ、縋った。お願いしますと、心の底から懇願した。その懇願に肥川が応えてくれるかどうか、四分六分だと考えていた。受諾が四、拒否が六の確率だと。こんなにあっさりと受け入れ、素早く動いてくれるとは、正直、意外だった。素直に感謝している。出逢って初めて、肥川を〝いい人〟だと感じた。ただ……。

「肥川さん、ここBゾーンじゃないですか」

「それがどうした」

「Bゾーンの病院に行くんですか」

問うた声音に戸惑いが滲んでしまった。不意に、肥川が振り向く。

「なんだぁ、おかず。おまえな、おれがFゾーンのもぐりの医者にでも渡りをつけたと、思ってたのか」

「肥川さん、ちゃんと前を向いて運転してください。危ないです」

「へへ、お生憎《あいにく》さま。自動運転に切り替えてます。手を放そうが、目を瞑《つぶ》ろうがちゃんと目的地まで運んでくれるって」

肥川は両の手のひらを顔の横でひらひらと振った。

まったく、この男はどうして、いつもいつも他人をからかって喜んでいるのだろう。嫌いだと明言したガキそのものじゃないか。だいたい幼稚園児レベルだ。

腹が立つより先に呆れてしまう。

「うん……」

和の腿《もも》を枕にして座席に横たわっていたサリナが僅かに身動ぎした。眉を寄せ、荒い息を吐いている。額に触れると、やはり熱い。汗ばんだ身体を包むのならと和なりに判断して、持っている中で一番上等のバスタオルに包んでいる。

「サリちゃん、もうちょっとだからね。もう少しがんばるのよ」

額の汗をそっと拭う。励ます言葉が聞こえたのか、サリナが微かに頷いた。苦しげな顔を見ているのが辛くて、窓の外に視線を投げる。

Bゾーンだ。

高層マンションが建ち並び、道路は広く、きちんと剪定《せんてい》された街路樹が等間隔に続いている。ブティック、レストラン、書店、カフェ……洒落た造りの店の前を行き交う洒落た服装の人々をLED街路灯《がいろとう》の明かりが照らし出す。翳《かげ》りなどどこにもない。少なくとも、目には映らない。街はどこまでも華やかで、楽しげだ。
F、Gゾーンの貧窮はもちろん、他の地区に漂う忙しさとも雑多な空気とも無縁だ。緩やかに、豊かに時間が流れている。
腕が疼いた。

道行く人々の中で、あの銃撃騒動を知っている者は一人もいない。この世は平穏で、残虐や絶望からは遥かに隔たっていると信じている。

「高級そうだな」

肥川の一言が、和を物思いから引き摺《ず》り出した。

「え？　何ですか」

「それだよ、そのバスタオルってやつ」

肥川は横たわっているサリナの方に顎をしゃくった。

「そのロゴ、海外の高級ブランド物だろ。子どもやベビー用品を主に販売してたよな。馬鹿みたいにクソ高い値段で。子どものTシャツ一枚がおれのランチ代の十倍から二十倍だってんだから、呆れるしかないね」

「そうですか」

わざと素っ気ない返事をする。できれば一言も返したくないぐらいだ。

「そのバスタオルも尋常じゃない値段じゃないのか」

今度は黙っている。相手になる気はないと、無言のうちに告げる。しかし、肥川は寸分も気に掛けず、同じ口調で続けた。いつもより饒舌《じょうぜつ》なぐらいだ。一応、前は向いているが、度々振り返り、しゃべり続ける。

「そうだ、そうだ。馬鹿の上に超が付くぐらいの値段のはずだぜ。けど、そのブランドは高級路線が破綻して、確か五、六年前に他のブランドの傘下に入った。そのときから、ロゴも微妙に変わったのと違うか」

「知りませんけど」

「つまり、そのバスタオルは、かなり前の物だ。にもかかわらず、新しいよな。ほとんど使ってないみたいに見えるぞ。ということは長い間、使わないまま仕舞い込んでいたってことになる。どうだ？」

「どうとは？」

「おれの推理だ。どんぴしゃ当たっただろう」

「肥川さん、今、探偵ごっこをしてるんですか」

「ごっこじゃないさ。目の前の品物からある推理を引き出す。想像力と観察力と独創性が必要な脳内作業さ。それは記事を書くうえでも役に立つ。で、おれは普段から、我が推理力をフル稼働して頭の中身を鍛えてるんだ。さすがだろう」

「さすがですね」

適当に、最小限の言葉であしらう。あしらいながら、僅かな後悔を覚えていた。

このバスタオルを使ったのは失敗だった？

「なあ、おかず。何でそんなバスタオル、持ってたんだ」

軽い調子のまま、肥川が問うてくる。この軽さが曲者《くせもの》だということは、十分に心得ていた。

「わたしが高級品のバスタオルを持っているのが不思議だと？」

和はわざと眉を顰めてみせた。肥川がその程度で引き下がるとは思っていないが、愛想笑いを向けたい相手でもない。

「まあな。おまえとそう深い付き合いがあるわけじゃないが、身の回りにブランド物を置くタイプとは思えないんだよなあ。身に着けてるところも、使ってるところも見た記憶ないし」

「タオルにだけは拘りがあるんです。髪質が硬いので、吸水性のいい物じゃないと駄目なんです。髪の乾きが悪くて……」

「のわりには、安物、使ってたな」

「え？」

「さっきのビデオ電話だ。首に巻いていたタオル、あれ、うちの三周年記念か何かで配ったやつじゃなかったか？　どう見てもぺらぺらの百円均一商品だぞ」

「記念品を百円均一商品から選んだんですか。ケチなのにも程がありますね」

帰ったらトイレの雑巾にしてやる。胸裏で呟く。

「節約家と言ってくれ。何でも高けりゃいいってもんじゃない。気持ちの問題だ」

「どんな気持ちなんです。記念に安物のタオルを配るのって」

肥川から視線を逸らせ、横を向く。とたん、ファンファンと警告音が鳴った。

ウンテンセキデハ　タダシイシセイヲ　トリマショウ。ゼンポウカクニン　シマショウ。

ウンテンセキデハ　タダシイシセイヲ　トリマショウ。ゼンポウカクニン　シマショウ。

抑揚のない人工の音声が告げる。この警告を無視すれば、車は自動的に路肩に寄り、停止する。自動運転とはいえ都市内では、運転者は前方を向いていなければならないと規定されていた。一分以上、視線が前を向かなければ警告されるのだ。車内という閉ざされた、ある意味個人的な空間でさえ規制が入る。監視されているようにも誘導されているようにも感じて、和は自動運転車という物が好きになれなかった。どこかでコントロールされている感覚に、他の者は怯えないのかと不思議だった。しかし、今は、肥川のしゃべりを中断してくれたことがありがたい。

ヨケイナコトヲ　シャベラズ　ウンテンニ　センネンシナサイ。

できれば、そう勧告してもらいたいぐらいだ。

肥川は肩を縮め、運転席に身を沈めた。

車が右に回る。思わず息を詰めていた。

正面に、白い光沢を放つ高層ビルが現れた。

北部警察機構ビル。地上三十二階の高層建築、その威容が目の前にある。

まさか……。

詰めた息を吐き出さないまま、吐き出せないまま、こぶしを握る。

まさか、この中に入るんじゃ……。

ビルの手前で、車が左折する。暫く走ると、豪華ではないが落ち着いた佇《たたず》まいの家々が道の両側に並ぶようになった。古くからの住宅街だ。

「もうすぐだぞ」

運転席から肥川が告げた。

やっと息が吐けた。唇の端から、ふうっと息の音が漏れる。慌てて口を押さえた。警察の建物を目にしただけで、息を詰めた自分が恥ずかしい。ただ、意外過ぎるのだ。

肥川の行先がBゾーンであることも、警察機構の近くであることも和の予想外だった。

「住宅地みたいですが、このあたりに病院があるんですか」

「まあな。少なくともちゃんと診療できる医者はいる」

「肥川さん」

「なんだよ」

「ありがとうございます」

肥川が振り返る。束の間、視線が絡んだ。

「ここで、突然に〝ありがとうございます〟かよ」

「すみません。車に乗ってすぐにお礼を言うべきでした。慌てていて、失念していました。本当にありがとうございます。おかげで助かりました」

「失念する程度の謝意なんて、たいしたことないなあ。このご恩は一生、忘れません。いつか必ず恩返しをいたしますから。なんてぐらいは言ってほしかったね。それにな、礼を言うのは遅いんじゃなくて、早過ぎるんじゃないか」

「早過ぎる？」

「その、ガキンチョが助かるかどうか、まだ、わかんねえだろうが」

吐き捨てる口調で肥川が言った。呼応するようにサリナが呻く。さっきより熱が高くなっているようだ。乾いた唇の色が悪い。紫に近くなっている。

「サリちゃん、サリナ、サリナ、しっかりして。もうすぐお医者さまに診てもらえるからね」

両腕でしっかりと抱き締める。

「……ママ……ママ……」

譫言《うわごと》だろうか、サリナが母を呼んでいる。できることなら、その人を、サリナの母親を引き摺ってでも連れてきたい。生きていれば、だが。

おいおいと、肥川が声を潜める。

「頼むから、おれの車の中で仏さんになったりしてくれるなよ。まだ、ローンが残ってんだ。乗せたガキが死んだりしたら縁起が悪過ぎるぜ」

「肥川さん」

思わず咎める口調になった。感謝の念が砕けて散る。

「それ冗談のつもりですか。なら、ものすごい悪趣味な冗談ですよ。だいたい、言っていいことと悪いことがあるでしょ。縁起が悪いのは、肥川さんの台詞の方じゃないですか。ほんとに、何を考えてるんですか」

「うわっ、突然にマシンガントークかよ」

「トークなんてしていません。怒ってるんです」

モクテキチ　シュウヘン　デス。

モクテキチ　シュウヘン　デス。

和の怒声にナビゲーションが被ってくる。

「はいはい、着きましたよ。やれやれだぜ」

車三台分の駐車場の隅にはクリーム色のステーションワゴンが一台、止まっていた。その横に手動で車を滑り込ませ、肥川は大きく息を吐き出した。

「あぁ、ほんと。やれやれだ」

わざとらしく、二度目のため息を吐く。

「ここ、病院なんですか」

目の前にあるのは、鉄筋建築らしい二階建ての家だ。周りの家々のように瀟洒《しょうしゃ》な造りではなく、そっけないほど何もない建物だった。ただ、一階の窓には明かりがついていて、外に漏れている。その柔らかな光になぜか安堵できた。

運転席から降りると、肥川は真っ直ぐに玄関扉に向かった。センサーが感知したらしく、ドアの上の照明が点《とも》った。それが合図だったかのように、扉が開く。誰かが覗いてはいるのだろうが、肥川の身体に隠れて見定められない。

「あ、どうも。突然に……」

一言二言交わし、肥川は振り向いた。

「おかず、いいぞ。来い」

まるで飼い犬を呼ぶような物言いだ。あまつさえ、短く口笛を吹いて、手を前後に動かしもした。いつもなら睨みつけて「もっと、まともな呼び方を知らないんですか」と、文句の一つも投げつけるところだが、今はそんな余裕はない。まさに、呼ばれた犬のように、和はサリナを抱いて肥川の許《もと》に駆け寄った。

「入れ」

〝House〟と命じる口吻《こうふん》で肥川は言い、顎をしゃくった。腹は立たない。必要なら〝お座り〟でも〝お手〟でもやってやる。

扉の内側に踏み込む。

思っていたより広い。そして、やはりそっけない。白い壁には嵌め込み型の靴箱があるきりで、絵が掛かっているわけでも花が活けてあるわけでもない。しかも、廊下に照明はなく奥は闇に沈んでいた。青いスリッパが二足、玄関マットもない剝き出しの廊下に並べられている。上がってすぐ横のドアが開け放たれて、光が廊下を照らしていた。

肥川はスリッパを無造作につっかけると、光の中に入っていった。和も躊躇わず後に続く。スリッパを履こうとして、少し手間取った。サリナが腕からずり落ちそうになる。固く、抱き直す。

「失礼します」

「はい、どうぞ」

少し掠れた声が迎え入れてくれた。その声の主は、痩せた白衣の男だ。髪はほぼ白く、頰のこけた顔には無数の皺が寄っている。それでも男から老いは感じなかった。老いて萎んでいく気配は、まるでなかったのだ。

和に向けられた眸がきれいで、生き生きとした印象を与えるからかもしれない。物言いが実にテンポよく、弾むような軽快さを含んでいるからかもしれない。

ただ、そういう諸々に心を馳《は》せられたのは少し後になって、気持ちに余裕ができたときだった。部屋がほどよく暖められていたと思い至ったのも、かなり時間が経ってからだ。

肥川が空咳をする。手のひらを上に向け、作り笑いを浮かべる。

「こちら、松坂先生。元東新《とうしん》医科大学の教授で今は」

「ああ、いい、いい。挨拶している時間が惜しい。さ、そこに患者を寝かせて」

松坂医師は言葉と身振りで肥川の口を止め、白いシーツを敷いた長椅子を指差した。

「はい。お願いします」

サリナを横たえ、バスタオルを掛けてやる。

「この子の年齢は?」

「わかりません」

わからない? どういうことだ? きみとこの子との関係は?

問い質されるかもと身構えたが、松坂医師は和を見ようともしなかった。サリナの胸に聴診器を当て、脈を測り、口の中を調べる。バスタオルが滑り落ちた。肥川が素早く拾い上げ、椅子の上に戻す。松坂医師は肥川を一瞥《いちべつ》もしなかった。聴診器を外し、傍らに立つ和に顔を向ける。

「発熱に気が付いたのはどれくらい前になる」

「一時間ぐらい前になると思います」

「ふむ。高熱が出るような心当たりはあるのか。前々から調子が悪かったとか」

「今日以前の調子はわかりません。ただ、海に浸《つ》かりました」

「海？　この季節にか」

「はい。ずぶ濡れになって、暫くそのままでした」

「着替えられない状況だったわけか」

「はい」

うーむと松坂医師が唸る。そこで初めて、真正面から和を見据えた。

「この、ちゃらんぽらん男から聞いたかもしれないが、おれは医者だが、ここは自宅で診療所じゃない」

和が返答する前に、肥川が口を挟んできた。

「えっ、先生。ちゃらんぽらん男って誰のことです」

「おまえに決まってる。他に誰もおらんだろう」

「ひでえな。相変わらずの毒舌ですねえ」

苦笑する肥川を無視して、松坂医師は和に話しかける。

「つまり、ここではろくな治療はできないということだ。医療機器も薬もない」

「……はい」

「しかし、まともな病院には行けないわけだな」

「この子の身分証明ができないんです。病院では受け付けてもらえません」

「そうだな。瀕死《ひんし》の患者であったとしても身分証がなければ治療は受けられない。身分証不提示の者を治療すれば、治療した方も罰せられる」

「子どもなんです」

叫んでいた。肥川が両手を上下に動かした。落ち着けのサインだろうか。

「まだ、こんなに小さな子どもなんです。見捨てられません」

身分証がない。たったそれだけの理由で、人の命を見捨てる。そんな真似をしていいわけがない。人の救命より優先しなければならない法などないはずだ。

こんなに小さな子どもなんです。そして、わたしたちは大人なんです。

椅子の下から金属製の箱を取り出し、松坂医師は僅かに眉を寄せた。

「見捨てるなんて誰が言った」

「あ、でも……」

「おれは事実を事実として述べただけだ。きみは、あのちゃら男の部下だったな」

「はい」と返事をした。今度はちゃら男かよと、肥川が呟く。松坂医師が重ねて問うてくる。

「この子と血縁関係はないんだな」

「ありません」

「だったら、もう少し冷静になりなさい。幾ら三流誌とはいえ記者は記者だ。感情的だと務まらんだろう。それに、病人の周りで大声を出さない。それくらいの慎みは持ってないとな」

頬が火照る。とんでもない失態をしたような気になる。

「すみません。つい……」

肥川が点頭しながら、半歩、前に出てきた。

「そうなんですよ、先生。こいつはちょいと慎みが足らなくてねえ。上司としてどう教育すべきか頭を痛めているとこなんですよ」

「教育？　おまえが？　とんでもない話だな」

鼻を鳴らした後、松坂医師は和に「点滴をする」と告げた。

「ここではレントゲンが撮れないから確かな診断はできんが、聴診した限りでは肺炎まではいってないようだ。ただ、脱水症状が出ているので、外液を投与する。それで様子見だ。今のところ、それくらいの治療しかできんな。おい、ちゃらちゃら男、おまえの後ろにある点滴スタンドを持ってこい」

「先生、いいかげんにその独創的な呼び方、改めてもらえませんかね」

文句を言いながらも、ステンレス製のスタンドを運んでくる。

「旧式のやつだからな。今のように自動的に熱や脈を測る性能はない。ただ、点滴の中身そのものは変わりないからな。点滴しながら様子を見るしかないが、そこは納得できるな」

「はい。ありがとうございます」

深々と頭を下げる。

「ほんとうに、ほんとうにありがとうございます」

心底ありがたかった。この気持ちを表すのに「ありがとうございます」しか出てこないのが、もどかしい。

「礼は、この子が助かってからにしてくれ」

松坂医師の一言に顔を上げる。我知らず息を呑み込んでいた。

「そんなに、危ないんですか」

サリナはまだ苦しげな息を繰り返していた。それでも、もう大丈夫だという思いが和のどこかに芽生えていた。医者に診てもらえた。もう大丈夫だと。

「ひどく痩せている。標準体重よりだいぶ軽いだろう。栄養状態もよくはない。というより悪い。明らかに栄養失調の状態だ。おそらく抵抗力もかなり弱っているだろうな」

「だから危ないと……」

「柱が細ければちょっとした重みにも耐えられなくて、家は潰れちまうだろう。豪雪地帯の古民家なんて見てみろ、ものすごい太さの大黒柱ががっちり支えている。この子の大黒柱は日陰の雑木みたいなもんだ。いとも簡単に折れる」

松坂医師がサリナに薄手の毛布を掛け、さらにバスタオルを重ねる。点滴のチューブに繋がれた腕は、確かに細い。子ども特有の柔らかさも膨らみもほとんどなかった。

「助けてください」

喉の奥から声を絞り出す。自分のものとは信じられないほど、しゃがれていた。

「わたし、この子を託されたんです。頼むって言われたんです」

「誰からだ」

肥川と松坂医師の問いかけが重なる。一分のずれもなかった。二人の男は束の間顔を見合わせ、肥川は横を向き松坂医師は唇を尖らせた。

「それは……カササギからで……」

「カササギ、そりゃあ誰だ？」

今度は松坂医師一人が尋ねてくる。しかし、和は答えられない。

誰？　誰だろう。

カササギはむろん本名ではない。本名であるはずがなかった。あの少年がそう名乗ったに過ぎない。カササギは、カササギと呼ばれることを拒む素振りは見せなかった。本名も正体も何一つ知らないままだ。逢って、僅かな時間、廃墟になった建物の中で向き合った。

それだけの関係だ。

ぞくっ。背筋が震えた。

恐怖ではなく昂《たか》ぶりが震えとなって、背中を駆け上がる。

カササギ、あの少年を追っていけば、突き当たる。ずっと探していたものに手が届く。

根拠はない。一つもない。ただ、現実がある。

少年と向き合った僅かな間でも、目まぐるしく現実は動いた。

腕の傷が痛い。

銃撃、殺意、悲鳴。襲われたのだ。人間に向けて、それも無差別に銃を乱射する。そういう者たちが実際にいる。邪魔者、目障り、裏切り者、そして敵とみなした相手を容赦なく襲い、殺せる者たちだ。

プレデター。

不意に一つの言葉が耳の奥から湧き上がってきた。背中にまた悪寒が走る。一瞬だが心臓が縮んだ。胸の奥に腕とは異質の痛みを覚える。

みんな逃げろ。プレデターだ。

カササギが叫んだ。確かに聞いた。

プレデター。

「おかず、おい、しっかりしろ。何をぼけっとしている」

中身のわりにのんびりした口調で、肥川が言う。

「あ、いえ。すみません。あまりにいろんなことがあり過ぎて眩暈がしそうなんです」

嘘ではない。本当に、足に力が入らなくてふらつく。

「腕、出してみなさい」

松坂医師が、ぶっきらぼうに命じてきた。

「腕？　わたしのですか」

「当たり前だ。こっちのちゃらちゃら男の腕なんぞ差し出されても迷惑なだけだ」

「先生、もう勘弁してくださいよ。そんなに、いちいち嚙みつかなくてもいいでしょ」

「おれは今でも不思議でしかたないんだ。あれほど聡明《そうめい》なリッツがどうして、おまえみたいな男を一度でもパートナーに選んだのか。全く、わからん」

「女心の機微を理解するのは、先生にはちょっと難しいのかもしれませんな」

「ふん。どの口が言うのやら。ほれ、早く見せなさい。怪我をしているんだろう。しかも、銃創らしいじゃないか」

「それも、肥川さんから？」

「ああ、突然連絡してきて、高熱の子どもと銃創の大人を至急、診てほしい。二人とも命に関わる状態だとまくしたてたんだ。うるさいのは昔からだったが、ますます拍車がかかった感じだな。しかも、子どもはともかく、きみは……えっと、何という名前だったかな」

「明海です。明海和と申します」

「ふーん。名前みたいな名字だな。で、命が危うい状態とは、とても思えんな。重体までには、まだだいぶ余裕があるんじゃないのか」

「腕を掠った程度ですから」

松坂医師は和のシャツをたくし上げ、眉を曇らせた。ちっと舌打ちの音が響く。

「また、好き勝手に自分流の手当てをして、困ったもんだ」

「消毒して、血止めのために上から強く縛ったんですけど……間違ってましたか」

「いや、まあ素人にしてはマシな方だろう。しかし、遅すぎる。もっと早く治療をしとくべきだったな」

ひょいと顔を上げ、松坂医師は唇の端を持ち上げた。笑い掛けたのだろうか。どう返せばいいのか戸惑い、和は真顔のまま医師の視線を受け止めた。

「できるものなら、とっととやってた。治療ができないからここにいるんじゃないか。わかれよ、そのくらい。とでも言いたそうな顔だな」

「いいえ。先生はサリナとわたしの治療を引き受けてくださいました。感謝こそすれ、そんな文句を言う気はさらさらありません。そんなことしたら罰《ばち》が当たります」

「だから、感謝は助かってからにしてくれ」

身を乗り出す。指を握りこむ。

「先生、サリナが助かる可能性ってそんなに低いんですか」

「低くはない。しかし、決して高くもない。曖昧な言い方で申し訳ないが、〝助かる可能性〟なんて正しく計れるもんじゃないしな。敢《あ》えていうなら、この子にどれだけの体力が残っているかにかかってはいる。そこのところは確かだ。ともかく、焦っても騒いでも事態は変わらん。容体を見守るしかない」

「はい……」

正論だ。今、和にできることなど、ほとんどない。

わかっているけれど、人は正論では動けない。頭が納得しても心が受け入れてくれない。

あの小さな少女を守り通さねばならない。

腕を引っ張られた。松坂医師が「やれやれ」とため息を吐く。

「他人を心配するのも結構だが、自分の身体も、もうちょっと大事に取り扱ってやるんだな」

「あっ、痛い！」

悲鳴に近い声を上げていた。傷口の上に透明の、光の具合では微かに緑を帯びても見える液体が振りかけられたのだ。染みる。半端ない染み方だ。家でも消毒薬を塗ったけれど、比べ物にならない。熱いほどの痛みに指先まで痺《しび》れる。

肥川が口笛を鳴らした。

「いやあ、野戦病院並みの治療方法ですなあ。さすが、松坂先生。そんじょそこらの青二才医者じゃ真似できないほどのダイナミックさだ」

「おまえの頭の中身ほどじゃないがな」

「どういう意味ですかね、それ」

肥川と松坂医師のやりとりは、辛辣な会話を楽しんでいるようにも牽制《けんせい》しあっているようにも聞こえる。

「まあ、おれは死体専門だからな。生きている人間を治療するのは久しぶりだ」

「え、死体専門って？」

頭の中にさっき目にした高層ビルが浮かぶ。辺りを睥睨《へいげい》するかのように聳えていた。

「もしかして、先生は監察医でいらっしゃるんですか」

「頭の回転が速いな。ちゃらちゃら男の下で働くのはもったいない。転職を考えちゃどうだ。転職先の一つや二つ、紹介してやるぞ」

「そのうちお願いするかもしれません。よろしくお願いします」

「そのうちってのは、今はその気がないってことだな」

「はい。少なくとも切りがつくまでは〝スツール〟の記者でいるつもりです」

「何に切りをつけるんだ。今、手にかけている仕事か」

「はい」

「どういう形で切りがついたと言える？　記事を書き上げたときか」

「それは……」

明確に答えられない。ゴールテープは幻に近い。遥か遠く、影さえ窺えないのだ。

「まっ、いらぬ質問だったな。きみの仕事内容に踏み込むつもりはない。ただ、身体に無頓着なままだと、どんなことでも長続きはしないもんだ。必ずと言っていいぐらい、途中で挫《くじ》ける。人間関係も仕事もな。だろ、ちゃらちゃら男」

「はあ、何でこっちに振るんです。明海に尋問してたんじゃないんですか」

「誰にも尋問などしとらんよ。思ったことをしゃべってるだけだ。つまり、恋人関係、友人関係、男女関係、夫婦関係。人間関係を維持していくためには、自分も相手も同等に大切にしなきゃならんとな。けど、簡単なようで案外、難しいもんだ。ちゃらちゃら男はなんでも自分が一番だが、きみはどうも、自分を後回しにする癖があるようだな」

手際よく治療しながら、松坂医師はしゃべり続けた。声が柔らかく低いせいか、中身を真摯と感じられるせいか、素直に耳に入ってくる。

「自己犠牲とか、かっこいいものだと思ってるんじゃないだろうな」

「思っていません」

「なら、もう少し我が身を可愛《かわい》がるんだな。いい加減に扱っていいもんじゃない」

自分を疎《おろそ》かにしてきたつもりはない。大切にしてきたとも言えないが。そもそも、自分で自分をどう扱うかなんて考えたこともなかった。

「傷の手当ての仕方を見ればわかることもある。自分にどう向き合ってるか、な。むろん、ほんの一部分だが。ふふん、このちゃらちゃら男なんて銃創どころか掠り傷でも大騒ぎして救急車を呼ぶぞ。間違っても、きみのような、ぞんざいな手当てはせんだろう」

「ぞんざいでしたか」

「ああ、見た瞬間、目を逸らしたくなるぐらいだったな。ちゃんと傷を治そうとか考えていなかったのか」

返事を待たず松坂医師は、

「よし、できたぞ。治療完了だ」

と、和の腕を軽く叩いた。ガーゼの上に伸縮性ネットを被せてある。

「そのガーゼには化膿《かのう》止めの効果がある。まあ、付けてないよりマシって程度ではあるがな。マシなんだから付けておけ。痛み止めと抗生物質の処方はここではできん。市販薬で代用するしかないだろう。後で薬品名をメモしとく。おれにできるのは、それくらいだ。あぁ、それくらいじゃないな。今夜一晩、この子を泊めて様子を見ることはできるか」

和は顔を上げ、医師の横顔を見詰めた。

「泊めていただけるんですか」

「このまま熱が下がってくれればいいが、容体が急変することも十分に考えられる。連れて帰れとは言えんだろう。これでも一応、医者だからな。もっとも、ここにいてもどれほどの治療ができるか、心許《こころもと》なくはあるが」

「ありがとうございます。先生、ほんとうに、ありがとうございます」

頭を下げる。正直、心細かったのだ。マンションの一室に戻って、サリナが息をしなくなったら、動かなくなったら、次第に冷たくなっていったら、そんなことを考えると血の気が引くような怯えに襲われてしまう。

「あの、それで、できるなら、わたしも付き添わせてもらえたら」

「当然だ」

おずおずと申し出た言葉を遮るように松坂医師は言い切り、部屋の隅を顎でしゃくった。窓辺に、サリナが横たわっているのと同じ長椅子が置かれている。

「夜勤の看護師なんかいないんだから、きみが付き添わなくちゃどうにもならんだろう。あの椅子なら大人一人、何とか脚を伸ばせる。使いなさい。で、何かあったら、階段の下で呼んでくれ。おれの寝室は二階にあるから」

頷いたとき、背後で「ふわぁ」と間の抜けた声がした。肥川ががばりと口を開けて、大きな欠伸を漏らしている。

「そういうことなら、わたくしはここで失礼いたします。もう、役目は果たしたからな。ああ、ほんとに、おつりがくるぐらいたっぷりと果たしたぞ」

「あ、はい。お世話になりました」

「貸しだからな、明海。いつか、倍にして返してくれよ。期待してるぜ」

ひひっと下卑た笑い声の後、出ていこうとする肥川を松坂医師が呼び止める。

「おい、おまえは、おれに借りを作ったんだ。それを忘れるなよ」

「へ？　借り？　何のです」

ドアノブに手を伸ばしかけたまま振り返り、肥川は首を傾けた。芝居ではなく、本当に戸惑っているようだ。松坂医師が鼻から息を出した。

「ふん。とぼけるな。何年も音信不通だったくせに、突然、電話してきたと思ったら、病人と怪我人の治療をしろと喚《わめ》き立てたじゃないか。病人は子どもで高熱を出して意識がないなんて脅すものだから診るとは言った。言っただけでなく一応、診療もした。ついでに、おまえの部下の傷の手当てもしてやった。だろ？」

肥川は唇をへの字に曲げて、後ずさりする。背中がドアに当たった。

「まあ、事実としては間違っちゃあいませんがね。けど、それをこっちの借りにするのは些《いささ》か違やしませんかねえ。明海ですよ。全部、明海のためにしたことですから、借りを作ったのは明海一人じゃないですか。おれとしては何の得にもなってないんですから。どうぞ、請求は明海和にお願いしますよ」

「おれは、おまえからの依頼に応えたんだ。肥川太志に貸しを一つ作ったと認識しとる。その認識を変える気はない」

肥川が肩を竦める。唇がまた、への字に歪んだ。

「何が言いたいんです、先生。おれにどうしろと？」

「まあ、それはおいおい考えよう。とりあえず、おまえのスマホに薬品名を送るからそれをすぐに買ってこい。ペットボトルの水も二、三本、あったほうがいいな。この子が喉の渇きを訴えるかもしれん。水と薬だ、わかったな。もちろん、代金はおまえが支払うんだ」

「はあ、ちょっと待ってくださいよ。明海の薬を何でおれが」

「うるさい。病人のいる部屋で騒ぐな。おまえに部下の慎み云々を嘆く資格はないな。おれは二階で一休みする。じゃあ、明海くん、きみも休めるときに休んどきなさい。あ、ちゃんと薬を受け取って飲むのを忘れないように。手洗いと洗面所は廊下の突き当たりにある」

「はい、何から何まですみません。お言葉に甘えて、今夜はここに居させていただきます」

和が礼を言い終わらないうちに、松坂医師は肥川を押しのけ部屋を出て行った。

「あのくそ爺《じじい》。偉そうなとこはまるで変わってないな。やたら、命令しやがって、腹が立つ」

肥川が壁を蹴る。見た目以上に頑丈な造りらしく、白い壁は鈍い音をたてただけだ。代わりのように、肥川が「痛《いて》え」と唸って、しゃがみこんだ。下手なコントみたいだ。

「肥川さん、松坂先生とは古くからの知り合いなんですか」

「まあな。そんなに親しい間柄じゃない。親戚のオジサンでもないし、前の職場の上司でもない。ああ、くそ。指先がじんじんする」

「元奥さま絡みの関係とかでしょうか」

肥川が眼鏡越しに和を見据え、口笛を吹いた。

「なかなか鋭いな。まさか知ってたわけじゃあるまい」

「何も知りません。ただ、元奥さまは北部警察機構のトップですよね。松坂先生が監察医だとすれば結びつくのかなと考えただけです」

「なるほど、なるほど。いい推理力だ。まさにその通り。元女房によれば、警察官になりたての頃から目をかけてもらってたんだとさ。娘みたいに可愛がってくれたとか言ってたぜ。偏屈な性分のやつって、気に入らなきゃどこまでも気に入らないが、気に入ったとなるととことん気に入って贔屓にするらしいぞ。爺さんは偏屈の中の偏屈だからな」

「肥川さんはどこまでも気に入らない部類に入っちゃったんですね」

「うるせえよ。いいんだよ、あんな爺さんに気に入られなくても。初めて逢ったときから、どうも苦手だなとは感じてたんだ。女房との暮らしが上手くいかなくなったのは、全部、おれのせいだと思っている節があるし、厄介な爺なのさ。ただ、医者としての信念みたいなものは持ってる。規則とか制度とかは二の次にして、目の前に患者がいたらまずは治療する。そういう信念さ。だから今回も迷わず、すぐに連れて来いと……あぁ、まあいいかこんな話は。それとも、おれの過去、もう少し聞きたいか」

「あ、いいえ、すみません。詮索してしまって」

慌てて低頭する。苦手で厄介と感じる相手に連絡を取り、治療への道筋をつけてくれた。過去を詮索するより今の感謝を伝えねばならない。

「肥川さん、あの、今日のことは本当に助かりました。ありがとうございます」

「おれも一つ、質問したい」

肥川が眼鏡を押し上げた。口調も表情も、張り詰めていた。

「本気で感謝しているなら、ちゃんと答えろよ」

「カササギのことなら、ほとんど何も知りません。でも、これからきっちり調べていきます。カササギの取材中に何があったか、明日にでも詳しく報告はするつもりです」

「カササギじゃない。バスタオルだ」

「バスタオル……」

ほとんど無意識に振り返っていた。サリナの上に広がっている青いバスタオル。和がサリナを包んできたものだ。

あのバスタオルがどうかしましたか。

何気なく尋ねようとしたけれど、舌が滑らかに動いてくれなかった。

「なあ明海、リュウゴ、Ｋ・Ｒｙｕｇｏって、誰だ？」

肥川が見下ろしてくる。和は下を向き唇を固く結んだ。

第五章　揺れる謎たち

夜が更けていく。

信じられないほど静かな夜だ。

聞こえてくる物音と言えば、時折の風音ぐらいだが、それも微かでしかない。

窓も壁もドアも、音を通さないほど厚く堅牢《けんろう》にできているのだろう。いや、そもそもこのあたり一帯が騒音とは無縁ではあるのだ。治安がよく、人々が群れて騒ぐことも雑音が響くことも、ほとんどない。

和は床にしゃがみ込んだまま、長い吐息を漏らした。

疲れていた。全身が重くて、怠い。そのくせ、横になりたいとか眠りたいとか、そんな望みは些かもわいてこない。横になって目を閉じても、眠れるとは思えないのだ。

立ち上がり、サリナの寝顔を見下ろす。身を屈め、寝息を窺う。

ここに来た時より、幾分、穏やかになっている気がした。少なくとも、悪化はしていない。ただ、熱はまだ高い。

大丈夫だろうか。二階に駆け上がり、松坂医師を引きずってきたい。そんなことをしても無駄だと頭ではわかっているのに、心が逸《はや》る。

「う……ん」

サリナが寝返りを打つ。点滴のチューブが揺れて、和は少し慌てた。

慌てたり、狼狽《うろた》えたり、焦ったりばかりだと自分を嗤いたくなる。考えてみれば、カササギと出逢ってから、まだ半日足らずしか経っていない。なのに、もう何か月も過ぎた気がする。目まぐるしく動く状況に翻弄されて、時間の感覚がおかしくなっているのだろうか。

サリナがまた、身体の向きを変えた。仰向けになり、目をこする。

「サリちゃん」

呼びかけると、薄っすらと目を開いた。

「サリちゃん、気が付いた？　わたしがわかる？」

熱で潤んだ眸が和を捉える。額に浮いた汗をハンカチで拭ってやると、口元がもぞりと動いた。乾いて白っぽくなった唇から声が漏れた。

「……ママ、抱っこして……」

思わず手を差し出していた。両手で頬をそっと包む。

「今、お薬を身体の中に入れてるの。それが終わったら、たくさん抱っこしてあげるからね。喉が渇いてない。お水、あげようか」

「うん……」

小さなグラスに半分ほどの水を飲み干すとすぐ、サリナは目を閉じた。起き続ける体力がないようだ。こんなに小さな身体で生きようと闘っている。

和はこぶしを握った。

冷静になれと、己を叱咤《しった》する。感情に揺さぶられていては、的確な判断も行動もできなくなる。深呼吸を繰り返す。

冷静になれ。自分を保て。他者に振り回されるな。

戒めの言葉を胸の内で繰り返す。

サリナは熱に浮かされて、わたしを母親と間違えた。それだけだ。それだけのことだ。和はサリナに掛けたバスタオルをそっと撫でた。縁のところに白い糸で縫い取りがある。

Ｋ・Ｒｙｕｇｏ。

誰だと、肥川は問うてきた。「どうして、そんなことを肥川さんに話さなきゃいけないんです。個人的なことを詮索されるのは心外です。答える必要はありません」と、普段のように言い返したかったが、なぜか黙り込んでしまった。世話になった負い目があったのか、いつになく肥川の口調が鋭かったからか、よく、わからない。ともかく、目を逸らせ唇を結んでしまった。戦う前から負けを認めたようなものだ。


肥川はバスタオルを手に取って、矯《た》めつ眇《すが》めつという風に眺めていた。それから、長椅子の上に放り投げ、「まっ、いいか」と呟いた。先刻の口調の鋭さは、もうきれいに拭い去られて、いつもの、どこか緩んだような調子に戻っていた。

「おまえさんのプライベートをあれこれ詮索するのも品がねえもんな。おれは、キホン、上品な紳士だから、他人さまの秘密を探るような趣味はないってもんさ」

どの口が言うのかと呆れる。けれど、やはり黙っていた。

「じゃあ、買い物してきてやる。けど、金はちゃんと払えよ。奢《おご》ってやる謂《いわ》れはないんだから、きっちり請求するぞ。あ、ついでにおれの晩飯分も買っとこうか。それは、おまえの奢りってことでいいな。今日の恩返しだと思えば、安いもんだろうが」

「紳士のわりに、せこいですね」

「経済観念が発達してんだよ。あ、それとな、明海」

「明日の朝食の分までは奢りません。そんな謂れはありませんから」

肥川は大仰な仕草で両手を広げ「馬鹿か」と言った。

「飯じゃなくて仕事の話だ。おまえ、今日のこと記事にできるのか」

上司を見詰め、和は微かにかぶりを振った。言葉が喉の奥に引っかかる。

「まだ尚早だと思います。ろくに取材もできてなくて……わからないことが多過ぎます」

「そのわからないこととやらは、わかるようになるのか」

「え……」

唾を呑み込む。汗が染みていたのか、心持ちしょっぱい。「だからぁ」と、肥川は妙に間延びした物言いをして、もう一度手を広げた。

「わからないことをわかるようにする方法ってのを考えてんのかって、尋ねてるんだよ」

「もう一度、カササギに接触します」

肥川の黒目が横に動き、視線が横たわるサリナをすっと撫でた。

「ふむ、なるほどね。手許に切り札が一枚、残ってるってことか」

「そういう言い方は止めてください。駆け引きで、サリナを引き受けたわけじゃありません」

「はいはい。おまえさんの博愛精神を疑っちゃあいないよ。要は、怪我を負った小さな子を放っておけなかったって話だろ。当然だ。おれだって助けるさ」

どうだか怪しいものだ。胸の内で呟く。むろん、口にはしない。

「けど、切り札になるのかどうか」

肥川が真顔で首を傾げた。

「何が言いたいんですか」

「だからぁ、つまり、カササギとやらがこの子を迎えに来るのかどうか」

サリナに向かって顎をしゃくり、肥川は続ける。

「確証はないわけだろう。このままってことも、ありうるわけだ。あれ？　そっちの可能性、考えてなかったのか。まさかね。そこまで甘くはないよな」

「考えていませんでした」

ヒュッ。肥川が口笛を吹く。

「甘いねえ、明海ちゃん。溶けかけた綿あめレベルの甘さだ。この子とカササギの関係、わかってるのか。兄妹《きょうだい》じゃないんだろう」

「たぶん、違うと思います」

たくさんの子どもたちがいた。正確な数はわからない。でも、襲撃から逃げ出した者は、二十人以上はゆうにいたと思う。襲撃者、〝プレデター〟と呼ばれていた方が何人なのか、そこは全く把握できていない。ただ、若くはあった。少なくとも、和に向かってきた男たちは、青年の手前、少年と呼んでも差し支えないほど若かった。そして、カササギも同じくらいの年齢に見えた。そこは事実だ。けれども、あの場にいた全員が、襲撃者も襲撃された者たちも少年、少女だったとは断言できない。断言できるだけの情報を和は摑んでいないのだ。

「ただの浮浪児の寄り集まりかもしれんわけだろう。うん？　なんだ？」

肥川が顎を引き、眉を寄せた。

「何でそんな眼つきで、おれを見るんだ？　何か気に障ったか」

「肥川さんと話をしていると、しょっちゅう気に障ります。いちいち、腹を立てていたら会話が成り立たないので、たいていスルーします」

「じゃあ、睨みつけてくるなよ。それでなくても、おまえは眼つきが悪いんだ」

「そうなんでしょうか」

「は？　眼つきか。悪いさ。だいたい愛嬌ってものがないんだ。眼つきだけじゃなくて、物言いとか態度とかもだけどな」

「浮浪児です」

「うん？　ああ、まあ、ちょっと古かったか。ほとんど死語だものな。ストリートチルドレンとかの方がしっくりくるかもな。けど、何でもカタカナにすりゃあいいってもんじゃないぞ。言葉選びは、選んだ者のセンスが問われる。古い言葉を何でもかんでも死語として排除しちまうのは、センスに欠ける者のやり方で」

「呼び方なんてどうでもいいです。呼び方で中身が変わるわけじゃありません。肥川さん、カササギやサリナたちって、浮浪児と呼ばれる子どもたちなんでしょうか」

肥川が瞬きする。それから視線を天井に向けた。そこに何があるわけでもなく、何を探しているわけでもない。和とまともに目を合わせたくないのだ。

「つまり、何だ。行き場のない子どもたちが集まって暮らしていると、そういうことか」

「はい」

「だから、それがストリートチルドレンってやつだろ。おまえが、ずっと拘ってたテーマじゃないのか。今更、驚くこっちゃないだろうが」

浮浪児？　ストリートチルドレン？　いや、違う。

「違います」

「どこが、何が違う？」

「ストリートチルドレンって、肥川さんの言う通り、住む場を失って路上で暮らさざるを得なくなった子どもたちのことです。そういう境遇の子どもたちが身を寄せ合って何とか生きている。でも、カササギたちはもっと……」

「もっと、何だ？」

「もっと、組織化されているというか……身を寄せ合って凌いでいるというより、きちんと統制されている感じがしたんです。ルールみたいなものがあって、子どもたちがそれぞれ役目を果たしているような……」

「疑似家族みたいなものか」

「家族より大きな集団だと思います」

肥川は唸り、伊達眼鏡を指で押し上げた。

「全部、推論だな。というより、おまえが感じたこと、それだけに過ぎない」

「はい」

「現実的な根拠は、ほとんどないわけだ」

「はい」

「推論だけで記事を書くわけにはいかんし、そんなものは載せられない。となると〝最新コスメ情報〟と〝心が満たされる暮らしを実践する〟の二本立てでやるかなあ」

「肥川さん」

「それとも〝太らない食べ方を科学する〟とか〝隠れ肥満の正体を発見〟とか、ダイエット方面に力を入れるか。あるいは、このままサプリの特集を続けるか。悩ましいな」

「肥川さん！」

「怒鳴るな。フッーに呼べ、フッーに」

「カササギの取材を続けさせてください」

推論を現実的な根拠のあるスクープにしてみせる。

「カササギはサリナを見捨てません。必ず、迎えに来ます。つまり、わたしとも接触するはずです。まだ、手立てを失ったわけじゃありません」

「言い切れるのか」

言い切れるのか。カササギを何も知らない身で、言い切ることができるのか。

「おまえなあ」。肥川がため息を吐いた。

「こういう展開になったら、嘘でも『言い切れます』と返事するもんなんだよ。ここで、馬鹿正直に躊躇っててどうすんだ。馬鹿」

「すみません。肥川さんに、はったりが通用するとは思えなかったので」

「え？　あぁ、そりゃあそうさ。おれぐらいの器になると、おまえのはったりなんか鼻息で吹き飛ばしちまうぜ。ははは、よくわかってるじゃないか、さすがだぞ明海」

「よくわかっています。ですから、取材を続行させてください」

「ははは、そうだな。そこまで言うなら好きにしろ……なんて、あっさり許可できるわけがないだろうが。おだてて、乗せようたってそうは問屋が卸金《おろしがね》だ」

「肥川さん、わたしは撃たれたんです。武装した一団に襲われたんです」

「おまえを襲ったわけじゃないだろう。それに、武装していたかどうか明言できるのか。一団といったって何人いたか、どんな形をしていたか、全体像を摑んじゃいないんだろうが」

返答できなかった。

普段はいいかげんで、面倒くさいことはすぐに他人に押し付けようとするくせに、変なところで鋭くなる。一番、厄介で油断のならないタイプだ。

「だが、まあ、面白くはあるな」

「面白い？」

「そうさ。面白い。面白いじゃないか。面白いだろう。世界有数の大都市で、治安は抜群に良くて清潔で便利で、金さえあれば何でも手に入る。金さえあればな。そういうところに、武装集団？　しかも、リアルに発砲？　で、雑誌記者が一人、負傷した。もしかしたら、撃ち殺されていたかもしれない」

撃ち殺されていた可能性は、もしかしたらというレベルではなかった。銃弾が腕を掠ったか背中を撃ち抜いていたかは、運の良《よ》し悪《あ》しだけの違いだ。

「撃ち殺された者がいるかもしれません」

言葉にすると、にわかに現実味を帯びる。闇の中から現れた男たちは、自動小銃を提げていた。銃口を向けてきた。あのままだったら、無我夢中でライトを投げつけなかったら、確実に撃たれていた。引き金を引くのに躊躇う素振りは、いっさい見せなかったのだ。殺意、というより、人を殺すことに、さほど抵抗がない。虫を潰すように人を殺せる。そんな気配をまとっていた。

撃ち殺された者がいるかもしれない。

極めて現実に近い想像だ。

「だな。いやぁ面白いねえ。この都市の取り澄ました貌《かお》の後ろには、やけに怖ぁい、般若《はんにゃ》みたいな面が隠れてる。これを面白いと言わずして何を面白いと言えるか、だ」

「じゃあ、取材の続行を許していただけますね」

「そこは、個人的にやってくれ」

「肥川さん」

「〝スツール〟じゃ無理だ。誰が撃たれようが、自動小銃をぶっ放そうが、首を突っ込むわけにはいかんさ。危なすぎる。そんな危険地帯に突っ込んでいく備えも力もないからな」

「……ですね」

「素直に納得されると、何だかせつなくなるな」

納得してしまう。弱小の雑誌社の歯が立つ相手ではないのだと、合点してしまう。

「ただ、おまえが個人的に動く分には、別に邪魔はしないさ。〝心が満たされる暮らしを実践する〟の記事を任せるつもりだったが、そこらへんは免除してやる。好きに調べてみればいいさ。取材費も出してやる、と言いたいところだが、それはないからな、覚悟しとけ。ただし、こりゃあすげえってスクープをものにしたのなら、特別手当は出してやる」

「ありがとうございますとお礼を言うべきかどうか、微妙な提案ですね」

「おれのぎりぎりの譲歩だと思ってくれ」

肥川はこぶしで自分の胸を叩いた。視線をまた天井に向け、呟く。

「ラダンの壺」

和は背筋が震えるのを覚えた。うそ寒い。

「ってのは、子どもと関わり合いがあるんだろうか。カササギと子どもたちの、おまえの言い方だと規律を伴った集団、のことなのか」

「全く、見当がつきません」

「全く、ねえ。なんとも心許ない話だ。けど、まあ、ストリートチルドレンだの人身売買だの、おまえの取材の根っこには〝子ども〟というキーワードが常に存在している」

妙に重々しい言い回しをして、肥川は鼻から息を吐いた。

「どうだ?」

「どうだとは?」

「的を射た指摘だっただろう。びびったのと違うか」

「いえ……別に。子どもの問題に関わってきたことを隠してはいませんし、肥川さんもさっき、わたしがずっと拘ってきたテーマだみたいなこと言ってたじゃありませんか」

「そうだったか？　記憶にないがな。で、最後に一つだけ。おまえのテーマ設定とこれは、繋がってるのか」

肥川がバスタオルの縁を指で摘まむ。

「これ、赤ん坊用だもんなあ」

独り言にしては大きすぎる声で言うと、じゃっ、と手を振った。そのまま、部屋を出ていく。コンビニの袋を提げて帰ってきたのは三十分後、水やちょっとした食べ物、ご丁寧にストローや紙コップまで入っていた。

「このあたりのコンビニ、無人化率百パーセントだな。人気ってものがまったくないぞ。あ、これが立替分だ。ちゃんと払えよ。これでおれはお役御免だからな。さっさと帰る。帰って寝る。おまえは明日、出社しなくていいが、連絡だけはこまめに入れろ。だいたいの居場所がわかるようにだけはしておけ」

いかにも上司という口振りで告げると、今度は、言葉通りさっさと帰っていった。むろん、その前に、渡された商品にしては些か高過ぎる代金を和はしっかり請求された。


夜が更けていく。

肌が、更けていく夜の一時、一時を感じる。

和はそっと、毛布をめくった。サリナには和の古いTシャツを着せている。膝の下まですっぽり覆って、寝間着の役割を果たしていた。その裾から覗いた細い脚を撫でる。ふくらはぎのあたりに、白く引き攣れた傷跡が幾つかついている。ふくらはぎだけではない。背中にも臀部《でんぶ》にも胸にも散っている。臀部には幾つも集中していた。

火傷《やけど》だ。何か小さな火種を故意に押し当てられたとしか考えられない。火傷の他にも、細い紐《ひも》状のもので打たれたような傷もあった。

毛布を直し、深い息を吐く。

松坂医師はこれらの傷に気が付いたはずだ。が、何も言わなかった。今日のところは治療に専念したのだろう。明日は尋ねられるだろうか。

「おい、この子の傷跡、これは何だ?」と。尋ねられても答えられない。

虐待だろうか。誰かが、サリナに残酷な仕打ちをした。

和は紙コップに水を満たし、一気に喉に流し込んだ。むせて、咳き込む。

虐待、カササギ、襲撃者、プレデター、浮浪児、ストリートチルドレン、上質のバスタオル……。様々な言葉や顔や色が頭の中を巡る。眩暈がしそうだ。頭の隅が鈍く疼いた。

その疼きをかき分けるように、バスタオルに包まれた赤ん坊が浮かび上がる。目を開けていた。赤ん坊だけしか持てない濁りの全くない眸、それが真っすぐに向けられている。ふっくらした唇が動いて、声とも音とも言い難い、けれど愛らしい響きが漏れる。

和は床にしゃがみ込んだまま、目を閉じた。疼きが遠のき、眠りに引きずり込まれていくと確かに感じた。

ああ、わたし、眠ってしまう。

「ママ」

眠りに落ちる寸前、サリナの譫言を聞いた気がした。


夢を見た。久々に見た鮮明な夢だ。夢だとわかっている夢でもあった。

父がいた。母がいた。そして、姉もいた。

母は赤ん坊を抱いていた。

「和、おはよう。やっと起きたの」

姉が笑う。母が姉に赤ん坊を渡して、「紗知《さち》」と呼んだ。

姉の名だ。姉はさらに笑った。

「龍吾《りゅうご》は可愛いねえ。ね、和、可愛いでしょ」

父、母、姉、赤ん坊。四人の後ろには窓がある。艶消しガラスの窓は、横に引いて開け閉めするごくありふれた型だ。そこに、黒い影が映る。

危ない！

叫ぼうとした。逃げて、みんな。危ない、逃げて。叫びは声にならず、姉も両親も笑ったまま、動こうとしない。赤ん坊だけがむずかり始める。

「あらら、どうしたの。和、どうしよう。泣き出したよ」

姉が腰を浮かしたとたん、窓が砕け散った。

銃声が響く。自動小銃を構えた男たちが雪崩《なだ》れ込んでくる。

父が倒れた。母がガラス片の上に転がる。赤ん坊を抱え込んだ姉の背中を男たちの靴が踏みしだく。和は動けなかった。助けにも行けないし、逃げることもできない。足が硬直して、棒のようになっている。自分の意志で進みも退きもできない。

姉の背中に男が銃口を向けた。赤ん坊が泣く。

姉が顔を上げ、和に手を伸ばす。額が割れて、血が滴っていた。

「和……助けて……」

「お姉ちゃん」


目が覚めた。

とっさに時間を確認する。棚の上のデジタル時計が2:17という数字を示していた。明かりをつけたままだったと、やっと気が付いた。オレンジ色の数字がやけに安っぽく見えるのは、ＬＥＤの明かりのせいだろうか。

和は立ち上がり、息を吐き出した。長椅子の端に突っ伏していたせいか、腕と足が少し痺れている。カーテンを引くのを忘れた窓に目をやる。こちらは透明な一枚ガラスだ。二時十七分、まだ真夜中だ。窓の外は闇で、夜が明けるのが信じられないほど暗い。門灯の淡い明かりが、闇の濃さを余計に引き立てていた。

嫌な夢だ。とても、嫌な夢だった。

頭を振り、サリナの様子を窺う。夢より現実だ。目の前の現実に向き合わねばならない。

サリナは汗をかいていた。Ｔシャツが湿っている。かなりの量の汗だ。

どうしよう、着替えがない。

そこまで頭が回らなかった。迂闊だった。汗をかくことぐらい考えておくべきだった。肥川に着替えを買ってきてもらうことだってできたのに。サリナの額に手を置くと熱さを感じない。むしろ、ひやりと冷たかった。呼吸も穏やかだ。細いなりに乱れなく続いている。

熱、下がってる。

夢の重さが吹き飛んだ。拍手したい心持ちになる。「先生、熱が下がりました」。階段の下から、大声で松坂医師に告げたい。その衝動を抑え込み、和はサリナの身体をバスタオルで丁寧に拭いた。傷跡からはあえて目を逸らす。サリナが薄く目を開け、「お水、飲みたい」と訴えた。しっかりした声だ。

「あ、待って。すぐに、あげるね」

コンビニの袋の中に経口補水液が一本だけ入っていた。肥川にしては気が利いている。汗をかいた後なら、こちらの方がいいだろう。

紙コップに注いだ補水液をサリナは音を立てて、飲んだ。

何だか、嬉しい。何もかもが上手くいくような気がする。

「サリちゃん、もう少しお休みしとこうね」

サリナが頷いた。口元が緩んで、微かな笑みが浮かぶ。

「リュウ兄ちゃん、来るよ」

「え？　何て？」

身を乗り出したけれど、サリナの瞼は既に閉じていた。

今、この子は何て言った？

聞き間違いだ。夢を引きずっていて、幻の声を聞いたに過ぎない。

コッ、コッ、コッ。

背後で窓ガラスが鳴った。風ではない。風に揺れて音を立てるような造りの建物ではない。風そのものも凪いでいた。

誰かが窓を叩いている。

コッ、コッ、コッ。

振り返り、息を詰める。一瞬だが、気道が塞がったのか苦しい。

鼠色のパーカーが目に飛び込んできた。詰めていた息が胸の中に滑り落ちていく。

「カササギ……」

窓に駆け寄ろうとした足を止める。

カササギ？　本当に？

フードを深く被った相手が、あのカササギなのかどうか確認できない。

和は長椅子の前に立ち、横目でサリナを見やった。万が一のときは抱えて、逃げなければならない。けれど、どこに逃げる？　庭に飛び出すのは危険だ。だとしたら、二階か。

コッ、コッ、コッ。コッ。

窓を叩いていた手が止まり、フードに掛かる。部屋からの明かりが、手の甲のタトゥーを照らし出す。羽を広げた鳥の刺青。

フードを取り、カササギは軽く会釈をした。

窓に近寄り、今度は鍵を外す。外に向かって開け放つ。冷えた夜気が流れ込んできた。

カササギは身軽だった。ほとんど音を立てずに窓枠を越えて入ってくる。

「靴を脱いで。床を汚さないの」

「あ、はい」

「それから、すぐに窓を閉めて。病人がいるのよ」

汗をかいたばかりのサリナに、冷えた夜気はよくない。

「おっかないな。明海さんに逢ってから、叱られてばかりの気がする」

靴を脱ぎ、窓を閉め、鍵を掛け、カササギは肩を竦めた。肥川もよくやる仕草だが、こちらの方がさまになっている。

「叱った覚えはないわね。でも、生きていてよかったわ」

「もしかしたらって思いましたか」

「あの状況なら、誰だって思うでしょ」

嘘だ。カササギが死んだかもと、そんな想像は一度もしなかった。不思議なほど頭に浮かばなかった。だから、どうやって迎えに来るのか、どう接点を持てるのか、そちらばかりが気になっていたのだ。こんなにあっさり、再会できたのは想定外だった。

「明海さん」

「なによ」

「ありがとうございました」

　カササギが深く、頭を下げた。行儀のいい学生を連想させる。

「サリナのこと、感謝しています。正直、ここまで手を尽くしてくれるとは考えてなかった」

「は？　何をふざけたこと言ってんの。わたしが、熱を出した子どもを放っておくとでも考えてたわけ？　みくびらないでよ」

「おれは、明海さんをみくびったりしていません。むしろ、感謝しているんじゃないですか。何でもかんでも叱りつけないでください」

「叱ってないったら。こういう口調なの。そっちこそ、何でもかんでも文句をつけないでよ」

　カササギと視線が絡む。なぜか、噴き出してしまった。笑っている場合でも、笑い合う相手でもないとわかっているつもりだが、なぜか、おかしい。

　長椅子の上で、サリナがもぞもぞと動いた。目は開けない。カササギはその額に指先で触れ、小さく息を吐いた。

「サリナはよく熱を出すんです。ずぶ濡れになったから心配していたけど……よかった」

　点滴のチューブを見やり、また、吐息を漏らした。

「ここまでちゃんと治療してもらえるなんて思ってもいなかった。明海さんのおかげです」

「ね、お腹《なか》空いてない」

「え？　あ、空いてますけど」

「コンビニのサンドイッチとお握りがあるわ。食べるでしょ」

「いただきます。至れり尽くせりだな」

分厚い玉子焼きを挟んだサンドイッチを渡す。これは、肥川の好物だ。〝スツール〟でもしょっちゅう食べている。おそらく、自分の分もしっかり買い込んだはずだ。今日の朝食に熱いコーヒーか紅茶と一緒に楽しむのだろう。

いや、今はちゃらんぽらんな上司のことなどどうでもいい。目の前にいる若い男の方が何倍も大切なのだ。聞き出したいことが、山ほどある。

「食べながらでいいから、答えて」

「何をですか」

「どうしてここが、わかったの」

カササギの手が止まる。サンドイッチが口元で止まった。

「おかしいでしょ。わたしのマンションまでは調べているかもしれない。別に隠しているわけじゃないから。以前の取材のときに、会社じゃなくて自宅の住所を伝えたこともあったからね。簡単にわかっても不思議じゃないわ。けど、ここは違うわ。わたしも着くまで、どこに行くのか知らなかったぐらいなのよ。なのに、あなたはちゃんと捜し当てた。どうして？　どうして、そんなことが可能だったの」

カササギはサンドイッチをかじり、呑み込み、また、頭を下げた。

「すみません」

今度は詫《わ》びの一言を口にする。和は思いっきり眉を顰めていた。

もしかしたら……。カバンからスマホを取り出す。

「もしかしたら、これを」

「……そうです。それで、明海さんの現在位置を確認してました」

「待ってよ。わたし、ちゃんとナビデータをロックしていて……あ、解除してある。これ、あなたの仕業なのね」

「はい」

　カササギはあっさりと認めた。もう一度「すみません」と低頭する。

「いったい、いつの間に？　あなたに渡したりしなかったでしょ」

「ボートに乗った直後です。明海さんが運転に気を取られている隙に……」

「呆れた」

　和は顎を上げ、カササギを睨みつけた。

「わたしがサリちゃんを連れて逃げようと必死になっていたときに、あなたは、そんな真似をしていたってわけ」

「明海さんを見失いたくなかったんです。居場所がわからなくなったら、ヤバいなと思って。スマホのやり取りって、意外に外に漏れやすいので」

「傍受されるってこと」

「やろうと思えば簡単にできますよね」

　和は口を閉じ、カササギを見据えていた。そうねと同意することも、まさかとかぶりを振ることもできない。どちらも違う気がした。

　デジタルの情報は、ほぼ百パーセント国が管理している。やろうと思えば個人情報を入手することなど容易い。やろうと思えば、だが。

「簡単にできるかもしれないわ。ほんの一部の人に限られるでしょうけどね」

「ええ。言い換えます。ほんの一部の者にとっては簡単だ」

「ほんの一部って……国の中枢にいるって意味よね」

　カササギはサンドイッチの最後の一片を口に放り込み、軽く手を振った。

「言ったでしょう、明海さん」

「何を?」

「殺されますよって」

明海さん、あなた、殺されますよ。

間違いなく、殺される。

カササギは確かに、そう告げた。

「あなたのやろうとしていることは、この国の暗部に踏み込むことだ。踏み込んで、正体を暴くことにつながる。見逃されるわけがないでしょう。潰されますよ、プチッと」

カササギの親指が長椅子の端を押さえる。本当に虫の潰れる音が聞こえた気がした。

「じゃあ、あなたはどうなのよ。あなたは何をしようとしているの。何の目的のために動いているの。あの子どもたちはなに? 〝プレデター〟って、〝ラダンの壺〟って何なのよ。それとGゾーンの死体のことだって……、カササギ? ちょっと聞いてるの」

カササギは廊下に通じるドアに顔を向けていた。和の話を聞いている風はない。

「ごまかさないで、ちゃんと答えてよ。取材費は払ったんだから、それに見合うだけの」

「明海さん、ここって病院なんですか。よく見ると、そうは思えないですが」

「え? あ、昔はそうだったらしいけど……」

「今は違うんですか。なら、なぜ、ここに?」

「上司の知り合いのお医者さまの家なの。今は、監察医をしているって」

「監察医。じゃあ、警察機構と繋がっているんですね」

「あ、うん、そうだけど」

そうだ。松坂医師が監察医なら、あのGゾーンの死体を司法解剖した可能性は高い。解剖結果を北部警察機構のトップである肥川の元妻に伝えた可能性も……。

和は息を詰める。正直、そこまで頭が回らなかった。監察医と聞いてもＧゾーンの死体と結びつける思考ができなかったのだ。結びつけるのが当たり前なのに、サリナを……サリナを助けたい一心で、他のことを考える余裕を失っていた。迂闊だった。

迂闊だった……のだろうか。

「ええ、事実です」

「松坂先生はちゃんと診療してくださったわ。できる範囲で、手を尽くしてくださったの。だから、サリナは回復できた。それは事実よ」

カササギはサリナの腕から、点滴を抜いた。ほとんど空になった薬剤の袋が揺れる。

「待って。何をするの。ここから出ていく気？」

「そうです。明海さんもそうした方がいい。急いでください」

「そんな、無茶な。やっと熱が下がったばかりの病人を外に連れ出すなんて、何を考えているの。馬鹿なことしないで」

「監視カメラが回ってます」

「え、カメラ？」

カササギの視線を辿り、ドアの上に目をやる。息を呑み込んだ。ドアの斜め上部、天井すれすれに監視用のカメラが埋め込まれていた。本体を壁に埋め、レンズだけを外に覗かせる旧型の仕様だ。最新式は厚紙より薄く、壁に貼り付けられる。

「監視カメラ？　先生が……嘘でしょ」

「現実としてカメラは作動してますよ」

カササギがサリナを抱き上げる。

「ここは危険だ。逃げます」

「待って」

「愚図愚図している暇はないんです」

「違う。外は寒いのよ。そのままじゃ駄目」

和は上着を脱ぐとサリナの上に掛けた。それから、デイパックを背負う。

先生、すみません。改めてお礼に伺います。　明海
走り書きのメモを残し、長椅子に置く。

「行きましょ。玄関から出るわよ」

廊下に出て、束の間、二階に続く階段に目をやる。

先生がわたしたちを監視していた？　わたしたちの敵ってこと？

納得できない。松坂は医者だった。敵、味方ではなく病気や怪我の度合いで人を分ける。そういう人物だと思えた。少なくとも、サリナへの治療は真摯なものだった。できることを精一杯やってくれた。身分証を提示できない患者を拒まなかった。保身を考える者なら躊躇なく追い返すか通報するか、どちらかを、あるいはどちらも選んだだろう。それをしないと見極めたからこそ、肥川は松坂医師を頼ったのだ。

けれど、監視カメラが作動していたなんて……何をどう信じればいいのか、疑えばいいのか混乱する。冷や汗が、身体ではなく心に滲む。

玄関から外に出る。

風が正面から吹いてきた。さほど強くはないが、冷たい。

サリナがいつの間にか目を覚ましている。両腕をしっかりとカササギの首に回していた。

「閉まってる」

カササギが唸った。サリナを抱き直し、正面を睨む。

門扉が閉まっていた。

黒く太い格子型の扉がぴったりと合わさっている。高さは二メートル以上あるだろう。周りの塀も同じ高さなので、威圧感が押し寄せてくる。肥川と来たときには、門扉は開いていた。存在さえ気が付かなかった。だから、ただの駐車場としか思わなかった。

「カササギ、あなたはどこから入ってきたの」

「正面からですよ。扉は開いていた。閉まったのは、おれが中に入ってからだ」

カササギが首から、サリナの腕を外した。

「明海さん、サリナをお願いします」

「わかったわ。サリちゃん、おいで」

両手を差し出す。サリナは嫌がる風もなく、和の胸の中に移ってきた。

この無防備な甘え、この信頼、この柔らかさ。愛しい。

カササギは格子を摑み、力を込めて揺さぶる。

びくともしない。音さえ立たなかった。

「くそっ、駄目だ」

「どうするの」

「塀を上ります。かなりの厚みがあるから、足場を確保したら引っ張り上げます。明海さん、サリナを身体に括《くく》り付けられますか」

「ええ。サリちゃん、わたしにしっかり摑まっていて。手を放しちゃ駄目よ」

サリナが無言で和にしがみつく。その背中にジャケットを掛け直し、袖の部分を背中で固く結んだ。簡易の抱っこ紐だ。去年のボーナスで買ったジャケットの丈夫さに、感謝するしかない。

とたん、頭の中で光が点滅した。

キケン、キケン、キケン。キケン、キケン、キケン。

赤い光は点滅しながら、幾つにも分かれていく。分かれて、消えていく。消えていくときに音がした。内側から鼓膜に突き刺さる音だ。

キケン、キケン、キケン。キケン、キケン、キケン。

「駄目ぇっ。止めて、止めなさい」

後ろから、カササギの腕にしがみつく。今、まさに塀に飛び乗ろうとしていたカササギが姿勢を崩し、よろめいた。

「駄目よ、危ない。上っちゃ駄目」

「明海さん、手を放してください。これくらいの塀なら何とでもなる。ここを乗り越えるしか外に出る方法はないでしょう。危険だなんて言ってられない」

「乗り越えちゃ駄目なのよ」

「え？」

「わからない。わからないけど、危険だわ。とても危険な気がして……」

頭の中で警告音が鳴り響く。行っては駄目だ。進んでは駄目だ。この先は危険だ、と。

「どういうことです？」

「だから、わからないの。でも、間違ってない。あのときもそうだった。両親や姉が事故に遭う前も、あなたと一緒にいて襲われる直前も変な感じだったのよ。ちゃんと説明できないけど、とても変な感じで……」

どうしよう。説明できない。これでは、カササギは納得しないだろう。

「そうか、もしかしたら」

カササギが呟いた。

「明海さん、そのボールペン、一本ください」

デイパックの肩紐に数本のボールペンを挟んでいる。ジャケットのポケットにも入っていた。和の返事を待たず、カササギが一本を抜き取る。

振り向きざまに、それを塀の上に投げた。

火花が散る。

バンッというような破裂音がして、火花が散ったのだ。それだけだった。それだけで、また静寂と闇が戻ってくる。門灯の淡い明かりが目に染みた。

「電流が……」

和は唾を呑み込んでいた。二度も、三度も。

「ええ、暗くて見えなかったけど、電気柵《でんきさく》が塀に沿って張り巡らせてあるんでしょうね。目立たないように細いのが何本か。明海さんのおかげで助かった。あのまま、手を掛けていたら手のひらを大火傷していたかも」

「死ぬところまではいかなかった？」

「それほどの電圧じゃないみたいだけど、物騒な仕掛けなのは間違いないですね」

「どうする？　ここを突破するのは無理よ」

「裏手に回ってみましょう。それしか」

カササギが息と言葉を吞み込む。ヘッドライトの光が舗装道路を照らし出した。音もなく一台の車が門の前に止まる。白いセダンだ。

「裏に、早く」

カササギが囁く前に、和は走り出していた。

逃げねばならない。

松坂医師への遠慮も弁解も吹き飛んでいた。自分が捕えられようとしていると感じる。かなり、生々しく感じる。

あの医者は敵だったのか。巧妙に罠《わな》を仕掛けていたのか。

肥川さん。

上司の顔が浮かんだ。いつもの、抜け目のない眼つきをしながらへらへら笑っている顔だ。

肥川さんは何も知らなかった。知っていたら、連れてこなかっただろう。全面的に信用できる相手ではないが、そこのところだけは信じられた。

塀と建物の間は低い植込みが続いている。大小の植木鉢らしきものが、植込みに沿って乱雑に置かれていた。その内の一つを蹴飛ばした。

足がもつれる。腕を引っ張られ、辛うじて転がるのを免れた。カササギが横に並ぶ。

「大丈夫ですか」

「大丈夫よ。これで貸し借り無しだわね」

「明海さんから借りた分、こんなものじゃ清算できないでしょ」

「何を貸したか借りたか、わからなくなるわ。あなたと出逢うたびに逃げ回らなきゃいけないんだから」

足の先が疼く。植木鉢を蹴った拍子に爪を剝がしたのかもしれない。

銃で撃たれることを思えば、何ほどのこともない。

「ゲーム・オーバーか」

カササギがふっと身体の力を抜いた。

「え、何を言ってるの。立ち止まらないで。走るのよ」

カササギが和に向かって、かぶりを振った。それから、僅かに身体をずらした。

「ゲーム・セットです。クリアー失敗ですよ、明海さん」

闇に慣れた目が、人影を捉えた。裏口の扉を背に立っている。そして、銃を構えていた。自動小銃ではない。拳銃だ。構えは安定していて、揺らぎがない。銃の取り扱いに慣れた者の姿勢だった。銃口はカササギに向けられ、微動だにしない。

「二人とも手を上げなさい。そのまま、動かないで」

声がした。背後からだ。低いけれど落ち着いた声。女のものだ。

足音が近づいてくる。

「怖い」

サリナがしがみつく。その重さと温もりを抱き締め、和は気息を整えた。

第六章　迷い道の手前で

「さ、どうぞ」

大ぶりのマグカップがテーブルに置かれた。部屋の隅にあった年代物の小さな丸テーブルだ。平らな板に一本脚の、ありふれた洋卓だった。

マグカップからは湯気が上がり、コーヒーの香ばしい匂いが漂う。

手を出す気にはなれない。毒が入っているとはさすがに思わないが、用心の気持ちは動く。

「あなたも何か飲む？　あったかいミルクとかココアとか、どう？」

問われて、サリナは首を横に振った。和にしがみつき、身体を強張らせる。

「リッツ、病人をあまり刺激するな。その子はまだ十分に回復していないんだぞ」

松坂医師が咎めるように眉を寄せた。

「あら、刺激なんて、そんなつもりはなかったけど。怖がらせたのなら、ごめんなさいね」

リッツと呼ばれた女は素直に謝り、笑みまで浮かべた。嘘くさい口元だけの笑い方ではない。

今のこの状況が愉快なわけもないだろうが、子どもに笑い掛けるぐらいの優しさと余裕はあるようだ。だから敵ではないと安心するほど、愚かでも暢気《のんき》でもないけれど。

和はサリナを抱いたまま、視線を巡らせた。

あの一室だ。さっきまでサリナが眠っていた長椅子に和とカササギが座り、松坂医師は机にもたれて、女は丸テーブルの向こう側に立っている。そして、もう一人、若い女がドアの前にいた。足を軽く広げ、背を真っすぐに伸ばしたまま動かない。右手には小型の銃が握られ、いつでも撃てる姿勢を保っている。

その銃を突きつけられて、数分前に飛び出した部屋に戻ってきた。松坂医師宛に残したメモは間が抜けているとしか思えず、できるなら一秒でも早く破り捨てたかった。しかし、それは、すでに松坂医師の目に触れたらしく、ガラス製の半円形をしたペーパーウェートの下になっている。

サリナの強張った背中を軽く擦《さす》る。

大丈夫、大丈夫。怖がることは何もないのよ。わたしが守るから、安心して。

想いを込めて、ゆっくりと擦っていく。

サリナの全身から力が抜けていった。柔らかく、和の腕に添ってくる。

「リッツというのは、ずい分とかわいい愛称ですね」

カササギがマグカップのコーヒーをすする。何の躊躇いもない仕草だった。そして、何の屈託もない物言いだった。

女が笑みを広げる。

「おばさんには、かわい過ぎるかしらね」

「いいえ、よく似合っていると思いますよ。ただ、統括官という職業には向いてないかもしれませんね。もうちょい厳《いか》めしくないと」

統括官？

和は女を見上げた。それから、カササギに視線を移した。目が合う。

やっとわかったかと言うように、カササギは頷いてみせた。

そうだ、北部警察機構の統括官だ。二年ほど前、女性初の機構トップということで騒がれた人物だ。テレビやスマホの画面越しではあったが、しょっちゅう目にしていた顔なのに気が付かなかった。当時は地味な色合いのスーツを着こなし、髪をきっちり結んだ、いかにも〝キャリア〟という姿だったが、今、目の前に立つ女は緩くカールした髪を無造作に垂らし、鮮やかな青色のセーターと白いスラックスという、いたってラフな服装だ。

同一人物として繋がらなかった。つまり、外見に眩《くら》まされたということになるのか。雑誌記者としては、かなりの失点だ。少なくとも、カササギはごまかされなかった。

「北部警察機構統括官、原野律美です。よろしくね、明海さん。そして」

原野が笑んだまま、カササギに顔を向ける。

「何て呼べばいいかしらね」

「カササギ」

と、カササギは答えた。

「明海さんは、そう呼んでます。原野さんも同じでいいですよ」

「本名が知りたいのよ。いえ、ぜひ、教えてもらいましょうか」

「おれの本名を？　機構トップが？　なぜです」

「あなたが危険な人物だからよ。野放しにしておくわけにはいかないでしょ」

原野はもう笑っていなかった。ドアの前の女が、ゆっくりと銃を構えた。

「危険？　おれが？」

カササギはマグカップをテーブルに戻すと、首を傾げる。

「この状況を見て、おれを危険人物だと思う人ってあんまりいないんじゃないですかね。むしろ、アブナイのはあっちのオネーサンじゃないですか」

戸口に立つ女に向かって、カササギが顎をしゃくった。

「ああ、ちゃんと紹介してなかったわね。村井桃花。わたしの秘書官よ。とても有能でね、特に射撃の腕前は群を抜いてるの。技能検定の射撃部門では、いつでもトップの成績」

「ああ、それで構えがさまになってるんだ。で、村井さんは今まで何人、殺《や》ったんですか」

　問われた意味が解せなかったのか、答える気がないのか村井は無言だった。代わりのように、原野が尋ね返す。

「それ、人を撃ち殺したことがあるかって聞いてるの」

「そうです。仮にも警察機構の射撃トップが、狐《きつね》や兎《うさぎ》を狩っているわけじゃないでしょ。標的にするなら人間しかないいんじゃないですか」

「物騒なこと、さらっと言わないで。わたしたちは国民の生命、財産を守るために働いているの。軍隊じゃないんだから、人に向かって発砲するなんて滅多にないわ。ましてや一般市民に銃を向けるなんて、ほぼあり得ない話よ。余程の理由、正当な理由がない限り、厳しく戒められているんだから」

「でも、余程で正当な理由ってのを決めるのは、そっちですよね。銃を向けられた方じゃなくて、向けた方の理屈で判断されるわけだ」

　原野の眉がそれとわかるほど顰められた。眉間にくっきりと皺ができる。

「暴れた、抵抗した、逃げようとした。あるいは攻撃してきた。それでやむなく、撃ち殺した。そうしないと、警察官はもとより一般人に危害が及ぶ可能性が高かった。ゆえに、この発砲は正当なものと判断できる。そういう事例、多いですよね。過失致死で機構側が重罪に処せられたなんて話は聞いたことがないし。いいとこ、訓告止まりじゃないですか」

「もう一度、言うけど、わたしたちの職務は国民の生命と財産を守ること。適当な理由を付けて一般人を撃つなんて、そんな真似、するわけがないでしょう」

原野の口調が尖る。本気で腹を立てているようだ。自分の仕事を冒瀆《ぼうとく》された者の純粋な怒りだろうか。それとも、腹を立てたふりをしているだけだろうか。そして、こっちは……。

和は目を眇めて、カササギを見やった。

本気で言ってる？　統括官をわざと煽っている？

「でも、さっきも今もオネーサン、いや、村井さん、ずっとこっちを狙ってるんですけど」

確かに、村井は裏口でも、ここでも、銃を構えている。

「丸腰の何の武器も携えていない一般人に銃を向ける。これって、〝国民の生命と財産を守る〟職務と矛盾してません？」

不意に笑い声が響いた。原野が顔を上げ、のけぞるようにして笑っている。なかなか豪快な笑い方だ。乾いて、軽やかな調子が勝っているからか、無遠慮な哄笑《こうしょう》という感じは受けない。カササギはむき出しの喉元を見詰めていた。

「ふふ、頭も舌もよく回るわね。村井、この用心深い坊やを安心させてあげなさい」

「あ、どうせなら、胸ポケットなんかじゃなくて足元のケースにしてください」

一瞬だが、村井がカササギを睨む。原野が頷いた。村井は膝をつき、黒いアタッシュケースに銃を仕舞い込む。

「これで、いいかしら」

原野が心持ち、顎を上げる。

「できるなら、原野さんの銃も片付けてもらえませんかね。問答無用で撃ち殺される可能性は、できる限り低くしておきたいので」

「ほんとに口が減らない男ね。いい加減にしときなさい」

「あ、坊やから男に格上げになった」

和は原野とカササギを交互に見やる。やりとりだけ聞いていると気心の知れた上司と部下、あるいは仲のいい親子の会話かと錯覚しそうになる。錯覚は錯覚で、現実とはまるで別物だと重々、承知していた。

原野は拳銃を取り出しはしなかったが、ケースに収めようともしなかった。カササギは、それ以上は何も言わない。村井がアタッシュケースを足元に戻した。両足を揃え、真っすぐに立つ。きれいな姿勢だ。射撃トップの成績というのも、あながちはったりではなさそうだ。

和の胸にもたれ、サリナが寝息を立て始めた。松坂医師が近寄り、脈を測る。

「ふむ。だいぶ、落ち着いてきたな。明日、いや、もう今日だな。もう一本、点滴をしておこうか。それで何とかなりそうだ」

「はい。ありがとうございます」

松坂医師は唸り、鼻の先を掻いた。

「うーむ、そう素直に礼を言われると些か、心苦しくなるな。何といってもリッツにきみらのことを報せたのは、おれだからなあ」

「……ですよね」

それを察せられないほど鈍くはない。

「きみがそうやって、子どもを抱いているのを見ていると、自分がひどい裏切り者に思えてきて、どうも、尻の据わりが悪いな」

「裏切り者って、先生、お立場を考えてください。先生は、うちの監察医なんですよ。何もせずに明海さんたちを帰していたら、そっちこそが裏切り行為になります」

原野がぽんぽんと言葉を繋げる。松坂医師は苦笑いを浮かべただけで、反論は一言も口にしなかった。

束の間、部屋の中が静まる。サリナの寝息がくっきりと耳に届いてくる。窓の外は、まだ暗い。日に日に夜明けが遅くなっていた。凍《い》てつく季節がこの大都市に訪れるのも近い。

死なないよ。自分でも驚くほど唐突に、老いた呟きがよみがえってきた。カササギに逢うために飛び乗ったタクシーの運転手は誰にともなく呟いた。

天候がいいから。あの男、死にゃあしないよ。

道路を横切った酔っ払いのことだ。Fゾーンを走行中、ふらつきながら車の前を過ぎていった。天候によって、その日の気温によって命を左右される人がいるのだ。今、現在、この都市に存在している。かなりの数が、だ。

国民の生命と財産を守るのが職務だと、原野は告げた。警察機構が担う役目だろう。けれど、原野が口にした〝国民〟とやらは、極めて限定的なものに過ぎない。この国に生きる者であれば誰でも、という意味では決してないのだ。

そのことを原野自身は理解した上で使ったのだろうか。

「知りたいのよ」

静寂を破り、原野が言った。僅かに前屈みになる。

「昨日、海岸部で騒ぎがあったという報告は上がってきている。チンピラ同士の小競り合いだったとの報告もね」

「まさか」

思わず声を漏らしていた。

あれが小競り合い？　ちょっとした喧嘩《けんか》？　とんでもない。

「そう、まさか、ね。実際はどうだったのかしら。聞かせてもらいたいのだけれど」

「へえ、聞くつもりがあるんですか」

カササギが身動ぎし、座り直す。口調に揶揄《やゆ》は含まれていない。

「あるわ」

短く答えた後、原野は続けた。

「このところ、Gゾーンからゾーン外にかけて妙にざわついている気がしてならないの。昨日の騒ぎやその前の溺死体の一件も含めてね」

「何で気になるんです？　原野さんには関係ないでしょう」

原野が瞬きを繰り返した。

「関係ない？　わたしは統括官よ。この国の治安に責任がある。不穏な動きがあれば気になるのは当然でしょ」

「原野さんは、Gゾーンやその外を国の内と認識しているんですか」

直截《ちょくせつ》な質問だ。原野が口をつぐむ。

「騒ぎや不穏な動きなんて、Fゾーンも含んだ一帯では珍しくはありませんよ。表立っていないだけで、殺人だって度々、起こっている。けど、原野さんたちは無関心だったじゃないですか。ずっと放置してきたのに、何で今更、気に掛けたりするんです」

カササギの物言いは淡々としていて、相手を責める険しさはなかった。しかし、原野は顎を引き、頰を強張らせた。

「おれが知る限りでは、Fはともかく Gゾーン、まして、そこからさらに外れた地域で何が起こっていようと気にした行政官は一人もいなかった。気にする必要はなかったからですよね。いや、むしろ、原野さんの立場を考えると、気にしたり、拘ったりしちゃいけないんじゃないですか」

原野は何も言わない。僅かに眉を上げただけだ。

「塵捨て場があるからこそ、その他の場所がきれいに保てる。そうでしょ？」

カササギの言葉は十分に理解できた。それは、和がずっと感じ続けていたことでもあるのだ。この都市は、汚物を、廃棄物や家庭塵といった文字通りの汚物だけでなく、犯罪や犯罪者も社会の塵として〝透明地帯〟に押し出してきた。困窮も困窮にあえぐ人々も同様だ。その結果として、中央ゾーン及び中間ゾーンあたりまでは、犯罪率も貧困率も限りなくゼロに近い。外に掃き捨てたのだ。内側はそれなりに美しく整うだろう。

「塵捨て場の中で何が腐ろうが、発酵しようが、臭おうが知らない振りをしていればいいんじゃないんですか。今までずっと、そうしてきたわけだし」

「それが、そうもいかなくてねえ」

原野が指を一本立て、くるりと回した。

「先生、外、大丈夫ですよね」

「ふむ」

松坂医師が机のキーボードを操作すると、壁に周辺の景色が現れる。門灯と街路灯の淡い明かりが闇に浮かんでいた。真夜中でも煌々《こうこう》と輝き、決して闇に呑み込まれることのない光景に慣れた目には、濃い暗みが異様に映る。

「別に誰もいないようだな。警報装置も鳴らんし、心配なかろう」

「誰かに聞かれちゃまずい話をするんですか」

「まあね。あなたたちから話を聞き出そうとするなら、こちらもある程度は打ち明けなきゃならないでしょう。話し合いってものは公平じゃないと成り立たないから」

「話し合い？　取り調べじゃなくて？」

「あなたたちを取り調べる気はありません。純粋に、話を聞かせてもらいたいの」

和とカササギは顔を見合わせた。

どういうことだろう。この人は何を言いたいのだろう。

原野の横顔に目をやり、和は考える。

北部警察機構のトップに座る人物だ。和やカササギを逮捕、収容するなんて簡単だろう。和は一応、市民であると証明できるが、カササギとサリナはできない。おそらくは身分証を所持していないはずだ。そういう者にこの都市がどれほど冷淡であるか、嫌になるほど見てきた。原野のような階層の者からすれば、カササギやサリナはむろん、和もまた、同じ人間と認められないのではないか。人は全て平等だというのは、建前に過ぎない。本音の部分では、人は人を線引きし、上下に分けることを躊躇わない。厭いもしない。

「明海さん」

原野がゆっくりと、和を呼んだ。小さく息を吐き出す。

「はい」

和も返事をしてから、吐息を漏らしていた。

「わたしね、あなたのことを思い出したのよ」

「え？」

思い出した？　初めて逢ってから、まだ、一時間も経っていないというのに忘れるも思い出すもないだろう。

「もしかして肥川さんから、わたしのことを聞いてたんですか」

原野の口元が歪んだ。とてつもなく不味《まず》い何かを食べてしまった。そんな顔つきだ。

「肥川ですって？　どうして、ここでそんな名前が出てくるの」

「はぁ……。あの、でも、肥川さんとは以前、ご夫婦の関係で……」

松坂医師が空咳をする。そちらに目を向けると、しきりにかぶりを振っていた。

「撃つわよ」

半オクターブは低くなった声音で告げられる。

「それ以上、肥川とわたしを同一に扱うなら、本気で撃つわよ、明海さん」

「あ、はい。すみません。失言でした」

頭を下げる。原野の声が元に戻った。

「謝ってもらうほどのことじゃないわ。つい、いらっとして冷静さを欠いてしまって。こちらこそ、申し訳なかったわね」

「いいえ、気持ちは少しわかる気がします。嫌ですよね、あの」

肥川さんと夫婦だったなんて言われるの。と、続けそうになるのを辛うじて止めた。原野は実際夫婦だったわけで、そのことを顔が歪むほど苦々しく思っているわけだ。余計なことを口にしないほうがいい。原野は、一時の感情に左右されて行動する性質ではないだろう。冷静沈着でなければ、統括官の座に就けるはずもない。

冷静沈着、そして、聡明。あるいは非情でなければ……。

「肥川は全く関係ないの。わたしが個人的に」

「ちょっと待ってください」

カササギが少し手を上げて、原野の言葉を遮る。

「けっこう重要なこと、言おうとしてますか？」

「ええ、まあ……」

「じゃあ、待ってください。ずっと気になってた物があるんです。明海さんのデイパック」

「わたしの？　これが何か」

長椅子の下に置いたデイパックに視線を落とす。

「ええ、これって何だろうって思ってたんです」

カササギはデイパックを持ち上げ、ひっくり返した。和は息を吞み込む。底に直径三センチほどの丸く平べったい物体がくっついている。デイパックと同色だからか、あまり目立たない。それで見逃してしまったのか。

カササギが引っ張ると、簡単に外れた。

「盗聴器ですね。型落ちのやつだ。でも、性能は最新型とそう変わらないんですよね」

カササギの手のひらに収まっている小さな黒い機器を見詰める。

「誰がこんなものを」

「明海さん、気が付かなかったんですか」

「まるで、気が付かなかった」

正直に告げる。

「これ、布にでも金属にでも密着する優れ物ですよ。いつ、つけられたか心当たりは？」

首を左右に振る。

「家を出るときは、なかったと思うけど」

なかった。家ではデイパックを床の上に放り出していた。横倒しになった格好で底が見えていたのだ。こんな物がついていたら、さすがに感付いたはずだ。

「うーん、そうか。明海さん、しっかりしているようで抜けてるとこもありますからね。スマホいじられたのも知らなかったし」

「誰がいじったのか、考えてほしいもんだわ」

和の皮肉にカササギは眉一つ動かさなかった。原野が前に出てくる。

「それ、見せて」

盗聴器を摘まみ上げると、しげしげと見詰める。

「家を出るときはなかったという明海さんの言葉が事実とするなら、これはここに来てから付けられたと考えていいわね」

「異議なしです」

カササギが肩のあたりまで片手を上げた。手の甲で鳥のタトゥーがひくりと動く。

落ち着いてるな。

和は横目でカササギを観察する。

原野から剝き出しの殺意や悪意は伝わってこない。対等に話がしたいとの申し出も、まんざら嘘ではないだろう。地上に剝き出しにはなっていない。では、地中ではどうなのだ。覆い隠された殺意や悪意まで否定できないのではと、和は思う。曲がりなりにも市民として認められている和より、枠組みから外れたカササギの方が十倍も、百倍も警戒が必要だ。和が指摘するまでもなく、当の本人はよく心得ているだろう。

ほんの短い付き合いに過ぎないけれど、カササギが徹底した現実主義者で、和の知っている誰よりも用心深く、危険を察知する能力が高いとは言い切れる。他は謎だらけだが。

そういう男の、この緊張感のなさをどう捉えればいいのか。少し戸惑う。

サリナの寝息が深くなる。腕が少し痺れてきた。しかし、椅子に横たえたくない。このまま抱いていれば、いざというときすぐに動ける。

いざというときが、どういうときなのか定かではないし、どう動くのか見えているわけでもない。ただ、緩められなかった。体勢も気持ちも、張り詰めたままだ。

「先生」

原野が盗聴器をくるりと回して見せた。

「心当たりは？」

「おれが？　あるわけないだろう」

松坂医師が顎を引く。くすっと、カササギが笑った。

「立派な監視カメラが設置してあるんだから、盗聴器の必要はないですよね」

「ふふん、なかなか嫌味が上手いな、少年。歳のわりに年季が入ってる」

「どうも。よく、そう言われます」

松坂医師は舌を鳴らし、カササギから原野へと視線を流した。

「リッツ、この口の達者な若造を肥川にぶつけてみちゃあどうだ。あの口先だけ男と、いい勝負ができるんじゃないか」

「それは、なかなかおもしろい思い付きですね」

微笑《ほほえ》むと、原野は盗聴器を口元に持って行った。

「聞こえてるでしょ。肥川太志、一分以内に連絡してきなさい。さもなければ、強制的に身柄を確保します」

微笑んでいたとは信じられない、ドスの利いた声だ。凄《すご》みさえ漂う。

「明海さん、あなたの上司に告げたいことは？」

「あります」

「存分にどうぞ」

手渡された盗聴器を暫く睨む。大声を出せば、サリナが目を覚ます。和は腹に力を込めて、できるだけ静かに声を発した。さっきの原野よりさらに低くなる。

「肥川さん、どういうことですか。きちんと釈明してください。部下のデイパックに盗聴器をくっ付けるなんて、何を考えてます？　最低っ。今度の編集会議でスタッフ全員に報告しますからね。覚悟しておいてください。ほんとに、ほんとに最低です」

言い終わらないうちに、呼び出し音が響いた。

「はは、さすがのちゃらんぽらん男も、焦ってるみたいだぞ」

松坂医師が笑いながら机上のキーボードを操作する。パソコンの画面に肥川が現れた。かなり着古したような青い縞柄《しまがら》のパジャマにぼさぼさの髪、いかにも寝起きという姿だ。欠伸を漏らすと、指先で目尻を拭き、眼鏡をかける。それから、

「どうも、みなさんお揃いで。それにしても、こんな時間からきゃんきゃんうるさいこったな。せっかく熟睡してたのにたたき起こされちまった」

と、もう一度、欠伸をした。

しらじらしいにも程がある。よくも、こんな見え透いた芝居ができるものだ。

腹が立つより呆れてしまう。肥川が眠ってなどいなかったことは、眼を見ればわかる。薄く充血しているが、底光りしていた。和たちのやりとりに、耳をそばだてていたのは瞭然だ。

「どうして盗聴器なんかしかけるんですか。わたしを四六時中、見張るつもりですか」

「人をストーカーみたいに言うな。用心のために決まってるだろうが。おまえに、万が一のことが起こったとき、こっちも迅速に対処しなきゃならん。そのためにだな、おれはあらゆる手を尽くすべきだと考えたわけだ。おまえの身の安全を慮ればこその」

「要するに肥川さんは、万が一を待ってたんですね」

肥川の目が僅かに泳いだ。

「もしかして、監視カメラにも気が付いてたんじゃないですか。カササギがここにやって来ることも、松坂先生が原野さんに報せることも想定していた。そうですね」

「むちゃくちゃな推理だな。記者としてのセンスに欠ける」

「付け加えるなら、期待もしていた。カササギと統括官が出逢うことで何かが起きる。その何かを期待してたんでしょ。万が一じゃなくて、必ず起きてほしいと願っていたんですね」

「おお、そのあたりのセンスはなかなかのもんだぞ、明海。ジャーナリストとしては、食指が動く成り行きだからな。放っておく手はないだろう」

　原野が長い息を吐き出した。

「まったく、相変わらず調子いいだけの男ね。せこい小細工なんかして、締めあげてやるつもりだったけど、それも馬鹿馬鹿しくなってきた。もう、いいわ」

　原野は和の手から盗聴器を摘まみ上げると、床に叩きつけた。小さな機器は砕けて、さらに小さな破片となった。

「先生、もうけっこうです。切ってください」

「だとよ。肥川。もう一寝入りするんだな」

「は？　ちょっ、ちょっと待て、待ってください。連絡してこいと脅したかと思えば、一方的に切るのか。そーいうの、どうなんだ。仁義に悖《もと》るだろうが。おい、リッツ、明海。おれを蚊帳《かや》の外に置く気か。そんなことしてみろ、死ぬほど後悔するぞ」

「笑わせないで。仁義なんて爪の先ほども持ってないくせに。それに、あなたが、わたしとこっちの坊や、カササギならカササギでもいいわ、今のところはね。カササギとのいざこざを期待しているならお生憎さま。わたしが用事があるのは、カササギだけじゃなくて、あなたの部下にもなのよ。いえ、むしろ、メインは明海さんかもしれない」

　和は原野を見上げた。目が合い、視線が絡む。

　険しくはない。けれど、突き刺さる。そんな眼差しを統括官は和に注いでいた。今までの眼つきとは明らかに違う。相手が踏み込んできたことを、和は肌で察した。

「わたしに？」

「そうよ。もちろん、カササギくんからもいろいろ聞かせてほしいけど、先に明海さんに尋ねたいのよ。ちょっと昔の話になるわね」

息を詰める。頭の中で赤色灯が回る。警告音が鳴り響く。

キケン、キケン、キケン。

思わず立ち上がっていた。サリナを強く抱く。守るためではない。

わたしはこの重さ、この温かさに縋ろうとしている。

「まずは、もとの名前を教えてもらおうかしらね」

キケン、キケン、キケン。赤色灯が回る。

もう間に合わないだろうか。もう罠に片足を挟まれてしまったのだろうか。

迂闊だった。機構トップの目的はカササギだとばかり思い込んでいた。自分は逃《のが》れ切れると高を括っていた。何とかごまかし通せるだろうと。

わたしね、あなたのことを思い出したのよ。

さっき、原野はそう言った。はっきりと告げてきた。なのに、受け流してしまった。あの襲撃事件の衝撃が大き過ぎて、意識の大半がそちらに引っ張られていたのだ。あの事件に関する限り、中心にいるのはカササギであって自分ではない。原野の目も当然、そちらに向いていると勝手に決めて、心の一部が緩んでいた。原野の気配や物言いが柔らかで、屈託がなく、威圧感もなく、打ち解けているようであったのにも眩まされた。

迂闊だ。どうしようもないほど、甘かった。その結果がこれか。

肥川の大声が鼓膜を震わせた。

「は？　リッツ、何を言ってるんだ。明海は明海だぞ。芸名でも源氏名《げんじな》でもニックネームでもないぞ。おれが採用したんだ。間違いない」

「間違いだらけよ。どうせ、杜撰な人材採用システムを使ってるんでしょ。更新費用がおしくて適当な旧《ふる》いシステムをね。それじゃ、何にも引っかからないわね。ああ、そこまでわかってて、明海さん〝スツール〟を就職先に選んだの？」

「馬鹿言うな。うちに入社するのがどれほど狭き門か知らないのか。ものすごい倍率なんだぞ。毎年、希望者がわんさか押しかけて大騒ぎだ。それにな、社内のあらゆるシステムは自動的に最新式に更新される仕組みになっていて、そのために毎年、設備投資に巨額の予算を」

「黙りなさい」

　原野が一喝する。肥川が唇を結んで黙り込んだ。

「そのべらべらべらべら動く舌を畳んで、引っ込んでなさい。よくもそれだけ、意味のない台詞が思いつくわね。うんざりだわ。先生、さっさと画面を切ってくださいな」

「馬鹿、やめろ。明海はうちの社員なんだ。手を出すな。先生も止めてください。ここで、おれとのやりとりを断ったりしたら、二重に裏切り者になりますよ」

　松坂医師が明らかに不快な表情になる。

「裏切り者？　おれがいつ誰を裏切った？　言い掛かりはよせ」

「おれの信頼を裏切ったじゃないですか。先生を信頼して診療を頼んだのに、リッツに通報するなんて裏切りだ。先生だって、さっき自分は裏切り者で一生、まともに座れないみたいなこと言ってたでしょう」

「おまえは、アホか。おれは、明海くんに対して少し後ろめたいって言っただけだ。おまえの信頼なんて、トイレットペーパーほどの重さもない。尻を拭いて、水に流してお終いだ。だいたい、おまえが絡んでくると全てが怪しくなる。リッツから、万が一、肥川が何らかの接触をしてきたら連絡をくれと言われてたんだ。まさか、それはないだろうと思っていたのに、しらっと電話をかけてきやがった。しかも、明海くんは銃で撃たれていた。ただ事じゃないだろう。だから治療を終えてから、全てを報せた。当然の行為だ」

「だからって、何も元女房に通報しなくても……あ、いや、そこはいいです。わかりました。だから、ここでおれだけサヨナラにしないでくださいよ。せっかく、おもしろくなりかけたところなのに、頼みます。これ、この通り」

肥川は両手を合わせて拝む真似をする。

「こっちに来ればいいじゃないですか」

カササギがすっと口を挟んだ。明日の天候を占うような、何気ない口調だった。

「車、飛ばせば、そんなに時間はかかんないでしょ」

「あ？　お、おう。そうだな。きみ、カササギくん？　なかなかしっかりしてるな。あ、おれは肥川太志といって、今更だけど自己紹介すると」

松坂医師がキーボードを指で叩く。画面から肥川の姿が消えた。

「はは、おもしろい人だな。一緒にいると退屈しないですみそうだ」

「退屈はしないでしょうね。蹴飛ばしてやりたくは度々、なるけど」

「でも、軽々しい雰囲気のわりに抜け目はないって感じですね。こういうことをちゃっかり、やっちゃうわけだから」

カササギは屈みこみ、小さな黒い破片を拾い集める。それから、和に向かって、「明海さん、座ったら」と促した。

「サリナを抱いたまま立ってるのも大変でしょ。あ、代わりますよ」

両手を差し出し、サリナを受け取ろうとする。和はかぶりを振った。カササギの落ち着きにほんの少しだが、感化される。ざわめき、波打っていた胸の内が静まる、とまではいかないが、慌てふためく気持ちだけは辛うじて抑えられた。

冷静に。自分を保って。

ちらりと向けられたカササギの眼が伝えてくる。

和は深く息を吸い、ゆっくりと吐き出した。長椅子に座り直す。

「わたしは容疑者ではありません。いくら、統括官だからといって返答を強いることはできないはずです」

原野が目を見開いた。舌の先が覗いて、唇を舐める。

「え、もしかして黙秘権を行使すると言ってるの」

「そうです」

「明海さん、そんなに大仰に考えないで。あ、いや、もしかしたら、かなり大変な話になるかもしれないけど……。わたし、あなたに職務質問をしたつもりはないの。ただ……そうね、あなたに再会したってことを伝えなくちゃならないと考えたの。再会といっても例の溺死体の件で、写真を見たってことなんだけど。ずっとあなたの写真を眺めていて、ええ、頭が疼くぐらい眺めてたわ。目が離せなかったの。明海和って人物がどうにも気になってね。以前に逢ったことがある。でも、その以前がいつなのかどこなのか、思い出せない。焦れるわね、ああいう感覚って。でも、あなたが誰だったかやっとわかったの。そしたら、ずっとここに」

原野がこぶしで自分の胸を叩いた。

「押し込んでいた疑念が頭をもたげたわけ」

「疑念？」

「ええ、疑念よ。それは、たぶん、あなたが追いかけているものと繫がるはず」

和も目を見張った。たぶん、原野よりずっと大きく見開いただろう。眼球に冷たい空気が触れて、みるみる乾いていく気がした。

「もうちょっと詳しく話すから、聞いてね」

無意識なのだろう。原野は時折、下唇を舐めている。濡れた唇が紅く艶やかになる。念を押されなくても聞く。こうなったら、全てを聞いて、できる限りの情報を集める。

これはもしかして……チャンスかもしれない。

胸の騒ぎは収まっている。焦りも、微かな恐怖も消えていた。

チャンスかもしれない。ずっと閉まったままで押しても引いてもびくともしなかった扉が、錆《さ》びた音を立てて開く前触れかもしれない。もし、開けば、扉の向こうには真実という光景が広がっているのだろうか。

「あなたのことが思い出せなくて、でも、引っかかってしまって、捨てておいてはいけないと思えてしょうがなかったの。正直に言うけど、あの溺死体の事件そのものは一応、報告があったけれど、わたしが直に関わることにはならなかった。まあ、統括官なんて現場とは切り離されてしまうものだからね」

それだけではないと、原野は暗に語っていた。

Gゾーンでの身元不明の死体。他殺の疑いが濃厚であっても、機構はほとんど動かないだろう。せいぜい司法解剖をして、死因を解明するぐらいだ。解剖の後は、焼却されて骨になり七年間、どこかで保存される。保存期間が終われば引き取り手がない場合、行政廃棄物として速やかに処理されると聞いた。捨てられるのだ。この都市では、身分証がなく市民と認定されなければ、遺体となった後も尊厳など与えてもらえない。

「あなたが肥川の下で働いているのは、正直、驚いたわ。よりにもよって、よくあんな会社に勤める気になったわね。ブラックもブラックの職場じゃない。他に就職口なかったの」

苦笑してしまう。どんな笑い方でも、ともかく笑えたのだ。それだけの余裕が戻ってきた。

「原野さんって、毒舌ですね。正直、統括官のイメージが変わりそうです」

カササギが軽く首を振った。楽しげだ。緊張は僅かも漂ってこない。どうして、こんなに緩んでいられるんだろう。全く警戒していないのだろうか。

「わたしは本当のことを言ってるだけよ。給料のわりに労働時間は長いでしょ。福利厚生だってろくなもんじゃないし、オーナーは人並外れたいいかげん男だし、よく勤めてるわよ」

「否定はしません。でも、今の仕事も同僚も好きです」

この仕事に就かなければ、カササギとの接点はなかったかもしれない。扉は閉じたままだったかもしれない。後悔は山ほどしてきたけれど、ジャーナリズムの端っこにぶらさがっている今の境遇を悔いてはいなかった。それに、上司はともかく、同僚に恵まれたのは事実だ。

和は息を整え、丹田に力を込めた。

油断しない。原野は巧みなのだ。ちょっとした会話や表情で、こちらの構えを緩めてしまう。そこに、音もなく一撃を打ち込んでくる。そういう手合いだ。

もう、油断しない。うかうか気を緩めない。

「原野さん。〝スツール〟に刑事が二人、来ました」

「ええ」

「あれは、あなたの指示ですね」

「そうよ。もう少し、明海和についての情報が欲しかったの。死体が呑み込んでいたカプセルから〝スツール〟やあなたの名前が記されたメモが出てきた。捜査の理由としては、文句のつけようがないでしょ」

「直接関わり合っていない事件だったのでしょう。さっき、はっきり仰いましたけど」

原野が微かに笑った。

「そうね。統括官が自ら指揮する事件なんて、よほどのものよ。それこそ国家、および国家の要人に関係してくるような、ね。でも、わたしは北部警察機構のトップよ。わたしがどの事件に興味を示そうが、どう動こうが、誰を逮捕しようが、釈放しようが、それを阻止できる者は統一総監を除けば、機構内には一人もいないの」

和は、喉の奥から這い上がってくる唸りを辛うじて呑み下した。

何だ、それはと思う。権力さえあれば、好き勝手ができる。原野の言ったことはそういう意味ではないのか。腹の底で熱い塊が蠢《うごめ》いた。それが怒りだと、わかっている。

「おかわりどうだ？」

松坂医師は問うただけで返事も聞かず、コーヒーサーバーから和とカササギのカップにコーヒーを注いだ。香りが広がる。暫く、誰も口を開かないまま時間が過ぎた。

原野が唇を舐め、やや低くなった声でしゃべりだす。

「それで、部下を二人〝スツール〟にやって、ちょっと強引に捜査させてもらったわけ。あなたの逃げ足が速くて、正確なのには驚いたわ。まあ、逃げる可能性は考慮していたけれど」

「つまり、明海さんをわざと逃がしたって、ことですよね」

カササギがまた、口を挟む。その後、マグカップから立つ香りを嗅ぎ、にっと笑った。

「本人がいないほうが、捜査がしやすかったのか。明海さんの能力を見定めたかったのか。さて、どっちでしょうかね」

「どちらもよ。付け加えるなら、わたしには解せない単語の意味が、明海さんが動くことによって、少しでも明らかになるかもと期待したの」

一息吐いて、原野はカササギと和を交互に見やった。

「ねえ、〝ラダンの壺〟って何を意味するのか、どちらか教えてくれない」

カササギは黙っている。和も口を閉じていた。開きたくとも、言うべきことがないのだ。〝ラダンの壺〟については何も知らない。むしろ、カササギからぜひとも聞き出したい立場だった。カササギの横顔を窺う。何の感情も読み取れなかった。

原野がひらりと手を振った。

「言いたくないならいいわ。明海さんが言うように、あなたたちは容疑者じゃない。令状があるわけでもない。だから強制はできないの。ええ、言いたくないなら、言わなくていい。言いたくなるような話をしましょう。えっと、話題を戻すわね。明海さんのことを思い出したってところね。部下が〝スツール〟から押収してきた諸々の中にね、とても興味深い物が一点、あったの」

村井が黒いアタッシュケースを開け、透明な箱を原野に渡す。かなりの大きさで、いろいろな物がごちゃごちゃ入っている。ただし、一点一点、やはり透明な小袋に収められていた。

「これ、明海さんの私物だと思うけど、後で纏めて返すわね。えっと、まず、ハンカチ、目薬、メモ帳、筆記用具、電子辞書、デジタル名刺用のホルダー、爪切り、超小型パソコン」

「わたしの机の中の物を……ほぼ押収したんですね」

「ええ、彼らも仕事だからね。後でちゃんと送り返します。で、これなんだけど」

箱の底から、ファスナー付きの平たい袋を取り出し、原野はテーブルの真ん中に置いた。目を逸らしたくなる。ちくしょうと呻きたくなる。

とても興味深い物が一点あった。原野がそう告げたとき、覚悟はしていた。おそらく、これだと。しかし、別の物であってくれと、祈る想いもあったのだ。

落ち着け、落ち着け、慌てるな。冷静に。自分を保って。落ち着け、落ち着け。

心の内で呪文のように繰り返す。

どうってことはない。幾らでも糊塗《こと》できる。

「これは……」

カササギが前屈みになる。触ってもいいかと問うように、原野を見る。原野はゆっくりと頷いた。カササギの指が袋を摘まみ、持ち上げる。鑑定するかのようにじっと見詰める。何か言うかと思ったが、黙って元の場所に戻した。

とたんに、チャイムが鳴った。そこに犬の吠え声が交じる。

「肥川か。あの野郎、もう着いたのか。どれだけぶっ飛ばしてきたんだ」

「明らかに道交法違反だわね。村井、あとでスピードデータを調べておいて」

「はい」

チャイムは鳴り続ける。

「馬鹿が。今何時だと思ってる。近所中をたたき起こす気か」

原野が肩を竦め、不機嫌な声を出した。

「大丈夫でしょ。このあたりの家は、だいたい防音機能は整っています。無理にロック解除しなくてもいいですよ。招待したわけじゃない。放っておいてもかまいません」

「放っておいたら、ずっとチャイムを鳴らし続けるぞ。うちは、それほど防音が利いてないんだ。ああ、うるさい」

松坂医師がボタンを操作すると、チャイムが止まった。門扉が開いたのだ。

「玄関も開錠して、と。これで勝手に入ってくるだろう。迎え入れたい客人でもないが、しかたないな。しかし、あの吠え声は何だ？」

「あ、それはおれの連れです。門の外でずっと待ってたのか」

カササギが動く。軽やかな足取りで窓に近づくと開け放ち、口笛を吹いた。自分の家にいるような自然な動作だ。開け放した窓から、黒い塊が飛び込んできた。

「うわっ、犬だわ」村井が声を上げた。それが地の声らしく、若やいで明るい。この女性の、感情のこもった声を初めて耳にした。

「まあ、かわいいわね」

原野が手を差し出すと、犬はおとなしく頭を撫でられた。よく、馴れている。立ち耳、巻き尾で全身が黒い毛に覆われていた。中型犬だ。それが千切れるほど尾を振り、カササギに体をこすり付ける。喜びを精一杯表しているかのようだ。

風が吹き込んできた。寒い。その風がテーブルの上からあの小袋を落とす。和が手を伸ばすより一瞬早く、村井が拾い上げた。さっきまでの無表情に戻っている。

カササギが窓を閉める。

和は僅かに腰を浮かした。窓の向こうの闇が蠢いて見えたのだ。

闇が蠢く？　唾を呑み込んだ。

カササギが振り向く。村井よりなお冷えた、感情のない面だった。

第七章　鳥の過《よぎ》る空

「おぉ、いい香りだ」

　それが、部屋に入ってきた肥川の第一声だった。その後、ひくひくと鼻先を動かす。山に連れ出された猟犬みたいだ。カササギの足元に伏せている黒犬が顔を上げ、同じ動作で漂う匂いを嗅いだ。こちらは、黒く丸い瞳と相俟《あいま》ってかわいらしい仕草だと感じる。

「コーヒーか。いいですなぁ。先生、ぜひ、わたしにもお願いします。あ、いや、いいですいいです。勝手知ったる何とやらで自分で淹《い》れますから。はい、お構いなく。独り暮らしが長いんで、たいていのことはちゃちゃっとやれちゃいますから。我ながら、できる男って感じじゃないですか。やあ、リッツ、久しぶりだなあ。何時《いっ》ぶりだっけ？　元気にしてたか。見た目、元気そうだよな。ちょいと若返ったみたいだぞ。化粧が上手くなったんじゃないのか。やっ、明海もよかったな。サリナの熱が下がったそうで。うん、なにより、なにより。やっぱり松坂先生の腕は一流だ。おっ、やあやあやあ、きみがカササギくんだな。なかなかのいい男じゃないか。おれの若いころに、ちょっと似てるかな」

　しゃべりながら、肥川は松坂医師に頭を下げ、原野に手を振り、和に向かって片目をつぶると、最後にカササギと握手を交わした。

「肥川さんの若いころに？　それは光栄です」

「おいおい、それは本心かよ」

「いえ、冗談です」

「はははは、いや、きみは、なかなか面白いキャラだな。気が合いそうじゃないか」

「それも、冗談ですよね」

カササギとの会話はそれなりに弾んでいたが、他の者は無言だった。

和は重さに耐えきれなくなり、サリナを長椅子に下ろし、傍らに座っていた。カササギはその横に腰を下ろし、松坂医師は机にもたれ、原野は腕組みをして立ち、村井はその後ろで、膝に置いたノートパソコンを操作していた。

村井を除く誰もが、肥川を見詰めている。その視線に気付かないわけがないのに、肥川は臆する風もなく気にする素振りも見せず、勝手にコーヒーを淹れ、勝手に飲み始めた。香りが一段と濃くなる。束の間、室内が静まり返った。

「出ました」

静寂を破って、村井の声が響く。

「登録ナンバーMX・2２０１７の普通車。所有者、肥川太志。ここに到着するまでに、スピード違反十二か所、信号無視五回、一時停止無視二回となっています。自動安全装置をオフにして、手動運転に切り替えて走行していた模様です」

「交通課は動かなかったみたいだけれど、理由は？」

「はい。車両自体に交通違反監視網のセンサーを無効にする機能がついているものと考えられます。特殊システムを使わないと追尾できませんでした。明らかな違法改造です」

「そう。悪質運転の最たるものね。最低でも半年以上一年以下の禁錮は覚悟しといたほうがいいわ。業務が始まったら交通課に連絡しておいて」

「げっ。おいおい、脅しはなしにしてくれ。それくらいのことやらなきゃ、こんな短時間で到着できるわけがないだろう。おれだって必死だったんだ」

「誰があなたに来て欲しいって頼んだのよ。あなたが、部下の持ち物に盗聴器をくっつけたりするから言い訳に来なきゃいけなくなったんじゃないの。ねえ、明海さん」

「あ……はい」

「遠慮しなくていいのよ。こんな卑劣なやつ、許せるわけがないんだから。がんがん言ってやりなさい。何だったら一発、いいえ二発や三発、ぶん殴ってもいいわ。暴行罪とは認めないから、安心してやっちゃいなさい」

「今の台詞、めちゃくちゃ職権濫用じゃねえか。問題発言だ。警察機構が罪のない市民を陥れようとしている。そう受け取られても申し開きはできないからな」

「罪のない市民？　笑わせないで。叩いたらどれだけ埃が出るのかやってみたいもんだわ」

そこで、松坂医師が大きく息を吐き出した。

「まったく、おまえらは昔とちっとも変わらんな。お互い、成長してない証だ。情けない」

「いや、先生、お互いってことはないでしょ。あっちから喧嘩を吹っかけてきたんですよ。おれは売られた喧嘩を買っただけじゃないですか。そのスタンスは昔も今も同じですけどね。うん？それなんだ？　明海の机から押収した私物か」

肥川は腕を伸ばし、ファスナー付きの袋を摘まみ上げた。他の物には目もくれなかった。透明な袋を数秒、見詰める。それから、慎重な手つきで中身を取り出した。

「これは、新聞記事だな」

「そうよ。もう二十年以上前、正確に言うなら二十三年前の地方紙の記事。あのころはまだ、紙の新聞や雑誌がかなり流通していたのね。それは、とある地方都市で起こった交通事故についてのものだけど」

原野が答え、肥川が頷いた。和は膝に置いた手に視線を落とす。

手の甲に薄い染みを二つ、見つけた。目を凝らさないとわからないほどの薄さだ。しかし、染みは染みだった。皮膚の張りが失われていくのを見計らったように染みは現れ、指は少しずつ骨ばってきた。

身体の上を時は静かに、けれどかなりの速さで過ぎていく。あまりに速くて怖いほどだ。現代の美容技術を駆使すれば、二十歳若返るのなど容易い。〝スツール〟の特集で取材した美容整形の専門医が誇らし気に語っていた。人工皮膚の開発が進むとともに、人間の老化そのものを遅らせる薬剤の実用化も目前だとのニュースも最近、耳にした。人が老いない世界が現実のものになるのかもしれない。それもいいだろう。老化が引き起こす身体的苦痛や不自由が緩和されるなら喜ばしいことだ。けれど……。

肉体が老いなくても、心は老いる。

生きた分だけ知識も経験も積み重なる。嘆きも苦しみも喜びも楽しさも哀《かな》しみも次々にやってくる。人を憎むこと、怨むこと、孤独であること、あるいは他者といることの心地よさと絶望、焦燥、苦悶《くもん》、悲嘆、憤怒《ふんぬ》……。繰り返し襲い掛かってくる感情の波にさらされ、人の心は育ち、豊かになり、やがてゆっくりと老いていくのではないか。

他人を信じることも疑うことも、本心を伝える力も隠し通す技も、話を合わせるコツも話題をそれとなく逸らせるやり方も覚えるうちに、若さを減らしていく。

肉体と心が多少ずれながらも年を経ていくから、人は何とかバランスを保てるのではないのだろうか。そのバランスが崩れたら、いや、人の手で崩してしまったらどうなるのか。美容整形医の取材をしながら、そんなことを考えていた。取材の趣旨とはかけ離れてしまうし、多弁な医師が不機嫌になり口を閉ざす恐れもあると重々承知していたので、考えるだけにとどめはしたが。

二十三年前、和はまだ十代だった。

高校生で、若くて、人生が突然に暗転するものだなんて知りもしなかった。二十三年前……。

息を呑み込む。鼓動が速くなる。呼吸が浅くなる。

もしかしたら、原野さんて……。

「ふむ、交差点を通行中の乗用車に信号無視のトラックがぶつかって、乗用車に乗っていた家族三人とトラックの運転手が死傷か。ふむふむ、生き残ったのは……後部座席にいた娘一人、運転していた父親と助手席の母親はほぼ即死か。なんとも、気の毒なこったな。うわっ」

和は顔を上げた。二つに千切れた新聞紙を手に、肥川の口が半開きになっている。

「まぁなんてことをするの。証拠隠滅のつもり？」

「何の証拠になるんだよ。そんなに力はいれてないぞ。なのに、バリッて。ン十年も前の新聞紙なんでもうよれよれになってたんじゃないのか。おれのせいじゃない」

「ほら、すぐ、そうやって責任回避する。卑怯者《ひきょう》」

「はぁ？　こんなちっちゃな新聞記事一枚破いただけで、卑怯者呼ばわりかよ。あぁわかったよ。テープでくっつけてやる。ビシッとな。昔から工作の腕前には自信があるんだ。見てろ」

「もういいです」。首を横に振る。自然とため息が漏れてしまった。

「直さなくていいです。もう、いりません」

背筋を伸ばし、息を吸いこむ。ため息ばかり吐いてはいられない。ゆっくりと、原野に顔を向ける。原野は和の視線を受け止め、瞬きもしなかった。

「原野さん、思い出しました。やっと、思い出せました。あの時の警察の方ですよね」

警察署の裏手にあった霊安室。父と母の遺体がある部屋に案内してくれた女性だ。地味な濃紺のスーツを着て、長い髪を一つに束ねていた。正直、まともに顔を見ていない。シーツに包まれた遺体に全ての神経が引き寄せられ、他の人間も風景も色もほとんど無に等しかった。ただ、声だけは残っている。

あの、だから無理はしなくてもいいですが……。

ね、ほんとに無理には。

戸惑いと気遣いと憐憫が混ざり合った優しい、そのくせどこか硬質な響きのある声だった。その声と原野のそれが不意に重なったのだ。

「霊安室に案内してくれた人、ですね。ちゃんとお顔を見た記憶がないのですが……」

「無理もないわ。あなた、まだ高校生だったんですものね。案内した警官の顔なんか覚えていなくて当たり前よ。普通なら取り乱して、混乱していてもおかしくない状況だもの。なのに、あなたは落ち着いていた。あ、落ち着いていたというのは違うわね。呆然《ぼうぜん》としていたというのとも違って……うん、必死で自分の感情を抑えていたというのかな。あなたが、ご両親の遺体の確認をしたときには、ただただ感心してしまった。すごいな、この子はって」

瞬きを一つすると、原野が続ける。

「わたしの方こそ、どうしてあなたのことをすぐに思い出せなかったのかしらね。とても印象的な少女だったのに」

「二十年以上が経ちましたから」

今から二十年後、六十歳を目前にした自分なら、間もなく四十になる今の面影を残してもいるだろう。けれど、十代だ。十代からの二十年だ。人が最も大きくうねり、変化していく年月だ。ほとんど別人のように変わっていても不思議ではない。まして、和は名字まで変えた。誰にも存在を見咎められないように、誰の心にも残らないように注意して生きてきた。

「ええええっ」

肥川が頓狂な声を上げ、後ろによろめいた。松坂医師にぶつかり、何とか踏みとどまる。

「はぁ？　はぁ？　ええっ、何だって。待て待て待てちょっと待て。静かにしろ、落ち着け」

「おまえが一人で騒いでるんじゃないか。しかもワンテンポ遅れのわざとらしい驚き方をしおって。どこまで芝居がかったやつなんだ、この馬鹿者は」

「誤解です。芝居などしちゃあいませんよ。本気も本気で驚いたんですよ」

肥川は口を丸く開け、眉を吊《つ》り上げ、和と原野を交互に見やる。

「この記事の被害者っていうのは、明海の両親なのか」

「そうです」

「じゃあ、一人生き残った女性っていうのは、おまえってことか」

「姉です。わたしは同乗していませんでした。一人だけ、家に残ってたんです」

「それで命拾いしたのか。そりゃあ何とも運が良かった。いやぁ、良かったと言っていいのかどうか迷うところではあるな」

「運が良かったと思っています」

父親の車に乗っていたら、死んでいただろう。十中八九、生きてはいなかった。しかし、和は今、生きている。生きて、やるべきことをやり遂げたいと望んでいる。

あの日、家族に同行しなかった。結果、死を免れた。運が良かったと思っている。

死んだりしない。

相手が誰であっても、むざむざと殺されたりしない。持っている運の、能力の全てを使って生き延びてみせる。

「けど、亡くなった夫婦って、名字が小山内《おさない》になってるぞ。小山内憲久《のりひさ》、小山内楓子《ふうこ》と。えっ、ええっ、も、もしかしたら、こっちがおまえのもともとの名字かよ。えええっ」

「なんで、いちいち、大声出すのよ。ほんとにうるさい。少しはそっちのワンちゃんを見習ったら。ワンとも鳴かないじゃないの。あなたの百倍は利口よ」

原野が黒犬に向かって顎をしゃくる。黒犬はカササギの足元に伏せたまま、軽く尻尾を振った。

「明海というのは母方の姓です」

「なんで、明海を名乗らなきゃいけなかったんだ。わざわざ名字を変えなくちゃならない事情があったのか」

ちらりと上司を見やる。肥川はそれこそ芝居がかった仕草で肩を竦めた。

「図星だな。ふむ。てことは、何だ？　この事故はただの事故じゃなかった。トラック運転手の過失で済ませられるほど単純なものじゃなかったってこったな。なるほどなるほど」

一瞬だが、肥川の唇の間から舌の先が覗いた。幻覚だったかもしれないが、表情は紛れもなく〝舌なめずりをしている狡猾《こうかつ》な男〟そのものだった。漠然としてはいるが何かを嗅ぎ当てた。そこに興奮している。そんな顔つきでもある。

「原野さんは、どうしてなんです」

カササギが口を挟んできた。こちらは狡猾とも興奮とも無縁の、なにも読み取れない面だ。

「どうして、この事故に立ち会うことになったんです？」

原野が軽く顎を引いた。

「明海さんの両親は交通事故で亡くなった。その事故を管轄する警察署で、あなたは霊安室まで明海さんを案内した。案内した者とされた者が二十三年後にこうやって顔を合わせている。しかも、かなり微妙な関係で。偶然とするのは、かなり無理がありますよね」

「そう？　信じられないような偶然って、わりにあるものよ」

ピュッ。肥川が短く口笛を吹いた。

「リッツ、二十三年前といやあ、おれと付き合い始めるちょっと前ぐらいだろうが。おまえ、地方勤務なんて経験なかったよな。ほとんど本庁勤務だったはずだ。所轄たって、ほぼ都内中央部のみだろうが。カササギ坊やの指摘通り、おかしかないか？」

「おまえとか時代錯誤な呼び方しないでちょうだい。わたしとあなたは赤の他人なのよ。おまえ呼ばわりされる謂れはありません」

「ははん。分が悪くなると怒ったふりをしてごまかす。その悪癖、直ってないねえ」

ちっちっちっち。舌を鳴らし、食指をメトロノームの振子のように動かす。原野の眉間にくっきりと皺が刻まれた。

「ごまかす気なんてさらさらないけど。これから話をしようとしてたの。でも、昔も今も、他人に厳しく自分に甘いご指摘をありがとう」

何か言い掛けた肥川から顔を背け、原野は和を見下ろした。

「あの日、わたしは私用であの町に出かけたの。同期が署内にいたので逢いに行って話をしてたとき、事故の報せが入ったみたいで、暫くして身元不明の遺体が、そのときはまだ身元が判明していなくて、後に小山内ご夫妻だとわかったんだけど……。まさか、遺体の確認に高校生が一人でやってくるとは思ってもいなくて、それで、何て言うのかしら気になって、霊安室までの案内をさせてもらったの。そういう経緯だったのよ」

「ちょっとできすぎの経緯ですね。それじゃ、原野さんと明海さんが出逢ったのは、やっぱり偶然だったってことになりますが」

カササギが首を傾げる。

「偶然の出逢いなんて世の中には溢《あふ》れてるじゃない。たまたま出逢った。たまたますれ違ってし

まった。たまたま、そこにいた。あるいはいなかった。全部、必然じゃなければならないとは、
さすがに思ってないでしょ」

「詭弁《きべん》だなあ、そういうの。だいたい、原野さんの私用って何なんですかね」

「極めて個人的な事情です。それをここで明かす必要はないと思うけど」

「自分の腹の内を明かさないで、他人から秘め事を聞き出すのって難しいんじゃないのかなあ。五分と五分の関係でないと、本当のことを語ろうって気にはなりませんものね。原野さん、明海さんから話を聞きたいんでしょ。だったら、真実を告げるべきだと思いますよ」

「まっ、若造が一人前の口を利いてくれるじゃないの。言っとくけど、わたしが話を聞きたいのは明海さんだけじゃない。あなたもよ、カササギくん」

原野は身を屈め、カササギに向かって指を突きだした。それから背筋を伸ばし、腰に手をやり、ほんの数秒天井を見上げた。

「わたしは、小山内憲久氏に逢うために、あの町に行ったの」

父の名前を原野は、そっと包みこむような調子で口にした。

「えっ、何だって。小山内憲久ってのはどこかで見たような名前……あ、そうだそうだ、さっきの記事の被害者で、いや記事の被害者ってのはおかしいな。記事になっていた事故の被害者で、つまり、明海の父親だよな。うん、そうだ、間違いない。え？　ええっ、リッツ、おまえ何で明海の親父《おやじ》なんかに逢いたかったんだ。何の用があったんだよ。以前から知り合いだったのか。だいたい、明海の親父ってのは何者なんだ。警察関係者なのか。おい、黙ってちゃわからんぞ。しゃきしゃきしゃべれ」

「あなたが黙らないと、誰もしゃべれないじゃない。よくもそれだけ、ぎゃあぎゃあ騒げるわね。ほんと、うるさい。ともかく、少し、黙ってて。村井、この男の口に貼りつける粘着テープとか

ないかしら」

「探してみます」

村井が真顔で答える。肥川は鼻から息を吐き、横を向いた。

「父は地方新聞の記者をやっていました。大手の全国紙に勤めた後、母の故郷である町に越してきて勤め始めたんです」

「都落ちってやつか。大手を辞めなきゃならないような失態があったわけか。特ダネを逃したとか、社内で女とトラブルを起こしたとか、裏付けを取らずにデマ記事を書いたとか、会社の金に手を付けたとか、いろいろあるが、どれだ？」

肥川が身を乗り出し、指をひらりと振った。原野が睨みつけ、松坂医師がため息を吐いた。

「母が身体を壊したからです。もともと、あまり丈夫な質《たち》ではなかったようでしたが、わたしが小学校に入学したころから、寝付くことが多くなって、入院するほどじゃないけれど健康でもないって状態がずっと続いていました。医者からは、繰り返し転地療養を勧められていたこともあって、思い切って移住したんだと両親は言ってました」

記憶が一つ、ある。

母が泣いているのだ。ベッドに腰かけ、両手で顔を覆い、さめざめと泣いている。肩のあたりまで伸びた髪が泣き声と共に微かに揺れていた。胃の腑《ふ》を抉られるような、せつない声だった。

「……怖い。怖いの……」きれぎれに、そんな呟きも聞こえてきた。

母さんは何かを怖がってる。泣くほど、怖がってるんだ。

慰めてあげなくちゃ。大丈夫だよと言ってあげなくちゃ。

母の許に駆け寄ろうとしたけれど、動けなかった。背後から抱きすくめられたからだ。

「お姉ちゃん」

見上げた姉の横顔は紅かった。夕日があたっていたのだろうか。

「おいで」

腕を引っ張られた。思いの外強い力で、和はよろけそうになった。腕が痛かった。いつもと違う姉の様子が怖かった。よろけたのが嫌だった。全てが辛くて、涙が込み上げてきた。

「泣かないで」

姉が屈みこみ、耳元で囁く。

「泣いちゃ駄目だよ。泣いたら、もっと怖いんだから」

姉が首を振るたびに、艶のある真っすぐな髪が揺れた。泣くなと言った姉も、今にも泣き出しそうな顔をしていた。

みんな、何かを怖がってるんだ。

和は姉を見詰め、息を詰めた。涙はもう乾いていた。

「引っ越したのは、それから暫くしてからだったはずです。馴染んだ町に帰ってきたからなのか、母は徐々に健康を取り戻したみたいで、わたしが中学一年生の夏ぐらいには寝付くことなど滅多になくなりました。そのころだったでしょうか、姉に尋ねてみたことがあります。『泣いたらもっと怖い』って、あれはどういう意味だって。姉はわからないと言いました」

「ごめん、わからないなあ。てか、よく覚えてたね。えーっと、あのね、あのころ、家の中が何となく怖くなかった？　呪われてるみたいな感じで。あたしは怖かったんだよ」

すでに高校生になっていた姉は、そこで朗らかに笑ったのだった。

「あはは、子どもってきっと悲しいのも憂鬱なのも、全部〝怖い〟とかになっちゃうんだよ。ほら、あのころ、母さん心身が疲れてるって感じで、ちょっと鬱っぽかったでしょ。父さんとも、よく口げんかしてたよね。そういうの感じちゃって、泣いている母さんに触れちゃいけないって気がしたんだよね、きっと」

それから、妹の肩にそっと手を置いた。

「けど、もう大丈夫だよ。もう何にも怖くないからね」

今、考えれば姉はまだ十代、〝子ども〟として括られる年頃だった。けれど、歳が離れていたせいか実年齢より落ち着いていたせいか、とても大人びて感じられた。その雰囲気が和を安心も安堵もさせてくれたのだ。

「姉は大学進学のため家を出ていき、この都市で学生生活を始めました。でも、一年足らずで中退し、帰ってきたんです。そして、地元の会社に勤めだしました。都会生活が性に合わなかったそうです。父は忙しくて家を空けることも多かったけれど、母と姉は仲が良かったし、家の雰囲気は明るかったと思います」

とりたてて刺激的なことも、特別な出来事もない、ごくありふれた日々。そういう暮らしが続くものだと信じていた。そして、自分はこの温かで退屈な家を離れ、未知の世界に出ていくとも、そのときは父も母も姉も微笑みながら送り出してくれるだろうとも、未知の世界には漠然とした希望に近い何かがあるとも信じていた。

甘かった。現実の獰猛さなんて僅かも知らなかった。人の残酷さも、人の世の無慈悲さも知らなかった。噛えるほど甘かったのだ。

「事故当日の話を、わたしに逢うところまでの話を、聞かせてくれる?」

原野が遠慮がちに乞うてきた。

「はい」

事故の当日について、昨日カササギに語ったのと同じ話を、和は伝えた。隠すつもりも、拒む気もない。ここで、過去をしゃべることで一歩、進めるかもしれない。知らない事実を原野から引き出せるかもしれない。

過去が現在に繋がる。絡まり合った謎が解けていく。

そう期待するのも、また、己の甘さに過ぎないのだろうか。

「ふーん、なるほど涙なくしては聞けない、痛ましさだな。で、おねーちゃんは事故のどれくらい前に帰郷してきたんだ」

肥川の声音は乾いて、涙だろうが汗だろうが湿り気は微塵も感じさせない。

「一年ほど前です」

「へぇそれじゃ、死ぬために帰ってきたようなもんだな。気の毒に」

「ちょっと、真面目に話を聞いてたの。新聞記事にも書いてあるでしょうが。明海さんのお姉さんは亡くなってないの。怪我をしただけ」

原野に向けて、肥川は両手を肩のあたりまで上げてみせた。〝降参〟のポーズらしい。

「はいはい、言い間違えました。すみませーん。おれとしては、ついつい親の立場に立っちまうもんで、死んじまった気になってたよ。まあ、理由はどうあれ上の娘が戻ってきて、地元で働き始めた。親としちゃあ、喜んだ面もあったんじゃないのか。そりゃあまあ、いろんな事情があるから一概に子の帰郷を喜ぶ親ばかりじゃないだろうが、少なくとも小山内家の内で波風が立つことはなかったわけだよな」

「ええ……」

予告のない突然の帰郷に父も母も驚いたに違いない。しかし、動揺とか狼狽《ろうばい》といった気配が家内に漂ったことはない。少なくとも、和は感じなかった。

他の人みたいに、都市《まち》の暮らしに馴染めなくて、疲れてしまって。

ため息交じりに姉の告げた言葉に、母は涙ぐみ、父は無言で相槌を打っていた。一月《ひとつき》もしないうちに姉は仕事を見つけ、家に食費として定額を納めるようになった。母は渡されたのと同額の金を姉名義で貯蓄していたようだ。むろん、姉には内緒で。絵に描いたような、慎《つつ》ましいながらも優しい人々の姿、互いを労《いた》わり合って生きる家族の姿ではないか。でも……。

「だからよ、明海の親からすれば、娘が帰ってきたと喜んだものの、それが死への引き金となってしまったわけだろ。光あるところに影はできるってやつか。まあ、運命の皮肉というか人生の悲劇というか、娘さえ帰ってこなかったら、死ななくて済んだかもしれないのにな」

誰も何も言わない。そこにいた全員が無言で、肥川を見詰める。

「は？ へ？ あれ、またビミョーなこと言っちまったか。だって、食事のためにレストランに向かわなければ、事故に遭うこともなかったわけだし。あ、いやいやいや、別におねーちゃんを責めてるわけじゃないぜ。そういうのじゃないから」

肥川は右手を大きく左右に振った。ついでに、頭も横に振る。

和は唾を呑み込んだ。

わたしも考えた。

お姉ちゃんはなぜ、帰ってきたのだろう。

なぜ、あの日、レストランで外食を望んだのだろう。

なぜ、一人、生き残ったのだろう。

ずっと考えていた。考えちゃいけないと自分を叱りながら、頭から疑念が離れなかった。

他人の口から語られれば、疑念はぬらぬらした塊になって腥《なまぐさ》い臭いさえ漂わせる。

吐き気がした。

「ねえ」

原野が一歩、前に出る。肥川が身を縮める。しかし、原野はそちらを一瞥もしなかった。和からカササギ、そして松坂医師へと視線を動かし、再び和の上に戻し、止めた。

「明海さん、あの事故が仕組まれたものだって考えたことって、ある？　つまり、ご両親は不慮の事故で亡くなったのではなく、意図的に殺されたんじゃないかと」

ほんの束の間、躊躇った後、和は答えた。

「あります」

カササギが身動ぎした。身を縮めた格好で肥川が動かなくなる。サリナの寝息が微かに、けれど確かに耳に届いてきた。

「事故ではなく殺人じゃないか。そう疑っているのは、原野さんも同じですか」

カササギの声は静寂を破らなかった。耳に柔らかく響き、むしろそれを深めるかのようだ。

「あなたは事故のあった町に、事故のあった日に私用で出かけていたと言った。その私用って何ですか。なんのために、小山内さんに逢いに行ったんです」

吐息の音がした。原野がため息を吐いたのだ。僅かに顎を上げ、床と天井の真ん中あたりを見据えている。そこには白い壁と昔ながらの紙製のカレンダーがあるきりだった。

「相変わらず往生際が悪いなぁ、リッツ」

肥川がこちらも息を漏らす。些かわざとらしい。

「おまえは明海とカササギ坊やから話を聞きたくて来たわけだろう。逮捕するためじゃなくて話をするために、だ。もち、恋愛相談や借金の申し込みがしたいわけじゃない。おまえは根っからの警官だからな。しかも、管理職じゃなく現場向きのな。けど、今は、北部警察機構のトップに据えられている。気の毒にな。まっ、それはそれとして、トップがわざわざお出ましになったんだ。しかも、公用車を使わずに、つまりお忍びに近い形でやってきた。そこから導き出すに、原野統括官は公じゃなく個人的な事情でやってきたわけさ。さっき、カササギ坊やにも言われただろう。腹の内を明かさなきゃ、前には進まないってな。そんなこと百も承知で、それなりの覚悟をして来たんだろうが。なのに往生際が」

「ありました」

村井が荷造り用の粘着テープを掲げる。

「あら、あったの。よかった。じゃあ、わたしが押さえつけておくから、この男のべらべら動く口に三重に貼り付けて。カササギくん、手伝ってくれる」

「了解」

カササギが腰を浮かす。

「押さえつけるなら、ついでに麻酔剤を注射してやろうか。古くはなっているが、効き目は確かなはずだぞ」

「は？　先生まで冗談に参加しないでくださいよ。おれは、ただな」

「わかってるわよ。したり顔で説教しないでちょうだい。ほんと、うるさい。覚悟ぐらいとっくにできてます。ただちょっと気持ちを整理していただけじゃないの。それを鬼の首をとったみたいに得意げにしゃべりまくって。ほんと、最低」

そこで声音を低く落ち着かせて、原野は部下に命じた。

「村井、始めて」

「はい」

村井はテープを仕舞い込み、代わりに黒い箱型の機器を取り出した。簡易のホログラフィー装置だ。村井の指が動く。二秒後、空間に三人の顔が現れた。男が二人、女が一人だ。

証明写真のように真正面を向いたものが二枚、おそらく隠し撮りだろう横向きのスナップショットが一枚。

写真の下に数行の説明が赤い文字で浮き上がる。村井がその文字を読み上げた。

「向かって右から、厳信幸太郎《いわのぶこうたろう》　六十六歳　国土再開発機構勤務。相川里佳子《あいかわりかこ》　三十九歳　相川物産商事取締役社長。井野浩志《いのひろし》　二十一歳　住所不定、職業不詳。数年間、指定暴力団伊呂波《いろは》会に所属していたもよう。年齢は死亡時におけるものです。ちなみに、この写真も死亡年に撮影されております」

「あれま、みんな、昔、昔に死んじまったやつらなのか」

村井は肥川に視線を向けず、淡々と説明を続けていく。

「三人とも二〇〇×年の三月から九月にかけて死亡しています。厳信はこの年の三月下旬、自宅近くの公園で刺殺死体で発見されました。腹部と胸部に二か所刺し傷があり、胸部のものは肺に達していて、これが致命傷となったもようです。死亡推定時刻は午後十時から午前零時。財布と腕時計がなくなっていることから物取りと怨恨による犯行の二方面から捜査されました。が、犯人は今に至るまで逮捕されていません。二か月後の五月、相川里佳子が自宅マンションで倒れているのが発見されました。発見者、第一通報者共に通いの家政婦、皆川菊枝《みなかわきくえ》、当時五十一歳。相川の死因は睡眠薬とアルコールの多量摂取により嘔吐《おうと》物を気管に詰まらせての窒息死となっています。相川はアルコールと睡眠薬を常用していたようで、前夜も多量のアルコールを摂取していたとの皆川の証言が記録されております。死亡時刻は深夜零時から二時の間と推定されました。当時、社長を務めていた商事会社の経営が破綻寸前まで悪化していたそうです。相川自身も多額の借金を抱え、アルコールに依存していたこともあり事故と自殺の両面から捜査されました。遺書はなかったようですが、捜査結果は自殺の可能性が極めて高いと判断されたと記されています」

「あぁはいはい、その深夜の公園での殺人事件っての覚えてるぞ。天下りの役人さんが通り魔に殺られたって、ちょっと話題になったよな。不運だよなあ。人間どこに落とし穴があるかわかったもんじゃない。気の毒なこった」

同情など微塵も伝わってこない調子で、肥川がまた口を挟んでくる。村井は気にする風もなく、口調も表情も変えなかった。

「そして、井野浩志はその年の九月、事故で死亡しました。奇声を発しながら、路上に飛び出し数台の車に次々に轢《ひ》かれ、搬送された病院で間もなく死亡が確認されました。体内から覚醒剤の成分が検出され、薬物によって錯乱状態に陥った末の行動とみなされて、覚醒剤取締法違反で被疑者死亡のまま書類送検されたとのことです」

肥川より先にカササギが口を開いた。

「殺人と自殺と事故。それぞれ全く違う死に方をして、死亡月日も、立場も状況も違う三人をどうして並べてるんですか。三人に共通する何かがあるわけですか」

「ええ、あるわ」

原野が下唇を舐めた。それから、和に向かって半歩、詰め寄る。

「ねえ、明海さん、手帳を知らない？」

やっぱり、それか。

和は一瞬、微かな眩暈を感じた。一瞬、ほんの微かな眩みだ。

「父の手帳のことでしょうか」

原野は瞬きもせず和を凝視する。唇の間から息が漏れた。

「そう、知ってるのね。それ、持ってるの？」

「ここにはありません。家や職場にも置いていません」

「どこか安全な場所に保管しているってわけ？」

「そのように考えてくれて構いません」

くすっ。原野が鼻の先で嗤った。

「政治家の国会答弁みたいな言い方ね。じゃあ、あの手帳はまだ存在してるんだ」

「原野さんは、なぜ、手帳のことを知っているんですか」

黒いビニールの表紙の小さな手帳は安っぽくはないが高級でもない、ごくありふれた品だった。父が取材用として使っていたものでもある。

「拾ったからよ」

原野が心持ち、胸を張った。

「拾った？」

「そう拾ったの。井野浩志の事故現場でね」

「ええっ？　なんのこっちゃっ」と、肥川が頓狂な声を上げる。普段の何倍も緊張しているはずなのに和は噴き出したくなった。肥川の反応は一つ一つが大げさで愉快だ。むろん、今が笑う状況でも、笑っていられる立場でもないとわかっている。原野は表情を変えなかった。

「わたしは、まだ学生だったわ。あの日は、まだ九月なのにとても寒い日だった。後で知ったけど全国各地で低温注意報が出るような天候だったみたい。秋物のコートが欲しいなあなんて考えながら歩いていたのを覚えてる。突然だったわ。ほんと突然にコンビニとビルの間の路地から人が走り出てきたの。何か喚いていて、喚きながらTシャツを脱いで上半身裸になったのね。わたしは驚いて竦んじゃって、その場に棒立ちになってた。ほんとに、動けなかったの。そしたら、その男がわたしを見たのよ。確かに見たの。そして、手を伸ばしてきた。悲鳴を上げたいのに、声も出なくて……死ぬほど怖かったわ。そのとき、路地からもう一人の男性が飛び出してきて、『おい、止めろ』って。その後、何か叫んだけどわたしにはわからなかった。多分、名前を呼んだんだと思う。『イノ、止めろ』みたいに。呼ばれたとたん、その男はまた喚き始めて、そのまま車道に突っ込んでいったの。うん、飛び出したみたいな生易しいものじゃなくて、突っ込んでいったのよ。三車線の交通量が半端じゃない道路にね。病院に搬送されたときはまだ生きていたって知って、信じられなかったな」

驚愕と恐怖に立ち竦む学生。その面影は、今の原野から微塵も窺えなかった。

「でね、大騒ぎになったわ。そりゃあ、なるわよね。わたし、半ば呆然としていたようで、はっと我に返ったとき、後から飛び出してきた男性が血だらけの男を歩道近くまで運んできて……運んできたのか、そこまで撥《は》ね飛ばされたのか、よくわからないんだけど……うん、目は開けていたはずだけど、全然、思い出せないの。でも、必死で呼びかけてたのは記憶にある。『イノ、イノ』って。あぁ、この人、イノって名前なんだってぼんやり考えてたの。頭が半分痺れたみたいになってて、思考回路が動いてなかったのね。間もなく救急車が来て、イノって男は運ばれていったの。もう一人の男性も同乗していった。ただ、その人、救急車が到着する直前にわたしに『怪我してないかい』って尋ねてくれたのよ。わたしが『大丈夫です』って答えたら、『よかった』と息を吐いた。シャツの前が血で汚れてたなぁ」

「それが、父だったんですか」

「そう。あなたのお父さん。小山内憲久さんだった。わたしね、聞いちゃったのよ。小山内さんが、わたしを気遣ってくれたすぐ後に『三人目だ』って呟くのをね。むろん、何のことかわからなかった。わかるわけないものね。でも、救急車がイノと小山内さんを乗せて去っていった後に、歩道と車道の間に手帳が落ちてたの。それを拾って、中を見たらね、見ちゃうでしょ、普通。何だかごちゃごちゃ書いてあって、日々のメモ、日記みたいな感じだったかな。けど真ん中あたりのページに名前が並んでて、その上に赤ペンでバツ印がしてあってね、それがものすごいインパクトだったの。どうしてか、上手く言えないけど……一番端の名前が〝井野浩志〟だったからかしらね。それには、まだバツ印はついてなかった」

「その手帳は父に返してくださったんですね」

「ええ、直感的にこれは大切な物だって思ったから。返さなきゃいけないんだって。だから思い切って、連絡先のところに記してあった携帯番号に連絡してみたの。当時はスマホじゃなくてガラケーのころだったわ。わたしもバイト代でやっと買えたばかりで、ってそんなことはどうでもいい話だったわね。その日の内に、待ち合わせして無事に返すことができたの。小山内さん、お礼だってコンビニで山ほど食料品を買ってくれた。貧乏学生には大助かりだったな、あれ」

　原野が目を細める。過去を懐かしがっているわけではない。語っているのは思い出ではなく、父母の死や今、現在に繋がる話なのだ。

「手帳を返すとき、尋ねたのよ。『あの人、どうなりましたか』って。小山内さん、ちょっと目を伏せて『病院で亡くなったよ』と教えてくれたの。すごく暗い声だった。その声のせいじゃないんだけど、うん、まったく関係ないんだけど、わたし、どうしてあんなこと言ったのか自分でもわからなくて、『あの人が三人目なんですか』と……ほんと、ぽろって口から零れた感じでね。そしたら、小山内さん、急に真顔になって……ほら、小山内さんってちょっと目尻が垂れて、愛嬌のあるというか優しい顔つきじゃない」

「……ええ」

　父は顔つきも気性も優しかった。優し過ぎて、怯える母を放っておけなかったのだ。姉は丸みのある柔らかな目の形を父から譲り受けていた。和は父のどこにも似ていない。

「その顔を急に強張らせて黙り込んじゃって。わたし、慌てちゃった。尋ねてはいけないことを尋ねてしまったと気付いたから。それで、しどろもどろになって言い訳したり、謝ったりして、そしたら、小山内さん、真顔で『忘れなさい』と耳元で囁いたの。『きみには無関係なことだから、忘れてしまいなさい』。ぼそぼそっとした口調だったけど、はっきり聞き取れたわ。背中がぞくっとした。わたしは、とんでもない何かに触れてしまったんだと直感したの。そしたらね」

「猛烈に闘志が湧いてきたんだよな」

肥川がこぶしを前に突き出す。

「おまえは、そういう性質《たち》だよな。とんでもない何かや、あり得ないことに遭遇すると、がぜん燃えるタイプ。『忘れなさい』と言われれば、『絶対に忘れない。わたしの手で正体を引きずり出してみせるわ』なんて、やたらはりきっちまうんだ。おれとしちゃあ、前半の〝驚愕と恐怖に立ち竦む学生〟と原野律美が同一人物とは信じ難いね。かなり脚色してねえか」

「気持ち悪い口真似しないで。脚色なんか一切してません。あなたみたいに、口から出まかせが零れ出るような人間じゃないのよ」

肥川はにやりと笑うと、唇を窄め口笛を鳴らした。

「へへっ、けど、わかったぞ。おまえがどうして警察官を目指したのか。その直感のせいだったわけだ。とんでもない何かの正体を暴きたくて手っ取り早く、警察組織に潜り込んだのか。偶然の出逢いに人生が狂っていく女の物語。いいね、おもしろいじゃないか」

「あなたと出遭ったことが、わたしの人生の唯一の狂いだわね」

「原野さん」

カササギが窓に向かって、顎をしゃくった。

「愚図愚図してたら夜が明けちゃいますよ。いちいち肥川さんに構わないで、話を前に進めましょう。あなたは小山内さんの手帳の中身を見た。おそらく取材日記みたいなものだったのでしょう。そこに名前を記されていた三人、それは厳信幸太郎、相川里佳子、井野浩志だったんですね」

「そうよ。そこだけは覚え込んだわ」

「そして、自分で検索してみた」

「ええ、三人ともが数か月の内に亡くなった人たちだと知って、また、背中がぞくっとした。でも、そこまでよね。たかだか、一介の学生にそれ以上のことが調べられるわけもないもの。けど、警察官を仕事にしようって気持ちにはなれたわ」

「ほらみろ。おれの言った通りじゃねえか」

原野と村井に同時に睨まれ、肥川は黙り込んだ。

「それが、わたしとあなたのお父さまとの出逢いだったのよ、明海さん。でもね、後日談があってね。わたしが大学を卒業する二か月ほど前に、また、小山内さんと逢ったの。よくよく縁があると言いたいところだけど、小山内さんの職場の新聞社とわたしの通っていた大学は同じエリア内にあって、偶然出逢っていても不思議じゃないの。それまでは見ず知らずの間柄だったから、そのまますれ違っていたんだろうけどね。小山内さん、公園のベンチに座ってた。すごく疲れた感じで、生気がなかったの。真冬で凍てついた風が吹き通ってるところに、一人、ポツンと座ってて。見ているだけで凍りそうだったな。わたし、自販機で温かなコーヒー缶を二本買って、一つを小山内さんに差し出したの。小山内さん、ちょっとぼんやりしてて、一瞬わたしのことが誰かわからなかったみたい。すぐに思い出してくれたけどね。コーヒー飲みながら、一、二分、おしゃべりしたかな。ああ、井野たちのことは一切、口にしなかった。わたしも小山内さんも」

手の中に温かなコーヒー缶があるかのように、原野は右手の指をそっと曲げた。

凍て風の中、父は一人ベンチに座っていた。それは、母が泣いて、怯えていたころになる。風の向きで潮の香りが漂うあの町に越していく、少し前のことだ。

「それで、別れる間際に小山内さんに警察官になりますと告げたの。小山内さん、『そうか』と言ったきり、暫く黙っちゃってね。何となく気まずくて、わたし、立ち去ろうとした。一礼して、『さようなら』って。そしたら、呼び止められて……」

原野が口をつぐむ。息を呑み込み、僅かにかぶりを振る。

「呼び止められて、尋ねられたの。『原野さん、きみはプレデターを知ってるかい』と」

とっさに、和はカササギを見やった。その横顔にはどんな感情も浮かんでいなかった。

「知らないって答えたわ。本当に知らなかったんですもの。小山内さんは曖昧に笑って背を向けると、足早に遠ざかっていった。だから、問い返せなかったのよ。『プレデター？　それ、何なのですか』と。ねえ、明海さん」

原野がもう一歩、近づいた。村井がその背後に立ち、いつの間にか拳銃を構えていた。銃口はぶれることなく、和に向けられている。

「お父さまの代わりに教えてもらえるかしら。プレデターの正体を」

原野がゆっくりと噛んで含めるように、そう言った。

第八章　化け物の口

プレデター。

心内で繰り返し、カササギを見やる。

横顔からは、やはり、何の感情も読み取れなかった。

視線を原野に戻し、和は答えた。

「知りません」

原野も表情を変えなかった。薄く笑んだままだ。

「知らない？　本当に？」

「本当です」

原野の眼差しを受け止め、真っすぐに見返す。

「わたしは嘘なんかつきません。誤魔化したりもしていません。少なくとも、今、ここでは本当のこと、自分が本当だと信じていることしか言わないつもりです」

口笛が響いた。ピィーッと高く澄んだ音だ。

「いいぞ、明海。今のおまえはアラフォーの草臥れた中年じゃない。ぴちぴちの十代だ。活きがいいぞ。言い切るところが、かっこいいぞ」

肥川はそう言った後、また、口笛を吹いた。今度はメロディになっている。それが、一昔前に流行《はや》った青春ソングだと気づくのに、数秒かかった。当時、人気だったアイドルグループの曲で、確か高校野球の全国大会、甲子園《こうしえん》の行進曲にも選ばれたはずだ。

「わたし、草臥れてなんかいませんけど。アラフォー＝草臥れているなんて、あまりに定型で凡庸な発想です。恥ずかしくないんですか」

「十代を〝ぴちぴち〟と表現するのも、定型で凡庸よ。恥ずかしいわね」

和と原野に咎められ、肥川が肩を窄めた。一瞬だが、眼の中に皮肉な光が走る。

嘘をつかない。真実を語る。

そう断言しちまって、大丈夫なのか。十代の、何にも知らない若造とは違うんだ。かっこつけて後悔しても知らねえぞ。慎重になれ。臆病にも、用心深くもなれよ。

肥川の眼が無言で語る。

若さゆえの愚かさが、ある。ぴちぴち飛び跳ねれば、穴に落ちる可能性も高くなる。

わかっている。伊達に四十年近くも生きてきたわけじゃない。だが……。

「原野さん、プレデターについて、わたしはほとんど知りません。父の手帳にも、一言も記されていませんでした。走り書きにさえ、なかったです」

ここは正直に、嘘なく語らなければならない。でないと、突破できない。

「小山内さんの手帳にも……なかった。でも、小山内さんは確かにわたしに尋ねてきたのよ。きみはプレデターを知っているかって。あれは聞き間違いじゃない。リアルな声だった」

原野は指で自分の顎を撫で、ぼそぼそと呟く。ほとんど独り言だ。

「でも、そうよね。さっき、わたしがプレデターと口にしたときのあなたの反応。ほとんど何も知らないって感じだった。あれは演技じゃなかったわね。じゃあ」

原野は視線を和からカササギに移した。

「そっちの坊やは、どうなのかしら？」

カササギの横顔は硬いままだった。返事はない。和は呼吸を整え、カササギに身体を向けた。膝の上でこぶしを握る。そして、問う。

「カササギ、あなた、プレデターが何なのか知ってる？」

もう百年も経ったように感じるが、昨日の出来事だ。

カササギのインタビューの最中、突然に襲われた。閃光弾、銃声、悲鳴、自動小銃、若い男たち、海水の冷たさ、足漕ぎボートの錆びた臭い、そして、カササギのあの一声。

みんな逃げろ。プレデターだ。

次から次へと様々な事が起こり続け、じっくり振り返る余裕などなかった。さっき、頭の隅を過りはしたものの、すぐに彼方に追いやっていた。改めて記憶をまさぐれば、今、聞いたもののようにくっきりと耳奥にこだましてくる。

みんな逃げろ。プレデターだ。

「何か知ってるよね。それを話してくれない」

問うのではなく、命じるのでもむろん、ない。乞うているのだ。

教えて欲しい。知りたい。知らなければいけない。

「そういえば」

カササギが短い息を吐く。

「明海さんから取材費をもらったままだった」

「え？　あ、そうだ、そうだ。あまりにいろんなことが起こっちゃったから、インタビューどころじゃなかったものね」

「あれ？　忘れてたんですか。じゃあ、もういいかな」

「いいわけないでしょ。そっちの要求通りの額を渡したんだから。答えてもらわなきゃ」

カササギに支払った金は、和にとっては大金だ。ただ、カササギが本気で応じてくれるなら、決して高くはない額だと納得している。

「全額じゃなく半額でしたけどね。でも、おれもネコババを決め込むつもりはありません。答えられることには答えます。ただ、今、ちょっとした衝撃だったもんで……」

「衝撃？」

「ええ、気分的にね。何だか頭がくらくらして、落ち着かないや」

カササギは指先でこめかみを触り、ほんの数秒、目を閉じた。

意外だった。出逢ってから、さほどの時間が経っているわけではないが、カササギが何かに動揺したり、狼狽えるとは思っていなかった。どんなときでも混乱せず、冷静に、その場での最善の道、最良の方法を選択できる。

そんな風に感じていた。

しかし、よくよく考えれば、そんなことはあり得ない。生身の人間なら思いがけない現実に、突然、出来《しゅったい》した事件に、戸惑うことも慌てふためくこともあるはずだ。ない方が不思議だ。まして、カササギは若い。とても若い。どんな過去があるのか見当もつかないが、生きるための根を張っていくのはこれからだろう。揺れ動いて当然ではないか。

ただ、今、カササギが何に衝撃を覚えたのか、そこは押さえておかねばならない。和は唾を呑み込んだ。「あなたは何に衝撃を覚えたのか」。その問いを口にするより早く、カササギは目を開け、原野に顔を向けた。鋭くはないが、冷ややかな眼差しだ。

「卑怯ですよね、原野さん」

原野の眉間に皺が寄った。

「丸腰の相手に銃を向ける。それ、脅しのつもりですか。脅しながら、正直にしゃべれと要求する。卑怯で威圧的で、姑息でもある。そうでしょ」

「おお、そうだ、そうだ。その通りだ。卑怯だぞ、リッツ。やだね、国家権力を笠《かさ》に着て自白を強要するなんて最低だね。強権そのものだ。人としていかがかと」

肥川が口を閉じて、両手を上げた。村井が銃の的を和から肥川に移したからだ。

「あ、いやいや、冗談だ。冗談に決まってるだろう。はは、そんな本気になるなって」

「村井、もういいわ」

原野がかぶりを振る。村井は一歩退くと上着の胸に銃をしまった。肥川が露骨なほど大きな音を立て、吐息を漏らす。

「あなたたちが嘘をつく気はないと理解したわ。脅すような真似をして悪かったわね。謝ります。ごめんなさい」

原野は頭を下げ、もう一度「ごめんなさい」と詫びた。

「原野さんは正直にしゃべったんですよね」

カササギの物言いは、もう平静に戻っていた。揺らぎはない。

「小山内さんとの出逢いも含め、正直にしゃべった。ですね？」

「ええ。何一つ、隠していないつもりだけど。小山内さんと初めて出逢ったの、もう三十年近くも前になるけど何も忘れてないわ。一つ一つがはっきり思い出せる」

原野が僅かに胸を張る。

「その小山内さんに逢うために、あなたは小山内一家が移り住んだ町にやってきた。えっと、明海さんのお母さんの故郷でしたっけ」

カササギと目を合わせ、和は頷いた。

母の故郷であり、和の故郷とも言える町だった。あの当時でも、人口は六万をきっていた。今はもっと減って、五万足らずになっているだろう。全国的にほどほど有名な観光地と県庁所在地の都市に挟まれて、ひっそりと存在している。そんな町だ。

駅近くの十二階建てのホテル。その最上階にあるレストランに向かう途中で、あの事故は起こった。

「二十三年前といえば、あなたはもう警察の一員だった。仕事ではなく、あくまで個人的な事情で小山内氏に逢いに行った。その理由は？」

原野が顎を上げる。口元に皺が寄って、急に老けて見えた。

「質問の応酬になるわねえ。わたしは、プレデターのことを知りたいんだけど」

「関係あると思います」

束の間、部屋の中が静まった。誰もが口を閉ざす。肥川でさえ、まじまじとカササギを見詰めたまま無言だった。

「原野さんが小山内さんに逢おうとしたことと、プレデターは無関係じゃない」

カササギの低い声が、しっかり耳に届いてくる。部屋はまだ、静まり返っていた。

原野が振り返り、村井に一言だけ告げた。

「あれを映して」

「はい」

村井がホログラフィー装置に手を置く。さっき三人の男女の写真が浮かんだ空間に、また、新たな映像が現れる。これも、一枚の写真だ。

数人の男女がグラスを手に談笑していた。男女の後ろには、白いクロスを掛けた丸テーブルがあり、黒い背広姿の男がトレイに載った飲み物を差し出している。どこかのホテルで催された立食パーティのようだった。

「これは、わたしが小山内さんと出逢う前に写されたもの。だからずい分と古い写真になるわね。で、ここにいる男だけど」

　原野は、胸ポケットからペンライトを取り出した。写真の右隅にいる男に青い光を当てる。男はやや前屈みになり、テーブルの上の料理を小皿に取ろうとしていた。

　仕立てのいいスーツを着て、均整の取れた身体付きをしている。あまり若くはなさそうだ。

「菅井直介《すがいなおすけ》、当時五十八歳、正東《せいとう》大学政治経済学部教授です。専門は都市経済学。経済的な能力の高い都市部を繁栄させることで経済成長を促し、国力を底上げし、その恩恵を地方に波及させる。簡単に言えばそういう趣旨の論文、著作を多く発表しています」

　村井が先刻と同様に淡々と説明する。口調は平坦《へいたん》だが声質がいいのか、よく通り聞き易《やす》い。

「国家規模のトリクルダウンってやつだな。んなこと、通用しねえって嫌というほど思い知らされたじゃないかよ。シャンパンタワーじゃねえんだ。幾ら上からじゃぶじゃぶ注いだって、下側には落ちちゃこないんだよ。恩恵なんてどこにも波及せず、てっぺんにいるやつらだけが貪《むさぼ》り食った。その結果が今の現実じゃないか」

　肥川が毒づく。松坂医師が軽く咳き込んだ他は、誰も口を開かなかった。

　不意に映像が変わった。

　今度は動画だ。

　マンションと思しき建物の前に救急車とパトカーが止まり、赤色灯が回っている。おそらく夕暮れ時だろう薄暗い風景の中で、どくどくしい赤色が不気味に光る。

　ドラマの撮影？　いや、違う。

　和は目を見開いてホログラムを見詰めた。

間もなく救急車はその場を去り、警官が青いシートを広げ始めた。覗き込もうとして、追い払われている人の姿も見える。

これは現実だ。過去ではあるが現実なんだ。

撮影者は山茶花《さざんか》か椿《つばき》の生垣越しにいるらしく、ときどき楕円形の光沢のある葉が映像の隅に現れる。まだスマホが普及する前なのだろう、小型のビデオカメラを使っているらしい。画像はお世辞にも鮮明とは言えないが、その分、生々しくは感じられた。

「え、何よ」

「何か人がマンションの屋上から落ちたっぽい」

「うわっ、ここ、高層マンションだよ。グシャグシャじゃない。やだ、そんなの撮らないでよ。ヨリコの結婚式のビデオの後に自殺のが続くなんて、最悪じゃない」

「自殺かどうかわからないだろうが。誤って落っこちたのかもしれないし、突き落とされたのかもしれないし」

「どっちにしても、止めてよ。縁起でもない。そんなの撮ったら呪われるんだから」

「ああ、でもシートで目隠しされちゃどうにもなんないな。けど、救急車が帰ったってことは、やっぱ死んじゃったんだなあ。気の毒に」

「このマンションから落ちたんだよ。生きてるわけないでしょ」

若いカップルのものらしいやりとりが、意外にはっきりと聞こえた。

映像が再び変わり、うつ伏せに倒れた男の写真になった。

死んでいる。

何の説明もいらない。一目瞭然だ。

右手と左足は妙な具合に曲がり、黒っぽい血の塊がうつ伏せになった頭部から広がっている。

周りに血痕や脳漿《のうしょう》が散っていた。

「うわっ、エグ」

肥川がなぜか手を合わせて、拝む真似をする。

「このエグい死体が、その菅井なんちゃらとかいうトリクルダウン先生のなれの果てか」

「解剖台で仰向けになったものもあるけど。お望みなら見せてあげるわよ」

「リッツ、悪趣味な冗談は止めといてくれ。で、この先生、自殺か他殺か事故なのか、わかってるのか」

「自殺よ」

原野が明確に答える。肥川が両目を細めた。

「断言できるわけか」

「限りなく百パーセントに近く、ね。亡くなるかなり前から菅井の様子がおかしくて、一人でぶつぶつ何か呟いていたり、夜中に起き上がって部屋中を歩き回ったり、不眠を訴えたりしていた。アルコールを摂取し続けていて、依存症が強く疑われる状態だった。これは司法解剖の所見にも明らかだったわ。肝臓及び腎臓に病変があったの。本人に自覚症状があったかどうかまでは不明だけど、肉体より精神的な異変の方が顕著だった。少なくとも周りの人たちにはね。だから家人の誰かが、常に様子を見ていて、近いうちに入院させるつもりだったみたい。亡くなった日も息子さんが一緒にいたんだけれど、ちょっと目を離した隙にいなくなって捜していたらしいの。で、マンションの管理人も一緒になって屋上に上がってみたら、菅井がちょうどフェンスをよじ登ってるところだった。大声で呼び止められて一旦は顔を向けたらしいけど、そのまま二人の目の前で飛び降りたって。そういう経緯。むろん、他に人がいた様子はなく、息子さんと管理人の証言も一致する。つまり、目撃者がいる自殺ってことになるのよ」

「なるほど、疑う余地はないってことだな。じゃあ事件性はないわけだ。あ、いや、待てよ。その息子と管理人ってのが口裏合わせて殺害って可能性もなきにしも非ずじゃないか」

「言われるまでもないわね。そのあたりの捜査に抜かりはなかったわ。息子さんはもちろん、管理人にも菅井を殺す動機なんて全くなかったし、そもそも接点すらほとんどなかった。ただ、気になったのは、菅井の遺書がなかったことよ。自ら命を絶つと決めたのなら、家族宛に遺書ぐらい残すんじゃないかって思えたの」

「追い詰められて、遺書を書く精神的な余裕まで失われてたんじゃないのか」

原野がいかにも嫌そうに口元を歪める。

「当時の上司と同じ台詞だわ。その通りかもしれない。菅井は遺書を残さなかった。残したけれど誰かに盗まれた。あるいは破棄された。どちらも同等の可能性があるでしょ。なら、捜査する必要があるんじゃないかって、上司に食い下がったの。当時は所轄に勤務していて、管轄内で起こったことをうやむやにしたくなかった。まだ二十代で、怖いものがないくらい若かったから、何でも言えたわ。上司が理解してくれたのか、捜査終了のためにある程度までは形だけでも調べなきゃならないと判断したのか、単にうるさい若造を持て余しただけなのか、それなら、おまえ一人でやれって言われて……、ま、望むところだけどね。それで、ご遺族から話を聞かせてもらったり、遺品を調べさせてもらったりしたの。結果を言えば、遺書は出てこないまま、各所見から自殺に間違いないところに落ち着いた。一件落着よ。そう、わたしとしてもどうしても納得できないほどの結論じゃなかった。それより、菅井の書斎で見つけた写真、さっきの一枚ね。あれに驚いたの」

映像が、パーティのものに戻る。

「わたしがなぜ驚いたか、わかる？　明海さん」

口頭試問をする教官のように、原野が質問してきた。「はい」と答える。

「テーブルの端にいる女性ですね」

「あら、さすが。いい眼をしてるわ」

「うん？　なんだ、なんだ？」

肥川が身を乗り出す。

テーブルの端、屈みこむ菅井に視線を向けて、ドレス姿の女が立っていた。華やかな顔立ちに艶のある赤いドレスがよく似合っている。

「あれ？　この女はどこかで……あっ、えっ、もしかしたらさっきの……」

相川里佳子だ。父の手帳に名前が記してあった三人の内の一人。

「相川里佳子だけじゃないですね」

カササギが囁きに近い小声で言う。「ええ」と、和も声を低くして答える。

「もう一人、いるわね」

「えっ、何だって。もう一人？　もう一人って誰だ？」

肥川が目をこする。視力は並かもしれないが、聴力はそうとうなものだ。

原野がペンライトを動かした。青い光がグラスを手に談笑する男女の輪に当たる。

「うん？　うん？　この中に知った顔が……ないぞ、一つもないぞ。何だこいつら、揃いもそろって、やけに偉そうな面してんな。こっちの女なんて、またえらく高そうな着物でめかし込んでるし。ぴっかぴかじゃないか」

「後ろですよ。肥川さん」

カササギに合わせるように、青い光が動いた。

和服の女の肩越しに、男の細長い顔が僅かに覗いている。光はそれを青く照らした。人々の話に聞き耳を立てている風にも見える顔つきだ。

「うー、誰だ、これは。ピントがボケてるぞ。それとも、こいつがボケッとした顔なのか」

「まったく、鈍いわね。よく見て。厳信よ、厳信幸太郎。公園で刺殺された元官僚」

肥川が息を吸いこんだ。暫くして、大きく吐き出す。

「つまり、なんだ。この写真には、小山内ファイルに名前のあった三人の内の二人までが写ってるってことか」

「ファイルじゃなくて手帳ですけど」

和の控え目な訂正を取り合わず、肥川はぼそりと呟いた。

「どういうこった」

カササギが映像に手を伸ばし、何かを摑もうとするかのように指を握り込んだ。

「原野さん、この写真は菅井教授が持っていたものなんですね」

「ええ。書斎の机の引き出しから出てきたの。遺族の承諾を得て、わたしが半永久的に預かることになってる。むろん、返せと言われれば、すぐにも返すけど、今に至るまでそういう申し出はないわね。夫人も亡くなったし、この写真のことなんか覚えている者はいないんじゃないかな」

「これを撮ったのは誰ですか」

「主催者側のスタッフだと思う。名前まではわからないけど」

「主催者というのは？　そもそも、これは、どういった集まりなんです？」

カササギの質問は的を射たらしい。原野と村井が目を見合わせた。奇妙な沈黙がおりる。黒犬が黙り込んだ人間たちを訝るように見回していた。

「主催は木崎大和《やまと》事務所、新春政局報告会というのが名目です」

村井が口を開く。先刻よりさらに硬く、冷えた口調だった。

「木崎大和って……今の首相の親父だよな」

肥川が、こちらはさっきよりずっと控え目な調子で尋ねる。肥川なりに厄介で危険な臭いを嗅いだのかもしれない。もともと保身のための嗅覚は、人一倍働く男だ。

「そうです。木崎の自伝によれば高度経済成長期のとば口に生まれ、その終焉《しゅうえん》とともに父親が経営していた町工場《まちこうば》が倒産、苦学して大学を卒業し、バブル経済の折、起業した不動産関係の会社で財産を築き、バブル崩壊後も時代のニーズを先取りし、当時まだ新興分野だったＩＴ関連企業、製薬会社を傘下に収めて発展し、今に至る。一九九×年、実業家としては一線を退き、政界に打って出る。衆議院選挙、与党より初出馬で初当選。要職を歴任後、二〇〇×年、与党総裁選に出馬、落選。同年、肺に変異が見つかり、手術。政界引退。翌年の選挙で長男の誠吾が二十代の若さで初当選。そして、三十六歳で内閣総理大臣となる。大和はこれを病床で大いに喜んだと、あります。自伝の最後は息子への、誠吾への称賛で埋め尽くされ、出版された当初は、『親ばかの見本』『自分と家族の自慢話しか載っていない』と、陰で酷評されたもようですが、木崎政権が長期化するにつれ、そういう批評は、いつの間にか消え失《う》せました。ちなみに大和はそれから二年後に亡くなっていますが、ご存じのように木崎総理は国民の絶大な支持を背景に、十四年に及ぶ長期政権を樹立しています。本人は大手新聞のインタビューで五十歳の誕生日を前に『五十而知天命』との論語の一節を引用して、『天命を全《まっと》うするために、もう一働きしたい』と述べ、さらなる政権維持に強い意欲を示していました。来年、予定されている総裁選にも、今のところ他の立候補者が現れる見込みは限りなくゼロに近いと言われています」

「すげえ」肥川が感に堪えないといった風に、首を横に振る。

「いやあ、すげえ。いやいや、総理じゃないよ。いつの間にかちゃっかりルールを改正しちゃって、多選ＯＫと決め込んだ大臣さまじゃなくて、村井ちゃんよ、村井ちゃん。マジ、すげえ。そんな長口上、カンペもなく言い切れるなんてすごいぞ、村井ちゃん。なるほどね、このパーティに、我らの総理大臣は出席してたってことか。まぁ、まだ紅顔の少年って歳だろうけど、襁褓《おむつ》をつけてヨチヨチ歩いているほど幼くもなかろうからな」

原野が振り向き、視線で合図する。村井が操作すると映像が三度《みたび》、変わった。

「菅井の引き出しには、他にも同じパーティのものと思われる写真が何枚か入ってたの。そのうちの一枚がこれなんだけど。この右隅に立っている少年、わかる？」

わかる。青い光で示されなくても、十分に認識できる。

背の高い白髪の男と向き合って笑みを浮かべている少年には、現総理大臣の面影が確かに見て取れた。制服らしい紺色のブレザーと同系色のズボンという格好だ。

「ちなみに、この白髪の男は当時の経団連《けいだんれん》の副会長。この三年後には会長になった大手ゼネコンの経営者よ。十七とか十八で、そういう相手と臆せず会話をしているんだから、まあ、たいしたものね。すでに大物の片鱗《へんりん》が見えているってとこかしら」

「臆せず話してるかどうかなんて、わからんさ。内心はビビりまくってるかもしれないだろうが。若いイケメンには点数が甘くなる癖、まだ直ってないな」

「その分、いいかげんで小狡い中年には厳しいけどね。ふふん、まあいいわ。ともかく、木崎誠吾もこのパーティには参加していた。彼は正東大学政治経済学部に進学して、菅井の許で学ぶことになるんだけど、このとき、挨拶ぐらいはしているでしょうね。大和も優秀な息子を各界のお歴々に披露する心づもりがあったんでしょうから」

「話の流れを、木崎より原野さん自身に戻してください」

カササギが元夫婦のやり取りを遮る。

「相川里佳子、厳信幸太郎、そして、菅井直介、この三人が一枚の写真に収まっている。原野さんは、それを不審に感じた。ですね」

「わたしでなくても感じるでしょ。ばらばらだったピースが突然、ぴたっと合わさった感覚がしたわ。もっとも、それはほんの一部で他のピースがどこにあるのか、完成したらどんな絵になるのかさっぱりわからないのだけれど。昔も今もね」

「それで小山内さんに逢おうと決心した？」

「決心とか決意とか、そんな大げさなものじゃなかった……でも、薄らいでいた小山内さんの記憶がどんどん濃くなって、逢ってじっくり話がしたいって気持ちは強くなっていったのよ。だから思い切って行動することにした。まずは、小山内さんに連絡をとってみたのよ。地方の新聞社に勤務していることは、すぐにわかったから」

「なるほどね」

　カササギが呟いた。

　今ほどではないが、かなりの速さで情報のデジタル化が進んでいた時期だ。個人情報が収集され、〝ビッグデータ〟と呼ばれる大量で複雑なデータが国の中枢部に集積される。その仕組みが徐々にではあるが確実に構築されていった年月でもある。

　まだ若く、末端要員に過ぎなかったとはいえ、警察組織に属する原野が、市井《しせい》の一個人の連絡先を入手するなど、何ほどの苦労もいらなかっただろう。その気にさえなれば、年収、勤務態度、暮らしぶり、家族構成、趣味、ここ数か月の行動範囲等々、小山内憲久を、父を情報的に丸裸にすることも可能だったに違いない。

　原野が立場を利用してそこまで踏み込むとは、思えない。為人《ひととなり》など何も知らないが、これまでの話や肥川とのやりとりを聞いている限りにおいては、とことん冷酷でも、威圧的でもないと感じられたのだ。甘いかもしれないが。

和は微かな息苦しさを覚えた。

今に始まった苦しさではない。ずっと、纏わりついているものだ。

いつから？　いつからだろう。

行動様式も売買履歴も金融資産も、日々生きることそのものがデータ化され、数値化される。そんな現実に慣れてしまったころからだろうか。

慣れた。慣らされた。馴らされた。いつの間にか、知らぬ間に。

喉を押さえる。

知らぬ間、ではない。薄々とでもあった違和感をさほど気にしなくなった間に、だ。

喉から手を離し、下腹に力を込める。

「それで、父に連絡を取ったのですか」

カササギより先に問いを口にする。口の中が乾いて、いつもより声がくぐもっていた。

「ええ。手紙を出したの」

手紙。ずい分と手間のかかるやり方だ。二十年以上前とはいえ、すでにメールも携帯電話も十分に普及していた。もっと手っ取り早く連絡を取る方法は幾らでもあったはずだ。その簡単便利なやり方を原野はあえて選ばなかった。その理由は十分に理解できる。

「さすがに慎重ですね」

カササギが唇の端を微かに持ち上げた。

「手間暇はかかっても、外に漏れる危険性は意外に低いですからね。上手いやり方だ」

「お褒めにあずかって、嬉しいわ。わたし、子持ちの狐みたいに臆病で用心深いの。当然、小山内さんからの返事も手紙だった。封筒には差出人の名前さえなくて、わたしより、ずっと用心していたみたい。もっとも、逢うのは断られてしまったんだけど」

「断った？　父が逢いたくないと言ったんですか」

「そうよ。今は、逢わない方がいいって。もう少し時間が必要だから、待ってくれとも書いてあったわ。メールでも電話でも不用意な接触は避けてくれとも。ただ、手紙の最後は、〝ぼくは、最後までジャーナリストでいたい〟って一文で結ばれてたの」

ぼくは、最後までジャーナリストでいたい。

胸の内で繰り返してみる。決意ともとれる一文に、父は何を込めたのか。答えが薄っすらとだが、見えてきた気がした。

「その手紙の内容は小山内さんたちの死と繋がっていると、原野さんは思いますか」

カササギの言葉に、珍しく原野の黒目が泳いだ。

「……わからないわ。結局、小山内さんとは逢えず、話も聞けないままになってしまったから。でも、わたし、どうしても逢いたくて、結びの一文を読んだら余計に逢いたくて……だって、ジャーナリストでいたいってのは、報道すべき何かを摑んでいて、どんな制約や困難があってもそれを公にすると決めている。そういうことでしょ。じゃ、その何かがなんなのか、気になるじゃない。小山内さんは一言も触れてなかったし、迂闊に触れられもしなかったんでしょうけど、わたしは知りたかったの。わたしが警察官だから敬遠されているのかもとも考えたりして、それで、奇襲しようかと……」

「奇襲？　ああ、アポなしで逢いに行ったってことですか」

「そう。直接、訪ねていけば小山内さんも追い払ったりはしないはずだなんて考えて……若かったことを差し引いても、あまりに常識知らずの行動よね。今でも恥ずかしいわ」

原野の頰が赤らむ。五十歳に近い原野には、若さに支えられた艶や張りは失せている。けれど、その分、落ち着いた、根も芯もある色香が具わっていた。

肥川さん、きっと、一目惚《ぼ》れしたんだろうな。

こんなときなのに、和はふっと考えてしまった。

当の肥川は空咳を繰り返した後、天井などを見上げている。口はつぐんだままだ。

「それで、ちょうど同期の一人が所轄にいたのを利用して、つまり、同期に逢いに行くのを口実にして、小山内さんのいる町にやってきたの。あ、もちろん本当に同期を訪ねたわよ。交通課に所属していて、勤務終了後に食事をしようって約束してた。ええ、その食事の後、小山内さんを訪ねるつもりだった。夜遅く訪ねていったほうが追い返される可能性が少ないと……やっぱり、常識に欠けるわよね。話せば話すほど恥ずかしくなる」

「でも、結局、小山内さんには逢えなかった」

カササギの口調は高くも低くも、温かくも冷たくもなったわけではないのに、どこか他人を突き放す響きがあった。和は無意識に指を握り込んでいた。

「そう、逢えなかった。交通事故の死亡者が小山内夫婦だと知ったときは……嘘じゃなく、息ができなくなった。目の前が暗くなって、気が付いたら同期に抱えられていたわ。ショック性の脳貧血を起こしたの、後にも先にもあのときだけよ」

無残に傷んだ両親の顔がよみがえってくる。父は特に酷かった。頬も鼻も顎も潰れて、人の顔の形を留めていなかった。なのに。目のあたりだけはきれいだった。掠り傷もなく、静かに瞼を閉じていた。

惨《むご》いまでの姿。でも、それが理由で原野は脳貧血を起こしたわけではないだろう。

「原野さん」

いつの間に握り締めたか覚えのない指を、開く。ぼきぼきと不穏な音がした。耳底で響いたから、和にだけ聞こえた音かもしれない。

　原野が下唇を舐めている。瞬きもせずに、和を見ている。

「あの事故と原野さん自身は関わり合っているとお考えですか。つまり、原野さんが無理やり父に逢おうとしなければ、あの町を訪れさえしなければ、そういう行動をとらなければ、事故は起こらなかったと、そんな風に考えたことはありますか」

　ところどころ掠れる声が嫌だ。感情を気取《けど》られないほど淡々と語りたい。

「何度も」

　と、原野が言う。下唇が濡れて紅い。

「何度も、何度も、何度も考えた。わたしの軽率な行動が小山内さんを殺してしまったんじゃないか。もう少し理性的に、慎重に動くべきだったんじゃないかって。小山内さんは、とても用心していた。身近に危険が迫っていると感じていたのかもしれない。なのに、わたしは、その用心をぶち壊してしまったのかも……」

「あのころのリッツはひどかったな」

　松坂医師が唸りに近い声音を出した。

「ひどかった。食べられず、眠れず、足元さえ覚束なくて、一時に十も老けたようになってな……。見ていて辛かった」

「自分一人では抱えきれなくて、先生に縋ったんですよね。明海さん、いろいろ言ったけど、わたしがすぐにあなたとあの時の少女を重ねられなかったのは、記憶が曖昧になってたのも大きな要因だと思うわ。脳貧血で倒れた後からあなたに逢ったころまでは、まだ、気持ちはしっかりしていたつもりだった。けど、ショックって少し遅れてやってくるものもあるのね。じわっと心が変形していくみたいで……あのときの記憶に薄い膜がかかったみたいで……あなたのことも曖昧になってた」

　眼間《まなかい》にまだ、薄い膜が張られているかのように、原野が手を横に振る。

「小山内さんとは、たった二度、それもほんの短い時間を過ごしただけなんだけど、何というか特別な人なの。変な意味じゃなくて、えっと……何て言えばいいのかな、えっと、この人はプロだなって感じられて、そんな風に感じさせてくれる大人が、それまで周りにいなかったから、それで惹《ひ》かれたんだと思うんだけど。初めて逢ったのは学生のころだし、しかも、強烈な事件に関係してたんだもの。よけいに深く心に残ったんでしょう。その人があいう死に方をした、自分も関わっているかもしれない。なんて考えたら、もう、パニックになっちゃって……先生がいてくださらなかったら、どうなってたのか……」

　松坂医師が緩慢な仕草で、かぶりを振った。医師自身が疲れているようだった。

「立ち直っていたさ。時間は多少かかったかもしれんが、立ち直っていたはずだ。その証拠に、おまえは一度も警官を辞めるとは言わなかったぞ」

　原野の唇が震えた。視線は和から外れない。

「警察官を辞めようとは考えなかった。警察官として全力で真相を明らかにするつもりだったの。小山内さんの死がただの事故死とは、どうしても思えなかったのよ。わたししか真相を究明できないって、何とかしなくちゃと……」

　原野の視線が揺れた。

「でも……無理だった。事故として処理された一件を覆すなんて、わたしにはできなかった。薬物中毒のトラック運転手が誤って、走行中の自家用車に突っ込んだ。全ての状況はそれが事実だと示していて、覆す隙なんかなかった。焦ったし、あがいてもみたけど、何の手立てもなくて地方の町で発生した交通事故に関わり続けることができなくて……、わたし疲れちゃって、疲れてしまって……。そのうち、警察機構の大きな変革があって、北と南に分かれた機構の一方で、わたしはそれなりに昇進していったの」

「それなりじゃないですよね。トップまで上り詰めたんだから」

「カササギくん、それ皮肉？」

「とんでもない。それこそ、事実でしょう。原野さんが統括官の地位にいるのも、その過程で小山内さんの事件を忘れようとしたのも」

原野の表情がみるみる強張っていく。

そうだ。原野は忘れようとした。

父の死の真相を明かすことを諦めた。そして、女性初の北部警察機構のトップに就いた。

責めるつもりはない。責めることなど、誰にもできない。原野は正直に、過去を語った。それだけで十分だ。黙っていても差し支えない、黙っていれば〝今の自分〟に傷がつくことはない。わかった上で、黙っていなかったのだ。

それだけで十分……。違う、そんなわけがない。原野の個人的な感情とは別に、真相は暴かれなくてはならない。父母の死を無駄にはできない。

和は原野から目を逸らさない。

「父は手帳を遺《のこ》しました。気が付いたのは、両親の葬儀が終わった後です。わたしの通学カバンの底に入っていました。父が隠したんだろうと思います。他に考えられませんから。その手帳には、確かに相川里佳子たちの名前がありました。厳信、相川、井野の名前は大きなバツ印で消してありました。原野さんの話の通りです」

原野はやや前屈みになり、一歩、前に出てきた。

「でも、それだけじゃなかったわよね。あれは、小山内さんの取材手帳でしょ。他に、別の記述もあったわよね。手帳の半分以上にびっしりと書き込みがしてあったもの」

「そうです。父の取材したこと、調査したこと、それに推理したことなどが細かく記されていました。最初は戸惑いました。わたしのカバンに入ってたのですから、わたしに遺したもののはずです。でも、それなら、父は出かける前に予感があったのでしょうか。自分が死ぬかもしれないという予感が。そんなのおかしいんです。だって、父は母と姉と三人で出かけたんですよ。わたしだって、たまたま体調が悪くて留守番に回っただけで、そうでなかったら同乗していたのは確かです。父は忙しい人で家を空けることも多かったですが、家族は大切にしていました。とても大切に。その家族を危険にさらすわけがないんです」

「では、やはりあの事故は正真正銘の交通事故で、偶然に起こったもの。そういうわけ？」

返答に詰まる。そうだとは答えられない。原野の話を聞けばなお、あれは事故を装った殺人だと叫びたくなる。その疑いはずっと和の内にうずくまっている。けれど、父の手帳を通学カバンの底に見つけたときから、別の疑念も胸底に座っている。

父さんは危険を察していたのだろうか。察しながら母さんや姉さんと出かけたのだろうか。あり得ない。それとも、どこかに仕掛けがあって、あり得ないはあり得るに変わるのか。マジシャンが白い薔薇《ばら》を一瞬で紅く変えるように、だ。

「ね、教えて。あの手帳には具体的に何が書かれていたの」

「それは……いろいろです。さっき言ったように取材についてのメモや、調査する場所や人物、推理してどこまで記事にするかの要点、スケジュール管理に関するものも多かったです。父が大手新聞社に在籍していたころのものがほとんどで、取り上げていた事件も古い物ばかりでした。解決済みと朱が入った箇所もありました。でも、気になったのは最後のページ近くに記されていた……」

「明海さん」

カササギに腕を摑まれた。痛いと叫びたいほどの力だ、鳥のタトゥーがひくりと動く。

「べらべらしゃべらない方がいいですよ」

「え……」

「その調子で何もかもを打ち明けちゃうつもりですか。ここにいる人たちをそこまで信用しても大丈夫ですか」

原野が屈みこんでいた身体を起こし、背筋を伸ばした。

「あなたは、大丈夫じゃないと思ってるの」

「ええ、少なくとも現総理大臣が関わっているかもしれない案件でしょ。原野さんは、明らかにそっち側の人間じゃないですか。信用しろっていう方が無理ですね」

村井が顔を歪めた。原野の口元も歪む。肥川と松坂医師は無言で立っていた。

「いいえ」

和はカササギの指から、そっと腕を離した。

「最後まで話すわ。あなたも一緒に聞いて、カササギ」

「明海さん」

「原野さんは、話せる限りのことを話してくれた。だから、わたしも話す。その後、あなたも知っていることを話して。全部とは言わない。あなたの判断でぎりぎりのところまで、言葉にしてよ。あなたは、少なくともプレデターがどういうものなのか知っている。それを話せるなら話して欲しい」

「明海さん、だから」

「信じるしかないのよ」

そんなつもりはなかったのに叫んでいた。サリナが身動ぎしたが、目は覚まさなかった。

「わたしには敵が誰かなんてわからない。敵味方の区別なんかつかないの。だから、信じるしかないでしょ。ここまできたら、一人では無理よ。少なくとも、わたし一人では無理なの。だから助けて欲しい。力を貸して欲しい。そしたら、信じるしかないでしょ。他に、わたしに道がある？　信じるしか、それしかないの」

手が震える。怖くて震える。他人を信じることがこんなに怖いとは知らなかった。でも、ここで口を閉ざしたら、全てが終わる。こんな終わり方を迎えるために、生きてきたわけじゃない。決して、そうじゃない。

「わかりました」

カササギが息を吐く。

「好きにするといい」

タトゥーの手が和の手を握り込む。

温かい。人の温もりが伝わって、震えは静かに治まっていった。

「前にも言いましたよね。殺されますよって」

温もりが遠ざかる。

「明海さんって、ほんと危なっかしい。いつ殺されても不思議じゃないって気がします」

危ないというなら、カササギの方がよほど危険な綱渡りをしているのじゃないか。

和は両手を重ね、胸を軽く押してみた。微かに漂うコーヒーの香りを吸い込む。

「父は、ずっとこの国のアンダーグラウンドで、組織的な人身売買が行われているんじゃないかと疑っていました。正確には、そういう組織ができつつあるのじゃないかと疑念を持っていたんです」

原野が足を引く。動いたのは原野一人だった。他の者は誰も、肥川でさえ指も動かさなかった。黒犬だけがカササギを見上げ、小さく鳴いた。

第九章　遥かな風景

息を吸いこみ、ゆっくり吐き出す。

深呼吸というほどのものではないが、空気が体内に流れ込んでくる。コーヒーの香りがさらに濃くなった気がした。

特に拘ってきた嗜好品なんて、ほとんどない。コーヒーも飲むけれど、インスタントのもので一向に構わなかった。マグカップに温めた牛乳をたっぷり注ぎ、そこにインスタントコーヒーと小さじ一杯のココアを溶かす。それが、高校生のときからずっと変わらない朝の飲料だった。十分に美味しいと思っている。けれど、今、鼻孔に触れる香り、松坂医師の淹れてくれたコーヒーの芳醇《ほうじゅん》さはなかった。

その松坂医師が問うてきた。

「人身売買だと？　それは現実の話か？」

「はい」

「つまり、売春とかの類のものだな」

「いえ、違います。性的なものだけじゃなく、もっと……」

「もっと？」

少し言いよどみはしたが、和はできる限り淡々と続けようとした。手帳はページの縁が擦り切れるぐらい読んだ。目を凝らし、父の筆跡を追った。内容は、ほぼ暗記できている。

「もっと範囲が広いというか……文字通り、人を売買する市場があった、いや、当時はまだできつつあったという段階なんでしょうか。父がどうやってその事実に気付いたのかまでは、はっきりとはわかりません。でも、父はずっと、この国のストリートチルドレンの実態を追いかけていたようです。なので、その取材のどこかで得た情報ではないかと。これは、わたしの推察に過ぎませんが」

父が記者だったころ手掛けた事件、発表した記事に関しては可能な限り調べた。未発表のものも含めてだ。父の遺品の中に自筆の原稿やメモ、実際の記事や資料らしきファイルなどがかなりあった。〝済〟とか〝破棄〟の判が押されたもの、既に解決済みの事件や古い災害についての記事など大半が用を終えてはいたが、その大半を除いた残りは今も手許にある。それによって、父の仕事の軌跡をある程度は知ることができた。ある程度に過ぎないが。

その軌跡の中にぼんやりと浮かび上がってきたのが、ストリートチルドレンという文字だった。薄っすらとしか読み取れないその言葉を和は父に代わって、追い続けてきた。

「ストリートチルドレンだと？」

松坂医師が呆れたように首を横に振る。

「この国ってのは、いったいどこの国なんだ？」

「日本です。日本の首都の話をしています」

和は身を捩り、白髪の医師に目をやった。松坂医師も和を見据えている。

「この国のこの都市に、ストリートチルドレン？　それはいつの話だ。戦災孤児ってことなら、もう九十年近くも昔のことだぞ」

「いえ、わたしは二十一世紀の……、今、現在進行形の話をしているんです」

挑むように顎を上げていた。睨みつける気など毛頭なかったのに、眼つきに険が滲んだのかどうか、松坂医師が身構える気配が伝わってくる。

和は少し慌て、目を伏せた。

「今の現実というわけか。なるほどな。Ｆゾーンから外なら、あり得るかもしれんな」

「それも違います。父が取材を始めたころ、この都市には今のようなゾーンは存在していませんでした」

都市再開発計画の名のもとに、目に見えない、けれど、確かな区域分けが本格化したのは、ほんの十年ほど前だ。そして、この十年間で完全に固定化した。来年は、第一次計画の終了と第二次計画の具体的な発表があると聞いている。

松坂医師の黒目が横に動き、原野をちらりと見やる。

「明海さん、もう少し詳しく説明してくれる？　じゃあ、この都市が今のようにゾーン化される以前から、ストリートチルドレンと呼ばれる子どもたちは存在したということ？」

「はい」

「でも、それって大きな社会問題じゃない？　虐待とかイジメとか家出とか、子どもの問題は度々取り上げられてきたけれど、ストリートチルドレンの存在が指摘されたことは一度もないし……だから、なんらかの対策が講じられたこともなかったでしょ。政府もマスコミもわたしたちも、何も気付かないままだったってこと？」

「はい」

原野が顎を引く。口元が歪み、明らかに不快な顔つきになる。

「えっと、あの……あ、松坂先生、これ、お借りしてもいいですか」

部屋の隅からホワイトボードを引いてくる。白板にフェルトペンで書き記す昔ながらの道具だ。

車輪が付いていて簡単に移動できる仕組みになっていた。ホログラフィー装置やリモートワークが増えてきたあたりから、あまり目にしなくなったが、この部屋の片隅には、ひっそりと置かれていたのだ。

「なんだ、なんだ。また、えらくアナログだな。明海、北部警察機構はホログラムだぞ。ホワイトボードで太刀打ちできるのか」

肥川がからかってくる。どんなときでもどんな状況でも、他人をからかわずにはおれない性分なのだろう。上司を無視してフェルトペンを握り、縦軸と横軸をざっと引く。

「縦は〝子ども〟をキーワードにマスコミで話題となった数を、つまり社会の注目度に近い数を、横は年を表します。ざっとした概要に過ぎませんが、だいたいの動きは摑めます」

一九九〇年から始まり、赤いフェルトペンで緩やかに上向いていく線を描く。ある程度まで上がったところで、線を下に向ける。上りより傾きが急だ。それから、青に持ち替え、二〇〇〇年を過ぎたあたりから線を引き始め、上へと伸ばしていく。こちらは頂点はなく、緩やかながら上り続けるのだ。赤と青二つの線が交差し、赤は下へ青は上へと離れていく。和は交差した点の下に二〇二〇～二〇二二と書き込んだ。

「うん？　なんのグラフだ、そりゃあ」

「大手新聞、商業雑誌、ドラマ、報道番組、映画等々、メディアが子どもの問題を扱った件数になります。赤線はネガティブなもの。青はポジティブなものです。ネガティブなものには、さっき原野さんが仰った虐待や家出も含まれ、他に病気や飢餓、戦争、ネグレクト、何らかの事件といった、子どもたちにとって不幸の色合いが強い単語を選びました。反対に青は、学力、体力、能力の向上、最適な教育、旅行、ファミリー向けプラン、体験、団らん、健康、笑顔、豊かな暮らし、希望、期待、自信、将来設計……プラスというか幸せな生き方に繋がるような報道などを抜き出しました」

「ふんふん、二〇二〇年あたりを境に、子どもに関していえば不幸な報道より幸せなものの方が増えてるってわけだな。めでたいこっちゃないか」

「子どもだけじゃないんです。そりゃあ、大人に関してもそうなんです。貧困、飢餓、限界、路上生活、破綻、孤独死、絶望、苦痛、悲嘆、そんなマイナスイメージの言葉がどんどん少なくなって、代わりに、子どもと同じように明るく、未来への希望を喚起するようなものが増えていきました。そして、そこに……」

黒いフェルトペンで赤と青の交差点から、上向きの線を引く。赤とは離れていくが、青とはほとんど重なるようにゆっくりと手を動かす。

「ふーん、今度は黒かよ。それは何を表してんだ？」

「尋ねるばっかりじゃなくて、少しは自分の頭で考えたら。仮にも、雑誌の編集をしてるんでしょ。想像力を働かせられないのかしらね」

原野がわざとらしく、ため息を吐いた。

「けっ、警察官僚なんかに想像力云々なんて言われたくないね。前例と規則と順守の三語しか頭の中に入ってないくせに。ふふん、じゃあ聞くけど、この黒線を何だと想像したんだよ」

「わからないわね」

「はぁ？」

「子どもの幸福度と比例してるってことかしら。だとしたら、何だろう？　村井、思い当たるもの、ある？」

「出生率でしょうか。このところ増加傾向で、少子高齢化の歯止めになるのではと期待されているそうですが」

「そうなの？　明海さん」

「違います。これは……」

黒のフェルトペンを握ったまま、カササギを見る。カササギが微かに頷いた。

「起点からすると都市再開発計画の進行具合、かな。第一次に関しては、二〇三三年で完遂。そう日を置かず、第二次に着手するってやつですよね」

「その通り、正解よ」

フェルトペンをボード横に付いているペン立てに戻す。指の先が微かに黒く汚れていた。

「え？　じゃあ、再開発が進んでゾーン化が顕著になるにつれて、子ども、だけじゃなくて、大人も幸福度が高くなってるって話かよ。そりゃあ、どうも眉唾だぜ。現実っつーか実態とズレてねえか。明海、ポンコツＡＩでも使ったのか」

「ＡＩは使っていません。あくまで、わたしが拾い上げたもの、拾い上げられる範囲での数字でしかありません。だから正確さには欠けると思います」

正直に告げる。正確さには欠ける。しかし、大きく間違ってはいない。

「でも、ＡＩよりは信用できるんじゃないですか」

カササギが手にしていたカップを置いた。さほど慎重な仕草とも見えないのに、音はほとんどしなかった。

「というと語弊があるかな。信用できないのはＡＩじゃなくて、ＡＩが分析した情報として発表される数値や動向。そのあたりじゃないですかね」

「なるほどね」と、肥川が相槌を打った。

「分析するのはＡＩでも、発表するのは各機関、つまり人間が関わっているからな。情報操作なんて簡単にできる。しかし、それはそれとして、このヘンテコなグラフの方は信用できるわけだろ？　明海が集めた情報を基にしているわけだから。けど、それにしちゃあ、こちとら庶民の実感とはズレまくってるな。少なくともおれは、未来が明るいなんて口が裂けても言えないがな。あ、個人的にじゃなくて社会的にだぞ」

「個人的にもお先真っ暗じゃないの」

原野がすかさず突っ込み、肥川が「おまえよりは、かなり明るいね。スポットライトとチョウチンアンコウぐらいの差はあるぜ」と返す。

絶妙な掛け合いだ。

この二人、ずい分と息の合った夫婦だったんじゃないかと、和は一瞬、笑みそうになった。その口元を引き締め、話を続ける。

「わたしはできる限り機械的に文言を拾いました。グラフはその結果です。実態はどうあれ、都市再開発計画が始まる前から社会の暗部や矛盾を追及する言葉は数を減らし、未来の希望を語るものが増えていったんです。計画が本格化するにつれ、その傾向は顕著になっていきます」

「情報操作ってことかよ。この都市に住む限り、未来は薔薇色だみたいな幻想をばらまくための……いや、まさかな。漫画や映画じゃあるまいし、そんな幼稚で露骨なやり方、一国の政府がやるもんか。仮にやったって、何ほどの効果があるよ。国民は馬鹿じゃねえ。実感とかけ離れた幸福感なんて受け入れるもんか。だいたいな」

「それがそうでもないようです」

肥川を遮るように、村井が口を挟んだ。パソコンを操作している。

「今、話を聞いて思い当たることがあり、検索してみました。統括官、よろしいですか」

「ええ、見せてちょうだい」

今度は天井近くの空間にホログラムが浮かんだ。

「これは国民の意識調査の結果を示したものです。政府が民間に委託して三年に一度、行われます。前回は二〇三〇年でした」

村井の硬い、平坦な口調に促されて、全員が空に浮いたグラフを見上げた。ホワイトボードの手書きとは違い、きっちりとした線と色合いでできている。

棒グラフの図だった。鮮やかに赤い棒状の線が右肩上がりに伸びていた。

「村井ちゃん、今度はなーんだよ」

肥川が妙に砕けた調子で、村井を振り返る。原野が顎をしゃくった。

「聞いてなかったの。国民の意識調査のグラフだって言ったでしょ」

「意識ってのは、何の意識か尋ねたんだよ」

「幸福を実感する人の割合って下に書いてあるじゃない。聴力だけじゃなく視力も老化してるんじゃない。老眼鏡、あつらえればいいのに」

「うるせえよ。それくらい、軽々読める……え、ちょっと待てよ。てことは、幸せを実感する者の数が増え続けているってことになるぞ」

「増え続けていますね。しかも、二〇二〇年以降はかなりの勢いです。前回のものだと、国民の七割、首都内に絞れば八割以上、九割近くが今の暮らしに満足し、自分は幸せだと感じているようです」

村井の声は低いけれど、するりと耳に入ってきた。濁っていないからだろう。

「九割か、はぁ、信じられんな。これも情報操作の一つか。かなり昔だが、統計局が基幹統計の数字をごまかしていたって事件があったな。あれと同じ？　もっと巧妙にか、大胆にか知らないが、お上が国民を騙くらかしてるわけか？　へぇ、恐れ入ったね」

口調は変わらず軽薄なままだったが、肥川の眼は少しも笑っていなかった。

「そうとも言い切れません」

村井は口調を変えない。感情のこもらない淡々とした調子で続ける。

「今年の初め、大手新聞二社が共同で同様の調査を行っています。首都圏を中心にした地域に限定されてはいますが、結果は政府のものとほとんど変わりません」

そのうちの一社は父のかつての職場だった。和も、共同調査の記事には目を通していた。興味があったからだ。

「そんなの、政府に忖度して適当な記事にしてるだけじゃねえの。官報をそのままなぞって『はい、どうぞ。お好きにご覧ください』ってなもんさ。おれが言うのもなんだけど、新聞に限らず今の大手メディアなんて信用できるところ、ほぼゼロだろうが」

和は肥川に顔を向け、かぶりを振った。

「何だよ、明海。異議ありってか」

「はい。わたし、その調査記事を書いた記者に直接、逢ったことがあるんです」

肥川の眉が持ち上げられた。

「他の取材現場で一緒になったことがあって、それだけの関わりですけど思い切って連絡してみたんです。紙面に載った調査結果に違和感を覚えたものですから。そしたら、意外にあっさり逢ってくれました。彼女曰く『この件で、誰かと話をしてみたかったけど、社内ではもう終わったことになってしまって、蒸し返すのが難しい』とのことでした」

「おいおい、まさかその記者が、おまえと同年代のイケメンだったってオチじゃなかろうな」

「彼女って言いませんでしたか。同年代の女性です。その人は不正は一切していない、調査結果は現実そのものだと断言しました。ただ、結果には違和感を通り越して衝撃を受けたとも言いました。もう少し、現状への不満や不平、不安が出てくると予想していたのに、あまりに意外だったと。嘘やごまかしを口にしている様子ではありませんでした。本当に戸惑っているといった感じを受けたんです。彼女はそれこそAIを使って、ネット上の言葉も分析してみたとのことでした。そこも、やはり、似たような風景だったとか。〝そこそこ〟や〝受け入れたら、楽になった〟〝今で十分〟など、幸せにつながる発言が溢れていて、不平不満、嘆きや怒りの感情に対し、嫌悪感や不快感を示すコメントも多かったんです。この資料を彼女から譲り受けました。『わたしが持っていても、何の役にも立たないから』と。彼女、他部署に異動になると言いました。どういう部署かは言わなかったし、わたしも尋ねませんでしたが」

息を吐き出す。視線を巡らせ、上司のところで止める。

「肥川さん、情報操作じゃないと思います。この都市の九割の人が現状を受け入れて、それで……自分を幸福だと思っているんじゃないでしょうか」

肥川が何か呟いたが、はっきりと聞き取れなかった。「馬鹿な」であったかもしれないし、「馬鹿馬鹿しい」であったかもしれない。

ホログラムが消える。ホワイトボードの手書きのグラフだけが残った。

「情報操作だけじゃなく、意識操作も行われた。いや、現在も行われている。そういうことになるのかな」

カササギが立ち上がり、指先でボードの隅を弾いた。

「メディアもネットもこぞって、明るい未来を謳えば、そこそこの暮らしができている人たちって呑み込まれるもんなんですかね。頭じゃなくて、感覚として受け入れちゃう。おれたちはそこそこ暮らしていける。そこそこ幸せなんだと納得してしまう」

「うっ」

肥川が小さく唸り、横を向いた。今年初めの、ｗｅｂ情報誌〝スツール〟の特集は〝身の回りの小さな幸福に気づく〟だった。

——生きていれば辛いことも、苦しいことも、腹が立つこともいっぱい、ありますよ。でもね。自分は不幸だ、世の中は間違ってるなんて憤ったり嘆いたりして、何か得なことあるかしら？　ますます、惨めな気持ちになるだけじゃない。それより、前を向いて、自分の周りをきちんと見直してみましょうよ。花壇に花が咲いている。親しい友人と久しぶりにおしゃべりをした。ゆっくりと美味しいお食事を味わえた。一年間、何とか健康でいられた。そんな些細なことが実は、とても意味のある幸せだってことに気が付いていていただきたいの。このインタビューをお受けしたのも、みなさんにそれをお伝えしたかったからですよ。

——思考というか、日々の気持ちを正しい方向に切り替えたら、それまでの怒りや嘆きや悲しみは、半分以上消えちゃうんじゃなくて？　え、わたくし？　そうなの、偉そうなことを言ったけど、この歳になってやっと、そこに気が付いたのね。だから、今はとても幸せ。おかげさまで心静かに、感謝と感激に満ちた日々を過ごさせてもらってますの。ほほほ。

巻頭を飾った往年の女優のインタビュー記事には、そんな発言と八十を超してなお艶《あで》やかな和服姿の写真が載っていた。

「なーんか、ビミョーに鼻につくよね、このインタビュー。チョー上から目線。ゆっくりと美味しいお食事を味わうなんて、一般庶民はそうそうできませんからね」

校正を手掛けたミチの苦口に、担当した井川は苦笑を返し、

「まあBゾーンの高級マンションに住んでいる御仁だからな。おれたちとは感覚がズレてるのは、確かだよなあ」

と、答えた。

「ずれまくりじゃない？　大丈夫なんですか？　ベタな上に、こんな押しつけがましい記事を載

せちゃって。読者、反発しちゃいませんかね」

「どうかな。おれもちょっと心配ではあるけど……デスクがこれで行けってんだから、行くしかないだろう。肥川さんって、当たる記事に対しての嗅覚、けっこう鋭いとこあるし。けど、最後の〝ほほほ〟だけは、さすがに消しとくよ」

　井川が指摘した通り、その特集にはかなりの反響が寄せられた。意見も感想もあったが、概ね、肯定的なものだった。

「前向き、前向き、それが一番。閉塞感があればあるほど、人ってのは単純で積極的、かつ発展的な言動を好むようになるんだよ。〝幸せの実感〟てのを簡単に手に入れられる指南書に飛びつく。で、そこんとこに上手く乗っかれば、いいわけ。それだけのことさ」

　肥川は嘯《うそぶ》いていたが、〝人の幸せの実感〟が巧妙に操作されていたとか、その操作に僅かでも加担していたとかは思案の外だったらしい。

　すねたような唇を尖らせた横顔は、少し歪んで見えた。

「ゾーン化が進めば進むほど、人の暮らしは分断、区分けされていきます。似たような生活環境の人々としか交わらないような状況が今は普通になっているはずです。再開発計画が本格的に着手されてから既に十年が経ちますが、十歳未満の子どもたちは、他のゾーンの住人と一度も接触したことがないという子がほとんどです。そして、二十代以上の、大人と分類される人たちの、どのゾーンの意識調査でも現状への不満より満足度が、変化より現状維持を望む割合が圧倒的に高いという結果が出てます」

　そこまで一気にしゃべり、和はほっと息を吐き出した。いずれ、記事にまとめて肥川に目を通してもらうつもりだった。しかし、その〝いずれ〟がいつになるのか、見通せなかった。和が書きたいことの大部分は、ここから先の話になるのだ。

「ゾーン外に比べれば」

カササギが呟く。

「でしょ？　明海さん。A、Bは別格として、C、D、Eどこも、下のゾーンに比べれば自分たちは幸せだと思っているし、F、Gの住人でさえ、ゾーン外に比べれば内側にいるだけマシだと考えている。そこに、受け入れやすい幸福論をばらまけば、満足度や現状維持を望む声は高くなるの、不思議じゃないですよね。身の丈に合った幸福を知り、それ以上は求めない。この国では美徳とされますもんね」

「自己責任ってのもありますよ」

村井が口を挟んだ。口調が変わっている。はっきりとは言い切れないが。硬質な感じが僅かに緩んだようだ。

「不幸も失敗も不遇も、全部、自己責任にしてしまう。自己責任だと思ってしまう。自分で責任を取らなくちゃならないと思い込むことも美徳にされてしまうんです。それで」

「村井、止めなさい」

原野がかぶりを振る。口振りほど眼差しは厳しくなかった。

村井は息を呑み込み、一礼した。そのまま、唇を固く結ぶ。

出逢って初めて見る、村井の感情的な姿だった。

「ようするに、政府がこれからさらに推進していこうとしている再開発計画によって、ゾーン化はどんどん固定化されていくってわけだな」

肥川がもごもごと言う。先刻までの勢いはなかった。あの巻頭特集を思い出し、些か肩身が狭いのだろうか。いや、それほど繊細な性質であるわけがないと、和は考え直す。

「けど、ちょいと話を戻してくれないか。この計画とストリートチルドレンってのは、どういう風に繋がっていくんだよ。明海のパパが追いかけていた問題、事故、さらに遡《さかのぼ》って、リッツに衝撃を与えた井野浩志及び厳信幸太郎と相川里佳子の死亡事件、さらにさらに、菅井直介の自殺、そしてプレデターだ。この、ごちゃごちゃややこしい相関図をすっきり見やすく、わかりやすく、整理してくれないかねえ」

肥川は聞いたばかりの人名を正確に口にした。松坂医師の言う通りちゃらんぽらんな人間ではあるが、関心事に限っての記憶力は一流だ。

和はカササギと目を合わせた。カササギが頷く。

この点頭には、どんな意味があるのだろう。判じかねる。それでも、どことなく励まされた心持ちになれた。

「ストリートチルドレンと呼ばれなくても、あるいはそんな認識をされなくても路上で生きるしかない子どもたちって、実は、ずっと以前から存在していました。深夜、繁華街にたむろしたり、補導されたりと社会問題になった時期もあったはずです」

「ああ、確かけっこう衝撃的な事件が続いたことがあったな。少年グループ同士が派手にぶつかって複数の死人が出たり、女の子たちの集団売春が摘発されたり、一時、騒がれちゃあいたが。しかし、そんな騒ぎは遥か過去のことって雰囲気だよな。正直、F、Gは別として、他のゾーンではここ十年、未成年者による犯罪や事件は皆無だ。A、B、Cに限れば犯罪件数そのものが激減していると記憶してるがな」

肥川を横目で見やり、原野が右肩だけを軽く持ち上げた。

「どうしたのよ。急に、辣腕のジャーナリストみたいになっちゃって」

「辣腕のジャーナリストなんだよ。昔も今もな。知らなかったのか」

「全く知りませんでした。初めて聞いたわね」

「けっ。まあいいや。警察官僚のお偉いさんなんて放っておくに限るってもんさ。で、今、この時代、この都市にストリートチルドレンなるものは存在するわけだな、明海」

「はい。昔も今も存在していたし、しています。その存在を認めるか認めないかが違うだけでしょう。原野さんと出逢う以前から、父はずっとその問題を追いかけていたようです。父の署名で、〝闇の子どもたち〟という記事が、数回にわたって紙面に載りました。夜の街をさまよう子どもたちを取材したルポです」

村井がキーボードを叩く。顔を上げ、左右に振る。

「駄目です、閲覧不可。その記事は既に削除されているようです」

「ええ、でも、わたしの手許には記事の切り抜きが残っています。貧困、虐待、親との確執など、さまざまな理由で家庭に居場所がない子どもたちの彷徨《ほうこう》とそこに関わって何とか支援しようとする大人たちの姿が書かれています。周りの支援で居場所を見つけ、自立できた子どもたちといった、ある意味、とても感動的な話もありました。でも、徐々に様相が変わっていって……」

「というと？」

促すように、肥川が顎をしゃくる。

「二〇〇〇年代に入って、家庭に居場所がないのではなく、居場所そのものがない子どもたちが徐々に増えてきたと。つまり、一家離散というか家族がばらばらになったケース、親が行方不明になって子どもだけ放り出されてしまったケース、いろんな形がありますが、家庭そのものが崩壊して行き場を失った子たちが目立つようになった。大半が経済的な問題が原因となっています。父の記事にはそこまでしか書かれていません。途中で打ち切られたのかもしれません。そのあたりの経緯は手帳にも記されていませんでしたが。ただ、父が新聞社を退職したのは、記事の掲載が終わって間もなくでした」

肥川が眉間に皺を作る。原野もよく似た表情になっていた。

「さっき、おたくの上司が言ったように未成年者も含めて犯罪件数は、ずっと前年を下回り続けているの。この国は、世界で最も治安がよくて、安全な場所になっているのよ。それに、未成年者が心身共に健全に育つように、数々の多岐にわたる施策が講じられてもきたはず」

和は原野と視線を合わせ、一度、瞬きをした。それからボードに手を伸ばし、指先で黒い線を押さえる。

「この再開発計画が本格化する少し前から、その傾向は顕著になり始めました。児童保護法の制定、十八歳未満の医療費の無償化、児童手当の拡充、様々な子どものための施策が発表されてきたんです。そして、犯罪件数の減少はこちらの」

赤い線に指先を移す。社会や人生の不幸、不満、不平などに関わる記事の数だ。下へ下へと向かっていく。このままだと、近い将来、ゼロになってしまうのではないか。

「線の動きと合致してます。不思議なほど重なってくるんです」

「それはつまり、我が国が犯罪のない安全で、安心できる、かつ、国民の満足度が高い幸せな国という証なのかしら」

「原野さん、そう思いますか？」

ぽろっと、問いかけが零れ落ちた。

北部警察機構のトップに立つこの人は、〝犯罪のない安全で、安心できる、かつ、国民の満足度が高い幸せな国〟を現実だと信じているのだろうか。

「わたしは答えるんじゃなくて、尋ねる立場のはずよ」

原野の口調に苛立ちが混ざり込んだ。意外なほど素直だ。感情を隠さない。これほどの地位にいながら、かなりの歳を重ねているにもかかわらず、無防備な少女のようだ。心内を隠したり、ごまかしたりする術を持っていないのか、あえて使わないのか。それとも、巧妙な芝居にこちらの目が眩まされているだけなのか。

「だから、もう一度、尋ねます。プレデターってなんなの。知っているなら答えて」

原野が腕を組み、和を見据える。威圧感があった。

素直で感情的なだけの人間じゃない。

原野から伝わってくる迫力に、改めて思う。何が潜んでいるかわからない迫力。

肥川さん、きっとそこにも惹かれたんだろうな。

和の後ろでカササギが立ち上がる気配がした。

「明海さん、前払いしてくれたのは約束した金額の半分でしたよね」

振り向き、首を傾げる。一瞬、何を言われたか理解できなかったのだ。

「え？　あ、ええ。そうだけど。でも前払いの分もまだ取材できてないでしょ」

「ここで、全部、やっちゃいましょう。そしたら、残りの半分も渡してくれますよね」

「そりゃあ、まあ……。でも、わたし、今そんな大金、持ち合わせてないな。あ、肥川さん、立て替えておいてください」

「おれが？　馬鹿言え。なんで、おれが金を払わなきゃならないんだ」

「取材のためです。スクープのためなら、お金どころか命も惜しむなって言ってたじゃないですか。立て替えぐらいしてください」

「いつの話だ」

「わたしが入社してすぐのころです」

「明海さん、無理よ。この男、自分に都合の悪いことは三秒で忘れちゃうんだから」

原野からは、もう迫力も少女の無防備さも消えていた。

「ああ、わかった、わかったよ。立て替えてやるさ。しかし、それは飽くまでカササギ坊やの話す内容による。しょーもないガラクタ話に金を払う気は毛頭ないからな」

「内容がガラクタかお宝か、ジャッジするのは肥川さんですか」

「当然だ」

「それ、フェアじゃないでしょ。しゃべるだけしゃべらせといて、つまらないから支払いなしなんて、卑怯な真似しませんか」

「絶対しないとは断言できんな。けどよ、カササギ坊や。もうここまで来たら、じたばたしてもしょーがねえだろうが。リッツも明海も正直にしゃべったじゃないか。本当に正直なのかどうかは、まあ、さておきだがな。ともかく、自分の恥ずかしい過去を晒したのは事実だろうよ。おまえも、それに倣うしかないんと違うか」

「恥ずかしい過去なんて晒してないわよ。本当に恥ずかしいのは、あなたに関わってた年月ですからね。そんなもの口が裂けても他人に語れるわけないでしょうが。あぁ、恥ずかしいなんてもんじゃない。今でも思い出すたびに居たたまれない気分になるわ」

　カササギが薄く笑った。冷笑や嘲笑ではない。噴き出しそうになった唇を何とか収めたと、そんな動きだ。この少年も冷え冷えとした気配を纏いながら、なかなかに豊かな感情を秘めているのかもしれない。

　和には、まだ、判断できなかった。

「このグラフ、消していいですか」

　和の返事を待たず、カササギがホワイトボードの図を消していく。赤と青と黒のぼやけた染みがボード全体に広がった。その上に、カササギは赤いフェルトペンで直径五センチほどの円を描いた。それを囲む一回り大きな円を、さらにもう一つ、もう一つ、もう一つ……。

「真ん中の円がAゾーン、その外がBゾーン、C、D……と続きます。さっき、原野さんが言った世界で最も治安がよくて、安心できる場所というのは、ぎりぎりDまででしょう。そこに快適で清潔で美しいを加えれば、範囲は狭まって、どう考えてもBまでです。そういう区分けがはっきりできています。当たり前ですよね。区分けをはっきりさせることが、都市再開発計画の目的なんだから」

フェルトペンが動く。中心の円を赤く塗っていく。

「人は慣れます。特にこの国の人々は環境に慣れやすい。おれの個人的な感覚ですが、諦めるのが早いというか、周りに同調する能力が高いというか、カテゴリーを決められたら、案外、さっさと順応しちゃうんですよね。それで、順応した世界の枠をまたぎ越したり、壊したりするのを嫌がる。自分たちでさらに枠を補強しちゃうんですよ。そう思いませんか」

問われたのが自分だと気付き、和は背筋を伸ばした。

「分相応の生き方とか、ナントカらしい振る舞いとか、そういうのなら確かにあるわね。というか、むしろ美徳とされているのかな」

「そう。でも、美徳では枠は壊せませんからね。大人たちは枠の中に収まって、順応していけるかもしれないけど、子どもはそうはいかないんです。いろんな意味でね」

肥川が薄ら笑いを浮かべた。こちらは、正真正銘の皮肉な笑みだ。

「若いエネルギーってやつか。抵抗の精神、変化への希求が原動力になって、その枠とやらを壊す可能性を持つってな。まあ、枠だのゾーンだの言ったって、要は格差の固定化だもんな。これがさらに進めば、完全な身分制社会ができあがる。若い者からしたら、窮屈でたまらんよなあ。声の一つも上げたくなるだろうぜ。なんだ？　なんでため息なんか吐く？」

「いいえ、肥川さんの発想、二十世紀のまんまなんだと思って……」

「はぁ？　おれの頭が古いって言ってんのか」

「化石化してますよ。年寄りは保守的で若者は常に改革を求めるなんて、いつの時代ですか。百年とは言わないけれど、四、五十年前でも通用しないと思います」

もごもごと動かした口を閉じ、肥川が黙り込む。

たしかに古い。そこに思い至ったのだろう。肥川にすれば本気ではなく、からかい気分の発言だった。それを軽く一蹴されたわけだ。

居住区に関わりなく、若者の大半は変化や改革を望んでいない。自分たちの今に充足している。諦めや失望に裏打ちされた充足であったとしても、不満を感じ足掻くよりも、今に充足する方を選んだのだ。そういう生き方をずっと強いられてきたし、他の生き方を見せてもらった覚えもない。

このゾーンで生まれたから、おれたちは、こういう生き方をするしかないでしょ。選択肢？　そんなもの端《はな》から考えてないけど。まあ、許される範囲で頑張りますよ。

インタビューした若者たちが異口同音に語っていた。百人近くに話を聞いたが、ある者は照れたように、ある者は屈託なく笑いながらそう答えたのだ。

そんな現状を肥川が知らないわけがない。

「彼らには価値がある」

カササギの呟きが、呟きであるにもかかわらず鼓膜に刺さった。

「価値？　生きる価値ってこと？　それなら、誰だって……」

カササギがかぶりを振る。

どんな者にも等しく生きる価値がある。真実ではあるが、きれいごとに過ぎない。現実は人に等しい価値など与えない。人生の意味にも命の重さにも違いを作る。

わかっている。でも、認めたくない。認めて、受け入れてしまったら前に進めなくなる。父が、そして母がなぜ死なねばならなかったのか。その謎に迫れなくなる。理屈ではない。感覚だ。和の芯にある感覚がそう告げているのだ。首都だろうが地方だろうが、ゾーン内だろうが外だろうが、どこに生まれてもどこで生きていても人は人だ。だから、その生にも、その死にも、とことん拘る。それこそ、青臭い数十年も昔の、化石に近い想いだと嗤われても、拘り続ける。両親の死の真相を引きずり出す。

そのために、ここまできた。

「明海さん、眼つき」

「え？」

「眼つき、怖いですよ。そんな風に構えないでもらえますか」

「そんな、怖い眼をしてた？」

「してました。明海さんて、時々、全世界を敵に回して戦ってるみたいな、悲壮な眼をしますよね。それ、昔からですか？」

あの事故の後ですか。そんな眼をするようになったのは？

質問が二重に聞こえる。

「おれの言った彼らとは、明海さんがインタビューした人たちのことです。彼らには価値があるんです。この国にとっての価値が、ね。現状を受け入れて、枠の補強を担ってくれる大人になっていく人たちですから。何を壊すわけでも、汚すわけでもない。ゾーンを固定化して維持していくためには欠かせない存在です」

「じゃあ、価値のないのは……存在する価値のないのは……」

「闇の子どもたち」

唾を呑み込む。カササギを見詰める。眼球が乾いていく気がした。ひりついて、痛い。

「それ、父さんが手掛けた特集記事の……」

思わず、父さんと呼んでいた。二十年以上が経ち、もう、たまにしか思い出さない父の面影が、やけに鮮やかに思い起こされた。

「そうです。小山内さんが記事の中で、〝闇の子どもたち〟と呼んでいた者たちですよ。小山内さんの記事は途中までだったと、明海さん、考えてるんでしょう」

「そうよ。最後の記事の終わりには、第一部完、と記してあった。第一部ってことは当然、第二部もあるはずだもの。いえ、実際にはないでしょうが、父は書くつもりだったはず。残された資料から見ても、それは確かだわ」

「でも、書かなかった。書かないまま新聞社を去った。〝闇の子どもたち〟を追及しきれなかったんです」

「それは圧力がかかったってことだろうな」

ひょいとボールを投げ込むように、肥川が口を挟む。

「その問題にあんまり首を突っ込むなってお達しがあったのさ。新聞だ、メディアだ、報道だと騒いでみても、しょせん、組織ジャーナリズムだからな。上からのご意向には逆らえなかったってわけさ。それで、パパはうんざりして仕事が嫌になっちまったのか、体《てい》よく追い払われたのかわからないが、会社を辞めた。そういうことだな」

「違います」

「違う？　どんぴしゃ、ど真ん中だと思ってたんだが」

「違います。そういう理由じゃなく……上から何らかの意向は示されたかもしれませんが、父は母を、いえ家族を守るために断念したんだと思います」

母が泣いている。和を抱きしめて泣いている。姉の手を握って泣いている。部屋の隅で泣いている。台所に立って泣いている。そして、ベッドの上で泣いている。

怖いの。怖いの。

「思い出しました。犬が殺されたんです」

小さな庭の生垣の下に、犬が死んでいた。腹を裂かれていた。血と内臓が辺りに散らばっていた。母か姉かわからない。誰かが悲鳴を上げた。

どうして、不意に、こんな記憶がよみがえってきたのだろう。記憶が……。

悲鳴が聞こえた。

掠れた、大人の女の叫び声だ。それが、自分のものだと気が付いたとき、目の前の風景がくらりと回った。動悸がして、汗が噴き出る。

「明海さん」

カササギが後ろから、抱きとめてくれた。確かな肉体の感触だった。

和は目を閉じる。汗が口に流れ込んできた。水が欲しいと思う。

父さん、母さん、お姉ちゃん。そして、龍吾。

父さんも母さんも死んだ。お姉ちゃんは、龍吾は生きてるの。ねえ、生きているの。

「龍吾」

涙が零れた。汗と混じり合い頰を滑っていく。口に染みた。さっきより、しょっぱい。

水が欲しい。心の底から望んだ。

水が欲しい。

第十章　宴の後で

シロオという名前だった。

全身が薄茶色の毛に覆われているのに、尾っぽの先だけが白いから。

そんな単純な理由で名を付けられた犬は、母が保護団体から譲り受けてきた中型の雑種犬だった。どういう経緯で保護犬となったのか母は語らなかった。人懐っこくて、誰にでも尾っぽを振るような性格だったから、野犬ではなく飼い犬として育ってはきたのだろう。

父と和はそれなりに、姉と母は溺愛と呼んで差し支えないほど熱心に世話をしていた。

当時、和たちは小さいながらも庭のついた一戸建てに住んでいた。賃貸で、社宅として会社が借り上げていた家だったが、子どもだった和には大人の事情など知る由《よし》もないし、知る必要もない。ただ、庭の奥の日当たりのいい場所に植わっている数本の金木犀《きんもくせい》は、お気に入りだった。さほど大きくはないけれど、秋口には橙《だいだい》色の小花をびっしりとつけて、甘い香りを四方に漂わせる。その花色も香りも好きだった。

庭いじりを趣味にする父が、巧みに剪定して、ほんの数メートルだが生垣のように作り込んでいた。

シロオは金木犀の生垣の下で死んでいた。

季節は忘れた。花は咲いていなかったと思う。

時刻は朝早かったのだけは覚えている。空気がとても冷たかったことも。

甲高い悲鳴が聞こえた。和は飛び起きた。もともとは和室だった一間にカーペットを敷き、ベッドを入れて和の部屋にした場所だ。そこにもう一度、今度は「シロオ」と呼ぶ声が響いた。

部屋を走り出る。庭に面するガラス戸は開いていた。その向こう、朝の光に淡く照らされた庭に、母の背中が見えた。普段着の草色のカーディガンの背中だ。その横に姉が立ち竦んでいる。まだパジャマ姿だった。

「母さん、お姉ちゃん、どうしたの」

和は子どもだったけれど、いや、子どもだからこそ余計に尋常ではない気配を感じ取れた。とんでもないことが起こってるんだ、と。

背中と脚が震えた。

「母さん！」

母親に駆け寄ろうとしたとたん、腕を摑まれた。

「見るんじゃない」

父が引き寄せ、和の頭を自分の胸に押し付けた。

見るんじゃない。

でも、見てしまった。

ほんの一瞬だが、はっきりと見てしまった。

金木犀の根本が血に染まっていた。既に黒っぽく変色した血だまりの中にシロオが横たわっていた。四肢を突っ張るように伸ばし、完全に硬直していた。そして、腹のあたりが切り裂かれ、白っぽい臓物がはみ出ていた。

そこから先の記憶はない。停電の夜みたいに、ぶつりと途切れ闇に呑み込まれている。

長椅子に座り込み、和は息を吐いた。

しゃべることで過去がよみがえってくる。刹那、目にした犬の惨殺死体が生々しく、浮かび上がってくる。

覚悟のうえだった。

父の死に顔も母の亡骸《なきがら》も、シロオの臓物も、他の諸々もみんなさらけ出して語る。覚悟のうえで、しゃべったのだ。なのに、喉が渇く。ひりひりと痛い。息さえきちんとできないみたいだ。

和の覚悟などおかまいなしに、身体が不具合を起こす。

「飲みますか」

カササギが水の入ったペットボトルを差し出してきた。

「ありがとう」

蓋を開けるのももどかしく、口に運ぶ。生温《なまぬる》くはあったけれど、美味しかった。喉に染みた。息が通っていく。

「犬ころをねえ。それはつまり、警告みたいなものだったってことか。ひえっ、何とも気持ち悪いな。うわぁ、むかむかしてくる」

肥川が胸を軽く撫でる。本当に気分が悪そうに見えるが、それほど柔い人物ではないのは嫌になるほど理解している。

「みたい、じゃなくて、本当に警告だったと思います」

警告だった。間違いない。

母が変わった。

もともと、身体があまり丈夫ではなく寝込むこともしばしばあった。そのせいなのか、姉は実年齢よりずっとしっかりしていて、何かにつけ母を助けていた。

その母が異様に怯え始めたのだ。怯えて泣く。何に怯えるのか、はっきりしない。というか、何にでも怯えた。電話の音、玄関のチャイム、通りですれ違った人、屋根に止まった鴉《からす》、庭に迷い込んだ猫、クラクション、救急車のサイレン、ちょっとした物音や影に過剰なほど反応して、ときに悲鳴を上げ、ときに身を竦ませた。そして、泣く。

ソファに横になって、キッチンの隅で背を丸めて、階段の途中に座り込んだまま、ベッドの隅に縮こまって、「怖い、怖い」とすすり泣いていた。

おそらくと、和は思う。

シロオの件の他にも、母を脅かし、怯えさせる何かがあったのだろう。

「もうこれ以上は耐えられない」「子どもたちに何かあったら、どうするの」「いいかげんにして」「子どもたちが、子どもたちがシロオみたいになっちゃうよ」。父と母の言い争いの声を夜半、何度か耳にした。いや、言い争いではない。母が一方的に父を詰《なじ》っている。父の受け答えは、ほとんど聞こえなかった。

母の荒れる感情も、父の沈黙も、現実に何が起こっているのかも、和には捉えきれなかった。けれど、壊れていく予感はした。父と母と姉と自分。四人の暮らしに罅が入り、亀裂が走り、崩壊していく。恐怖でしかない予感だった。

「和、暫く一緒に寝ない？」

姉が誘ってくれた。姉の部屋に並べて布団を敷き、和は久々にぐっすりと眠った。今にして思えば姉は姉なりに精一杯、妹を守ってくれたのかもしれない。

父が新聞社を辞め、一家で地方の都市に引っ越したのは、翌春、和が小学校を卒業した二日後だった。

風の向きで微かに潮の香りがする小さな都市、母の故郷、その外れに建てた家には、以前の借家より広い庭があった。金木犀や生垣はなく、ステンレス製の垣に囲われていた。

母は泣かなくなり、以前のように声を上げて笑うようにもなった。そして、父と共にその都市に無数にある四辻《よつつじ》の一つで事故死した。

「むかーし、昔のマフィア映画みたいだな。いくら何十年も過去のこととはいえ、その脅しの手口、あまりにベタ過ぎねぇか。はっ、やったやつのセンスを疑うね」

「でも、明海さんのお母さんには効き目があったわけです。十分に、ね。小山内さんは手掛けていた仕事を一旦、断念し退職、引っ越しまでせざるを得なかったんですから」

カササギを眇めに見て、肥川は肩を竦めた。

「つまり、ベタな方法ほど効くって典型例だな」

「相手は、そのあたりをちゃんと心得ていたんじゃないですか。最も効果的な脅し方をしてきた。もし、それが通用しないなら、次の手を打ってきたでしょうね。でも、効果は抜群でした。お母さんは精神的に痛めつけられ、小山内家は家庭崩壊の一歩手前まで追い込まれた。小山内さんは、とりあえず家族を守る選択をしたんですよ」

「とりあえず……」

その一言に胸の奥が疼いた。

そうだ、あの引っ越しはとりあえずの撤退だった。父は諦めたわけではなかったのだ。

〝闇の子どもたち〟を徹底して追おうとした。

そして、殺された。

だから、殺された。

「殺されたのは小山内さんたちだけじゃないと思います」

カササギがホワイトボードの前に立つ。

「父や母の他にも犠牲者が？」

「ええ。事実と確認できたわけじゃありませんが、調べてみたら、けっこういるんじゃないですか。小山内さんとは、また違う視点から再開発計画に疑念なり、違和感なりを覚えた人っていたと思いますよ」

「例えば、どういう人たち？」

原野が短く口を挟んできた。

「例えば……そうだな。小山内さんみたいなジャーナリストが多いのかな。他には学者の先生とか、社会活動家とか……うーん、どんな人たちがいたんだろう。ともかく小山内さんは、ストリートチルドレンの問題から入ったけど、土地問題とか人権とか人道支援とか政治とか、それぞれの問題意識から首を傾げた人はいたと思いますよ。まあ、大半は途中で諦めたり、手を引いたりしちゃったんだろうけどなあ。けど、小山内さんのように執拗に食らいつこうとした人が他にいても、おかしくはないでしょう。でも、肥川さんじゃないけど、昔のことだもんなあ。ここで、あーだこーだ言い合っても、真実なんか一ミリもわからないですよね。あ、どうです、村井さん。ここ二十年ぐらいの不審死っての調べてくれますか」

村井がパソコンから顔を上げる。

「もう少し、範囲を絞ってもらいたいですけど。二十年というと、膨大な数になります」

「ですよね。なんだかんだ言っても疑わしい死なんてのは、毎年、相当数に上るでしょうからね。でも、死者としてカウントされるだけマシかもしれない」

「カウントされない死者がいるってことか、カササギ坊や」

「そうですよ、死んだことさえ誰にも知られないままって者は、たくさんいます。死者にも生者にも入れてもらえない者たちが、ね。肥川オジサン」

オジサンと呼ばれて、肥川が一瞬、無表情になった。それから、口元が微妙に歪む。とっさに言い返せなかったのが悔しかったのだろう。その口元を動かし、肥川は薄く笑った。

「俗に闇から闇に葬られるってやつか。海に沈められるとか、山中深く埋められて死んだことさえ誰にも気付かれないって、な」

「それもあります。かなりの数でしょうね。でも、その内の何割かは行方不明者として届けられているかもしれません。おれが言うのは、端から生まれていない、つまりこの世に存在していないことになっている者たちがいるってことです」

「出生届が提出されていないってことか」

「ええ、その後も権利を何一つ保障されないまま、生きていく。死んで死体が発見されれば、一応、身元不明者として処理されるでしょうが、人目につかない死に方だったとしたら、そのままでしょうね。確かに存在した人間なのに、初めからいなかった者になってしまう」

和は顔を上げ、カササギを見詰めた。

「〝闇の子どもたち〟は、そこに繋がっているの？」

水で潤ったはずの喉がまた渇く。半分ほど水の残ったペットボトルを、和は握り締めた。カササギはそうだとも違うとも、答えなかった。

「都市再開発計画が動き出したのは、今から十年前、二〇二二年からです。でも、遥か前から、準備は着々と整えられていた。だからこそ、こんなにも速やかにゾーン化を進められたし、ゾーン化に対する国民の反発とか抗議を、さほど苦労なく抑え込めたんでしょうね」

カササギの指がホワイトボードの上に何重にも引かれた円の上をなぞっていく。

「本当に不思議なんですよね。再開発だの、未来型省エネ都市モデルだのと謳っていても、結局、人の居住地を区切って、明確な線引きをするってことでしょ。数パーセントの選ばれた者と圧倒的多数の選ばれなかった者を作り出す。それが、はっきりと目に見える形になろうかというのに、どこからも抵抗らしい抵抗は起きなかった。小規模のデモが散発的に行われた程度なんでしょう。不気味なぐらい従順ですよね、みんな」

誰も何も言い返さなかった。カササギの言う〝みんな〟の中に、当時は中学生だったはずの村井を除いた全員が入っている。

和だって、わかっていた。

ストリートチルドレンの問題に関わりながら、これはおかしい、変だ、歪んでいると何度も呟いたのだ。AゾーンやBゾーンとF、Gゾーンやゾーン外の世界が様相を異にする。現実を目の当たりにしながら、その現実をいつの間にか受け入れていた。諦めていたとも言い換えられる。自分に現実を変えられる力などない。どう足掻いても無駄なだけだ。心の隅にそんな思案が根を張っていた。認めたくないけれど、認めるしかない。

手帳を見つけていなかったら、両親の死に顔を見ていなかったら、事故の後、変転と呼んで差し支えない生き方をしてこなければ、父の仕事の軌跡を追いかけようとは思わなかったかもしれない。どこかのゾーンでの暮らしに満足し、何も考えず、分相応の日々とやらに身を委ねていただろう。

手の甲に湿って冷たいものが押し付けられた。

黒犬だ。鼻先を和の手にくっつけた後、ぺろりと一度だけ舐めた。

励ましてくれたのだろうか。シロオとは似ても似つかない毛色だけれど、ぴんと立った耳や丸い尾の形は同じだ。耳の後ろを掻いてやると、目を細め、和の足元に横たわった。

「都市再開発計画という言葉が、初めて公に使われたのは確か……現首相の政権が誕生して間もなくだったよな。けど、むろん、その前から下地はできあがりつつあった。父親の大和が政権の中枢にどっかり座ったころから始動してたんだ」

肥川が珍しく暗い声を出す。カササギの遠回しの非難が効いたのか、ただ単にオジサン呼ばわりされたのが悔しいのか。

「菅井なんちゃらって正東大学教授を自分のブレーンに加えたのも、大和だよな。経済学の泰斗だと、ある時期、やけに持ち上げていたじゃないか。この先生の持論ってのが、さっきも村井ちゃんが説明してくれたが、国家的な経済のトリクルダウンってやつだ。それは、大和の思惑とも一致したんだろうな。大先生の薫陶を受けるべく、息子の誠吾も正東大学に入学させた。まあ、一時の蜜月さ。夫婦関係と同じで蜜月が過ぎれば、そりの合わないところも粗も目につくようになる。それで、関係に罅が入るってのは、まあ、人生の真理だな」

原野が睨みつけたが、肥川は薄笑いを浮かべたままだった。

「あなたの人生の真理なんてどうでもいいの。キュウリのヘタほどの価値もないんだから。あなた、菅井直介と木崎親子の関係をちゃんと知ってたんじゃないの。それなのに、さっき、何にも知らない振りをして、大仰に驚いたりして。まったく、とぼけるのだけは昔から上手かったけど、ますます磨きがかかったわね」

「褒めて貰えて、光栄だ」

「褒めてなんかいないわ。油断ならないって言ってるのよ」

確かにそうだ。

肥川は村井の説明を聞く前から、知っていた。村井の説明以上のことを知っているのではないか。原野の言う通り、油断できない。

「何だよ。明海もリッツもそんな眼で見るなって。おれとしてはだな、村井ちゃんがせっかく滔々《とうとう》と説明してくれてるのを邪魔したくなかったたって、それだけだぜ。大人の対応さ」

「大人の対応をしていただく必要はなかったと思います」

村井がパソコンの画面を見詰めたまま、さらりと告げる。原野は「ほんとね」と、部下に向けて相槌を打った。それから、肥川に視線を戻す。

「まあね。実は……」

「じゃあ、萱井がマンションの屋上から飛び降りたのも知ってたのね」

「何よ。まだ、何かあるの。いいかげんにして、洗いざらいしゃべってしまいなさい」

「取り調べかよ。あー、わかったから睨むなって。実は、あの先生が死んじまう二、三日前にちらっと話をしてんだな」

一瞬、誰もが口を閉ざした。カササギや村井でさえ、肥川を無言で直視している。

「……なんですって。もう一度、言ってみなさい」

ややあって、原野が声を出す。舌の先がやたら唇を舐めていた。

「だから、萱井と逢って話をしたんだって。つまり、おれは記者魂の命じるままに突撃取材を試みたわけよ。日が暮れてから、自宅マンションの辺りを散歩、というかうろついているって情報を得たもんでな、当たって砕けろ作戦に出たわけ。で、まあ、ほんの数分だったと思うが話はできたんだ。ちょいと支離滅裂であまり役には立たなかったが、最初の一歩は踏み出せたから、またまた突撃取材を断行するぞって意気込んでいた矢先、あいつ、飛び降りちまったんだ。それで何もかも、パァさ。ああ、でもなあ、まさか、今になって飛び降りた直後のエグい姿を見ることになるとはなあ……」

「肥川さん」

和は立ち上がり、上司の方に半歩、足を出した。ペットボトルが滑り落ち、床に転がった。

「肥川さんは感付いていたんですか。この都市が、この国が区分けされ、人が選別され、今のような形になるって……」

「あー、いやいやいや。そこまで買い被ってくれるな。まあ、日頃、おれのジャーナリストとしての力を目の当たりにしてきた明海からすれば、そう考えるのはしごく当然ではあるがな。全くもって、当然だ。誰でも考えるだろうさ」

「誰も考えないわよ。明海さん、ほんとに買い被らない方がいいわよ。そこまでの力なんて、持ってるわけないでしょ。けど、昔の若いあなたなら、スクープを嗅ぎ取る力はあったかもね。今じゃその嗅覚もまるっきり衰えちゃったでしょうけど」

「リッツ、いちいち突っかかってくるのは止めてくれ。ああ、そうだよ。おれは、まだ若くて駆け出しの雑誌記者で、スクープへの嗅覚だけは人一倍、鋭かった。世の中を変えるのに、ジャーナリズムは有効だと信じてもいた。まあ、ほんとに健気《けなげ》なほど若かったんだな。で、その鼻に引っ掛かってきたのが、菅井と木崎大和だった。えっと、ちょっと話をすっ飛ばすけどな、木崎大和ってオッサンはな、王になろうとしていたとおれは睨んでる」

　原野が唇を舐めるのを止めた。

「王ですって？」

　束の間、原野は無防備な子どものように口をぽかりと開けた。

「そうだよ。キングなのかエンペラーなのかお殿さまなのか知らねえけど、ともかくこの世の権力を全て掌握した絶対的な存在に憧れていたらしい。むろん、表面上は民主国家の政治家として振舞ってはいたが、内心は専制政体を望んでたんだ」

「ちょっと待ってよ。当時、大和はすでに政界を引退してたはずよ」

「そうさ、病気のために無念のリタイア。しかもその前に総裁選で敗れている。無念のうえにも無念だったろうよ。ただ、引退したからといって野心が消えたわけじゃない。むしろ、ますます滾《たぎ》らせていた風だな。まっ、その志……なんて純なものじゃないだろうが、ともかく想いは息子の誠吾に引き継がれ、開花したってことさ」

「それ、あなたの推測でしょ。むしろ、妄想に近いんじゃない」

「そう言われちまえばそこまでだな。何の証拠があるわけじゃない。でもまあ、おれ的にはとんでもなくおもしろい取材対象だったってのは確かさ。現役時代から権力欲が尋常じゃなくて、自分を中心に世界を回したいって途方もない望みを抱えていた。その野望を上手いこと隠してはいたが、あれは周りのブレーンが表に出ないように必死に抑制してたんだろうな」

「そのブレーンの一人が菅井だったのは、周知の事実ね」

「だな。菅井の考えってのは簡単に言っちまうと、一点を引き上げ、そこに富や経済機能を集中させたっぷり潤わせる。で、余った分を周辺に流せば、全体もそこそこ潤うってものさ。上部はたっぷり、周辺そこそこ。それで、みんなハッピーっておめでたい論なんだな」

「簡単に言い過ぎじゃない。もう少し、複雑だった気がするわ。地方への利益誘導目標とか配分率とか経済効果の数値化とか、ややこしかったはずよ」

　チッチッチッ。

　肥川は舌を鳴らし、右手の人差し指を立てて左右に振った。

「ややこしいのは上辺だけ。やたら難解な言い回しや、よーわからん数字や馴染みのない専門用語をとっぱらってみろ。実に単純な構造が見えてくるってもんだ。富める者は富み続け、貧しい者は貧しいまま。けれど、どこからも文句も怒りの声も上がらない。で、何事もトップダウンで決定できて、全てが思うように動く。極めて素敵な、階層社会の出来上がり」

「菅井教授の専門は都市経済学よ。階層社会云々まで言及してないでしょ」

「明確な階層社会を望んだのは木崎大和さ。ヒエラルヒーの頂点に立つという望みだ。菅井の主張する論はその望みの支柱となりえた。だから、重宝されたんだ」

「でも、菅井は自ら命を絶った。そこまで追い詰められたのは、なぜ」

肥川は低く唸って、腕を組んだ。それから、おもむろに腕を解き、顎を指で挟む。今度は原野が舌を鳴らした。蓮《はす》っ葉《ぱ》な高校生のようだ。

この人は、時々、少女に返ることができるんだ。わたしより、ずっと年上なはずなのにまだ少女の面影を宿している。どうして、そんなことができるんだろう。

ふっと思い、自分のどうでもいい思案に頬が熱くなる。

気が緩んでいる？　そうだろうか。

少なくとも、原野に対しての警戒感は薄くなっている。

危ない。気を付けなければ。

こぶしを固く握る。

「何をかっこつけてるのよ。幾らかっこつけても、かっこ良くはなれないんだから止めなさい。あなたは、菅井に取材を申し込んだ。突撃か待ち伏せか知らないけど短い間とはいえ、無視されず逃げられもせず、一応、受けて貰ったのよね。どういう経緯なの。どうして、駆け出しの、ぺーぺーの、いかにも安っぽい感じの雑誌記者の取材を政治の中枢と密に結びついている菅井が受けたりしたのよ」

「……無茶苦茶な言われ方してるな、おれ。自分で自分がかわいそうになる。いや、わかった、だから睨むなって。あのな、おれは菅井に縋られたんだぜ。助けてくれって」

原野の眉が大きく吊り上がった。和の眉もひくりと震えたのを感じる。

「ああ、ちゃんと順を追って話すから。えっとな、おれとしては木崎大和にずっと胡散臭《うさん》さを感じていて、何とか正体を引きずり出せないかじたばたしていたわけよ。で、将を射んとする者はまず馬を射よの諺《ことわざ》に倣って、馬を狙った。作戦としては正当だったはずだが、なかなかその馬にも近づけなくてな。でもまあ、努力ってのは報われるもんだ。マンション近くを散歩する菅井にばったり出逢うことができた。天の配剤ってやつだろうな」

「どうしたら、こうまでその場凌ぎの出まかせが言えるのかしらね。さっき、突撃取材をどうのって言ってたじゃない。意図的に菅井と接触したんでしょ。まったくねえ、舌の根も乾かないうちに、よく言うわよ。呆れるわ」

原野が眉を顰める。和は再び腰を下ろし、原野を真似て眉を寄せてみた。

肥川は菅井の行動を調べ、偶然の出逢いを装って近づこうとした。それは、ある程度までは成功したらしい。ただ、近づくのはそう難しくはなくても、相手の警戒を解き、こちらの問いに嘘無く答えてもらうのは至難だ。あっちへ行けと追い払われるのが普通、罵倒されるのも普通だ。和も掃いて捨てるほど経験をしてきた。

「むろん、おれだって最初から無理やり、突っ込んじゃいかなかったさ。いくらダメモトと覚悟していたとはいえ、慎重にやらなきゃならないところは慎重にやらなきゃならないってもんだ。菅井は自己顕示欲が強くて、自分を少しでも大きく見せようとする、いわば見栄っ張りタイプだと摑んでいたから、最初は低姿勢で『実は、先生のファンでして』だの『せっかく、こうやってお逢いできたんです。サインをいただけませんか。あ、できれば握手もお願いします』だの、すり寄ろうと目論《もくろ》んでいたんだが」

「そうね。あなた、そういうの得意よね。愛想笑いと揉み手だけは天下一品だもの」

原野の皮肉を聞き流し、肥川は続けた。

「ところがだ、おれの顔を見るなり菅井のやつ、『きみは、どこかの記者なのか』って聞いてきてな。え、既にバレバレかよって正直、ちょっと焦ったが、焦ってもしょうがないので正直に名乗ったわけよ。そしたら……」

「何が聞きたいんだ」

と、菅井は太志を真正面から見据えた。手の中で、太志が渡したばかりの名刺をくしゃくしゃと丸める。

夜だった。桜はとっくに散って、昼間は汗ばむ陽気だったが、日が落ちると温度は一気に下がり、風が肌寒い。

菅井の住むマンションは閑静な住宅街の外れに建っていた。広いエントランスと前庭があり、最上階の部屋の価格は一億円を下らないと聞いている。大手に勤めているとはいえ、肥川のような一介の雑誌記者に手が出る代物ではなかった。

そのマンションから緩やかな傾斜で下り坂になる道には、等間隔に街路灯が並び、白っぽい光で夜を照らしていた。

「何が聞きたいんだ、きみは」

菅井の問う声は語尾が微かに震えた。寒さのせいではあるまい。菅井は厚手のコートを着込み、毛糸の帽子にマフラーまで身に着けていた。真冬の格好だ。

「木崎大和氏について、お尋ねしてもよろしいですか」

単刀直入。前置きなしで要点に踏み込む。

背を向けて歩き去る、かもと用心はしていたが、菅井は動かなかった。マフラーに半分顔を埋め、太志から視線をそらさぬまま立っている。

「先生は木崎氏のブレーンの一人です。木崎氏に大きな影響も与えてきたと思われますが、先生から見て木崎大和氏はどういった人物だと……先生、暑いんじゃないですか」

マフラーから出ている菅井の顔が赤く火照っている。汗の筋が何本も伝っていた。

「大丈夫ですか。あの、コートをお脱ぎになったほうが」

「わかっている」

突然、菅井は怒鳴った。傍らを通り過ぎようとした自転車の男性が、身を硬くしたのがわかった。道の反対側の家から、小型犬らしい鳴き声が響いてきた。

「そんなことは、わかっている。言われるまでもないんだ」

黒い毛糸の帽子をむしるように取り、マフラーを路上に叩きつける。コートを脱ぎ、それも路上に放り投げた。さらに、チェック柄のツイードのジャケットもその下の白いワイシャツも身体から剝ぎ取る。ワイシャツのボタンが弾け飛んだ。

「せ、先生、あの、ちょっ、ちょっと待ってください」

慌てた。何が起こっているのか、とっさに理解できなくて混乱してしまう。おまえは、まだヒヨッコなんだから、一人で行動するな。この仕事はいつどこで何が起こるかわからんぞ。と、先輩記者から何度も釘《くぎ》を刺されていたのに、一人の気楽さと身軽さを選んだ。その選択を後悔する。

「え、え？　先生、ど、どうしたんですか。止めてください。ここは公道ですよ。裸になったりしちゃいけませんよ」

「きみ、きみは何という名前だ」

「は？　さっき名刺を渡したじゃないですか。肥川です。肥川太志です。あ？　え、先生？」

菅井は上半身裸のまま、涙を流していた。目の端から涙は滴になり、夜道の上に落ちる。

「すまない。本当に、すまなかった」

「はぁ、あの、ここで謝られても、さっぱり意味がわからなくて……」

何なんだ、これは。この男、どうかしちまったのか。

急に怒り、急に服を脱ぎ、急に泣き出して謝る。尋常じゃない。

落ち着いて、よくよく眺めれば菅井はひどく窶《やつ》れていた。酒が原因で身体の調子を崩したという情報は得ていたから、多少の面窶れは想像していた。しかし、頰のこけ方とか目の下の隈《くま》とかはまだ想像の範囲内だったが、黒っぽい肌や黄ばんだ目、なにより、その濁った双眸《そうぼう》に浮かぶ気配は、思いがけないほどの異様さを帯びていた。

「謝る。だから、何とかしてくれないか。助けてくれ、頼む」

「な、何とかと言われても、どうしたらいいのか……」

まだ若くて、仕事に注ぐ熱量の大半を空回りさせていたころだ。相手の乱れや変調につけ込んで引き出せるものことごとくを引き出す。そんな度胸もコツも技も持ち合わせていなかった。明らかに尋常ではない菅井の様子に、戸惑うしかない。

「あれは違う。わたしのせいじゃない。わたしのせいじゃないんだ。わたしのせいじゃない」

「は、はあ。あの……先生、ですから何の話をしてるんです」

「わたしの学説は間違っていない。わたしのせいじゃないんだ。断じてないんだ」

「学説ってのは、えっと、あ、先生の『未来型経済学考察』を読みましたが……」

正直、大半が理解できなかった。できなかったが社会のヒエラルヒー化の促進による経済効率の倍加云々という肝のあたりは、それまでの著書で散々書き尽くされてきたもので、理解できなくても一向に差し支えないことは理解していた。

突然、菅井の口がぐわりと開いた。そこから、呪文に似た言葉がほとばしる。どうやら、専門用語らしいのだが、太志に聞き取れたのは「集権的経済システム」と「経済改革」と「政治介入」ぐらいだった。

こいつ、完全に壊れてるじゃないかよ。クスリでもやってんのか。それとも壊れるほどの精神的な何かがあったってわけか……。これじゃ取材にならねえじゃないか。どうすりゃいいんだ。どうすればいい。

戸惑いを通り越して、狼狽えてしまう。

「きみ、きみは何という名だ」

「先生、先生、落ち着いてください。落ち着いて、ともかく服を着ましょう、服を」

「えー、ですから肥川ですよ。肥えるに三本川です。そんなことより、服を着てくださいって。このままだと通報されちゃいますよ。警察が来たら困るでしょう」

突然に肩を摑まれ、太志は悲鳴を上げそうになった。

ものすごい力だ。指が肩にめり込んでいくみたいだ。

「警察、警察を呼んだのか。きみは、やはり疑ってるんだな。わたしを疑ってるんだ」

「いてっ、痛い、痛いですよ。止めてください。疑うもなにも、さっき初めて逢ったばかりじゃないですか。何のことやら、さっぱりわかんないんですけど」

さっぱりわからない。わからないから聞き出すのだ。

そんな取材の基礎さえ頭から抜け落ちていた。

菅井が喚く。唾が飛び、濁った白目がみるみる充血してきた。

「なぜ、警察を呼ぶ。呼ぶな。わたしは何もしていない。わたしのせいじゃないんだ。なっ、助けてくれ。わたしを助けてくれ」

「わかりました。わかりましたって。助けます。全力で助けます。それに、警察なんか呼んでないですから。誤解です、誤解。わっ、痛たた。と、ともかく手を離してください。痛いです。マジで痛いですから。おれ肩の骨が外れやすい体質なんです。勘弁してください」

菅井の背後を、エコバッグを提げた中年の女性が足早に過ぎていく。数秒、こちらを窺い、さらに歩を速めて遠ざかっていった。

ヤバい。このままじゃ、ほんとに通報されちまう。

太志は身を捩り、菅井の手を振り払った。それほど強振したつもりはなかったのに、菅井はよろめき、派手な音を立てて横転した。

「わわわっ、すみません。先生、大丈夫ですか」

太志が手を差し伸べる前に菅井は起き上がった。バネ仕掛けのように勢いよく身を起こしたのだ。遠くで救急車のサイレンが響いた。この都市では耳に慣れた音だ。

「呼んだんだな、警察を。わたしは何もしていないのに、助けてくれると約束したのに、裏切る気か。わたしを逮捕させる気か」

「はぁ？　もう、先生、何を言ってるんです。あれはパトカーじゃなくて救急車でしょ。救急車。病人や怪我人を運ぶやつですって」

菅井は太志の言うことなど耳に入らない様子だった。四方に脱ぎ散らした衣服を掻き集めると、横手に抱えたまま走り出した。

追いかける間もなかった。呆然と立ち尽くす太志の視界を、マンション内に消える菅井の背中がちらりと過っただけだった。

我に返り、足元に目をやったとき、丸められた白い紙に気が付いた。拾い上げる。くしゃくしゃになった太志の名刺だった。

「菅井がマンション屋上から転落死したというニュースが届いたのは、翌々日の夜だったかな。

あの日は、珍しくちょっと早めの夕食にありつけて、蕎麦屋《そば》で天ざるセットを食ってたんだ。そしたら、テレビにニュース速報が流れて、もう少しで天ぷらの皿をひっくり返すとこだった。上天ぷらを頼んでたからな、ひっくり返さなくてほんとよかった」

肥川は蕎麦をすする真似をして、ふっと息を吐き出した。

「あなたが一押ししたってことになるのかしらね」

原野が呟く。

「はい？　押した？　何言ってんだ、リッツ。菅井は自殺だったんだ。おまえ、わざわざ調査したんじゃなかったのか。正真正銘の自殺。他殺でも事故でもなかったはずだ」

「そうよ、菅井は自分で飛び降りた。でも、自殺の理由がはっきりしなかったのよ。遺書はないし、発作的に飛び降りたにしても、そこまで追い込まれる理由がいるでしょ。家族によるとかなり前からふさぎ込むことが増えて、酒量も増えていたとのことだけど。その理由が、あの三人の死と関わり合っていたとしたら……」

「厳信幸太郎、相川里佳子、そして井野浩志か」

「ええ、厳信と相川と菅井は、木崎を通じて繋がっているわけよね。木崎は、菅井の理論に沿ってこの都市を新たに作り直そうとしていた」

チッチッチッ。肥川がまた舌を鳴らした。

「沿ってじゃなく、都合のいいところだけつまみ食いしたのさ。ヒエラルヒー社会なんて頂点に君臨するのに最高の形態だからな。で、厳信は官僚、相川は経済界の一員、井野は昔で言うところのチンピラだが、これは汚い仕事を押し付けるにはうってつけだ。例えば、脅しのために飼い犬の腹を裂く、みたいなやつだな。はいはい、わかってるって。哀れなシロオを殺したのは井野じゃないさ。やつの方が先に死んでんだから。井野みたいな汚れ仕事専門の輩なんて、幾らでもいるからな。というわけで、三人がそれぞれに木崎の意向のまま動いていたんだろう。けど、その関係がぎくしゃくし始めた。どうしてかはわからない。井野は直接、木崎と接していたわけじゃなかろうが、厳信と相川はかなり近くにいただろう。菅井はもっと傍にいたはずだ」

　空咳を二つほど漏らし、肥川は話を続けた。

「つまり、木崎たちのやることを目の当たりにできる立場だった。むしろ、深く関与していたんだろうな」

「その結果、心を病んだってわけなの」

「じゃあねえか。菅井ってのは嫌らしいほど上昇志向や自己顕示欲が強くはあったけれど、反面、小心者だったんだろう。現実に耐えられるほど強心臓の持ち主じゃなかった」

「現実に怯えて、追い詰められていた菅井にとって、〝警察〟は禁句だったのね。若い記者に警察を呼ばれたと思い、菅井はますます絶望していった。とすれば、ほらやっぱり、あなたが背中を押したんじゃないの。精神的にぎりぎりのところにいた菅井をドンって」

　原野が両手を前に突き出す。

　背中を押され、刹那、空に浮いた誰かを目にした気がする。薄暮の都会、その光景の中を真っすぐに落下していく誰か、だ。和は身を縮めた。誰かが自分のようにも父のようにも見えたのだ。

　肥川が思いっきり、渋面を作る。

「リッツ、そういう言い掛かりは無しにしてくれ。おれが逢ったときには、菅井は既に壊れかけてたんだ。救急車とパトカーのサイレンの区別もできないぐらいにな。それにな、これはおれの推測だがあながち的外れじゃないだろうよ。菅井はああいう死に方をしなくても、そう長くは生きられなかったはずだ」

「菅井は内臓にアルコール摂取過多による病変があったけど、そういう意味じゃないわね」

「もちろん、違う。病死を待っていたら、いつになるかわからんだろ。菅井が何を口走るかわからない厄介な存在になったとしたら、早急に処分するのが得策ってもんだ。自分で飛び降りなきゃ、無理にでも飛び降りさせられてたさ。そーいう意味じゃ、厳信だって相川だって処分されたのかもしれんよな。いや、十中八九、されたんだよ。知り過ぎて、かつ、びびってるやつは、みんな消された。ちょいちょいちょいと、はい、消えちゃいましたって」

肥川は腕を大きく左右に開いた。マジシャンの真似事のつもりだろうか。

「そうね。けど、今、ここで昔の事件について語っていても実りはないわね、きっと。大事なのは、菅井たちが怯えた現実でしょう。いったい、なにが起こっていたのか、起ころうとしていたのか。それって、小山内さんが追いかけていたものとリンクするのよね」

原野がカササギに向かって、顎をしゃくる。

「答えてくれるかしら、カササギくん」

「そうそう、お待たせいたしました。長々と前座で引っ張って悪かったな。じゃあ、真打にバトンタッチするぜ。ほい」

肥川がボールを投げる振りをする。幻のボールは弧を描いてカササギの許に届いたのか、カササギの手が空で僅かに動いた。

「真打なのにボールですか。扇子とかじゃないんだ」

「細かいことに拘るな。扇子を上手く投げられるほどの投球センスがないんだ。うふっ、我ながら、ちょっと寒いギャグだったな」

「馬鹿馬鹿しい」と原野は呟き、村井も松坂医師も全く反応を示さなかった。和は上司から視線をそらし、犬の頭を撫でた。

「さっき、衝撃だと言ったのは」

カササギが口を開いた。前置きなしに本題に入るようだ。

村井が顔を上げる。原野が心持ち胸を反らす。瞬く間に空気が張り詰めた。

「小山内さんがプレデターって言葉を知っていたってことが、です」

「それが衝撃を受けるようなこと？」

原野が首を傾げる。

「小山内さんは原野さんに向かって、プレデターって言ったんですよね」

「ええ。たった一言だったけれど確かだわ。確かに聞いたの。『きみはプレデターを知ってるかい』って。嘘じゃないわよ」

「疑ったりはしていません。嘘をつく必要はないでしょうから」

「ありがとう。ほっとしたわ。若い子に疑われるのは応えるのよ。イケメンなら余計にね」

緊張した空気を解《ほぐ》そうとしたのか、原野が軽く冗談を口にした。けれど、カササギは真顔のまま、視線を宙に泳がせた。

「とすれば、やはり、そんな昔から既に〝プレデター〟は存在してたってことになる。だとしたら……だとしたら、たぶん……」

さまよっていた視線をカササギは和に、それから、原野に向けた。

「井野浩志」

人の名を呼ぶ。

井野浩志。あの三人の中の一人だ。

「井野がどうかしたのか。ただのチンピラだろうが」

肥川が苛立ちを含んだ声を上げる。本当に苛立っているのか、芝居なのかはわからない。カササギがゆっくりとかぶりを振った。

「チンピラじゃない。おそらく、プレデターだ」

原野が息を吸いこんだ。胸が上下に動く。和は背筋が伸びるのを感じた。姿勢を正そうとしたわけではない。身体に力が入り、自然に伸びたのだ。

「そうです」とカササギは言った。そして、念を押すように続けた。

「彼はプレデターだったんだ」

第十一章　沈黙の代償

カササギの口元から笑みが消えた。

少し強張った、生真面目にさえ見える表情が浮かぶ。

「この都市のゾーン化が進んでいけば、格差も広がります。当たり前ですよね。ヒエラルヒーを作るためには、特権を享受できる選ばれし者たちと、その他大勢の、底辺を構成する者たちが出てくるのは必定です。ただ、そういう事情とは別に、どのゾーンからも零れ落ちる存在があったんです。それが、子どもです」

「子ども、〝闇の子どもたち〟のこと？」

和に向かって、カササギは僅かに首を動かした。それが否定の印なのか肯定の合図なのか、和には判断できない。

「〝闇の子どもたち〟と名付けたのは小山内さんでしたね。そのころは、まだゾーン化は鮮明ではなかったはずです。それでも、この世界のどこにも居場所がなく、街を彷徨《さまよ》い、路上で暮らす子どもたちはいた。小山内さんは、その子たちに目を向け、記事にして、現状を訴えようとした数少ない大人たちの一人、だったんじゃないでしょうか」

ふんと肥川が鼻を鳴らした。

「おまえ、そのころ生まれてもいなかっただろう。知ったようなことを言っちゃってくれるじゃないの」

揶揄する口調だ。原野が尖った視線を元夫に向ける。

「黙って聞きなさい。まったく、他人が真剣に話していると、決まって茶々をいれる悪癖、直ってないのね。最低なままじゃない」

こちらは、部下を叱りつける調子だった。

「ごめんなさい。話の腰を折ってしまって。気にせず、どうぞ」

「別に気になってはいません。確かに、おれが生まれる前のことですから。ただ、真実だとは思います。未来は推量でしか語れませんが、過去は事実として残ります」

「事実なんてのはな、どっちの方向から見るかで見え方ってのが変わってくるもんで」

肥川が口を結び、肩を窄めた。原野が睨んできたからだ。

カササギは表情も口調も変えぬまま、語りを続けた。

「さまざまな理由で〝闇の子どもたち〟は生まれ続けました。家庭から、社会から、弾き出された者たちです。あるいは、家庭や社会に留まっていては生き延びられなくて、命を守るためには逃げ出すしかなかった者たちもいます。小山内さんが取材していたころは、まだ社会福祉の制度が機能していたでしょうが……。そこから零れ落ちた者もかなりいたのです」

「かなりって、どれくらい」

和は問うてみる。たった一言なのに、舌を重く感じた。

「正確な数なんて、わかりません。数えた者はいないし、記録もないのですから。でもきっと、明海さんが考えているより、かなり多いはずです」

「父は、この国のアンダーグラウンドで人身売買が、特に子どもを売り買いするマーケットが動いていると疑っていた。それは、零れ落ちて〝闇の子どもたち〟にならざるを得なかった子どもを売り物にしていたってことなのね」

　口にするだけで、おぞましさに肌が粟立《あわだ》つ。

　まさかそんな、という思いもあった。

　まさかそんな、おぞましい現実が過去にあったなんて、今に繋がっているなんて、信じられない。いや、信じたくない。

　父の書いた記事や残したメモを読みながらも寒気を覚えたが、幻のような、遠い異国の物語を読んだような気分がどこかにあった。確かにあった。でも今はリアルだ。カササギの一言一言が生々しく響いて、身体を芯から凍らせていくみたいだ。

「そうです」

　これ以上ないほど、あっさりとカササギは答えた。

「〝闇の子どもたち〟って、結局、他のどことも繋がっていないんです。親を含めて保護者がいない、住居がない、明日の保障がない、ないない尽くし。さっきの話に戻るけど、死んだとしても死体で転がっていればまだしも、死体さえ見つからなければ端から生も死もなかったことになる。つまり、存在そのものが消されてしまうんです。存在しない者を売ろうが買おうが、どうしようが罪にはならない」

「待って、ちょっと待って……。子どもを買ってどうするの。自分の子として育てるわけ」

　我ながら稚拙な物言いだし、思考だ。養子縁組を結ぶなら他に幾らでも方法はある。地下に潜むようなやり方を選ぶ必要はない。

「そういうのは稀でしょうね」

　これも、あっさりと告げられた。

「じゃあ、他の目的で……」

「発展途上の国なら、未来の労働力として売り買いするってのはありだろうな。けど、この国じゃそれは必要ない。だとしたら」

肥川が妙に低い声を出す。

「他の目的になるな」

「他の目的……」

暫くの間、躊躇ってから肥川は続けた。視線は天井辺りに向いていた。

「子どもの臓器ってのは、高く売れるそうだ。大人用は人工臓器の開発も進んでいるが、子どもの物は難しいらしい。おれには医学的知識はないが、以前に取材した外科医がそう言っていた。移植の場合、子どもには人間の子どもの臓器を使うのが一番安全で、手術の成功確率及び、患者が術後に生き延びる可能性が高くなるんだって、な。それとも、性的な対象として子どもを」

和は悲鳴をあげそうになった。

「女の子じゃない。女の子じゃない。違う、違う。やだ、怖い」

夜の海でサリナは叫んだ。あの叫びの、あの恐怖の理由《わけ》。その一端に触れた気がした。サリナは女の子であるが故に、叫ぶほど恐ろしい目に遭ったのだ。

「止めて」

原野が遮る。語尾が掠れた。

「あまりに醜悪過ぎて……気分が悪くなる。だいたいね、カササギくん。あなたの言っていることって真実なの？　ただの妄想ってことない？　小山内さんにしても記事にしたのは、居場所を失って夜の街を彷徨わざるを得ない子どもたちってところまででしょ。その後のアンダーグラウンドだの人身売買だのって、想像、あるいは疑念の域を出てなかったんじゃない。そうでしょ？明海さん」

「……はい。取材をさらに進める前に記事は打ち切りの格好になったし、その後、新聞社を辞めざるを得ない状況になりましたから、確かな証拠なんてありません。父のメモに残っているだけです。でも」

「ありますよ」

カササギを見上げる。視線が絡む。

「証拠はあります」

「証拠って、それは……」

カササギの目が和を離れ、眠っているサリナに向けられた。原野が息を吸い込んだ。それを吐き出し、呟く。

「え？　まさか」

和は思わず目を閉じていた。サリナの寝顔を直視できない。自分の姑息さ、卑怯さを奥歯で嚙み潰す。目を開ける。

「ええ、そのまさかです。サリナは、いや、明海さんが城で……あの廃墟のことをおれたちは、城って呼んでたんですが、あそこで逢った子どもたちは、みんな生き残りです。だから、サリナたちこそが何よりの証人、何よりの証拠になるはずです」

生き残りです。

ラダンの壺からの。

あの半ば壊れかけた建物の中で、カササギが口にした一言一言がよみがえってくる。和は正面からカササギを見詰めた。

「カササギ、ラダンの壺というのは……」

「小山内さんの言うところの、人身売買、その催しの呼び名です。小山内さんが追いかけていたころは、まだ、呼び名なんてついていなかったでしょうが。でも、プレデターは既にいたんです。ほんと、驚きだ」

カササギが短い吐息を零した。

「ラダンの壺が何のために催されたか。肥川さんの言ったことも間違ってはいない。でも、目的は概ね二つあって、一つはプレデターに相応しい子どもたちを見つけるため、です」

何か言いかけた肥川をかぶりを振る仕草で制し、カササギは続けた。

「プレデターって捕食者って意味ですけど、まさに人を狩る者です。武器の扱いに長け、戦闘術を身につけ、平気で人を殺せる」

カササギが一瞬、口をつぐんだ。

「つまり、戦闘用の兵士みたいなもんか」

肥川が問う。タイミングを見計らってという軽さはなかった。

「そうですね。私兵、いや暗殺者と言った方がいいかもしれません。戦場で戦うというより、もっと私的な存在になるのかな。主《あるじ》に忠実で、死ぬことを恐れず、どんなことでもやる。そういう人間を駒として持っていたら、とても便利でしょうから」

「誰にとって便利なんだ？　政治家か裏社会に巣くっているやつらか」

「邪魔な相手を手っ取り早く片付けたいと考えている誰か、ですよ」

肥川が顔を上げ、険しい眼つきでカササギを見やる。

「おまえ、井野がプレデターだと言ったな」

「ええ。言いました」

「それは、厳信幸太郎や相川里佳子を殺ったのは井野だという意味か」

「確証はありません。でも、おそらくそうだと思います」

「なぜ、思うんだ」

「若いからです。それに車の前に飛び出して自ら死んだわけでしょ。自分で自分を口封じしてしまう。そういう風に教え込まれていたんじゃないでしょうか。もしそうなら、プレデターと考えて差し支えないでしょう。井野は表向き、暴力団に所属していたチンピラってことになってたんですよね。でも、チンピラなら新聞記者を恐れたりしないし、自ら死んだりしない」

肥川がそれとわかるほど口元を歪めた。口調にいつもの皮肉が混ざる。

「新聞記者に追いかけられたぐらいで、あっさり自滅する。それって、少し情けなくないか。おまえの言う暗殺者、プレデターの不気味さとはかけ離れてるぞ」

「そうですか。厳信幸太郎は通り魔に襲われたように、相川里佳子は自殺か事故死のように見せかけて殺された。それが真実なら、なかなかに手際のいい仕事だと思いますが。ただ、プレデターという名はあっても、本物を育てる組織はまだ不完全だったんじゃないでしょうか。いうなれば……」

カササギが言葉に詰まって、視線を漂わせた。

「試作品」

ややあって、そう言った。

「そう、試作品。その段階だったのかも。人を殺すことには長けていても、新聞記者を上手く撒《ま》く方法なんて知らなかった。その記者を殺すことも含めて、対処方法を教わっていなかった。小山内さんがどうやって井野を知ったのか、おれにはわかりません。ただ、小山内さんが並外れて優れたジャーナリストだったのはわかります。都市を彷徨う子どもたちの問題から井野たちの存在に辿り着いたんですから。だからこそ、邪魔だったんでしょうが。中途半端な取材をして中途半端な記事しか書かない人だったら、あんな亡くなり方はしなかったでしょうね。そういう本物の記者に問い詰められて、井野は逃げ出してしまった。追い詰められてどうしたらいいか、わからなくなった。で、手っ取り早く、自分で自分を始末した。そうは考えられませんか」

「考えると、気持ちが悪くなるわ」

原野が深呼吸する。本当に気分が悪いのだろう。和も胸の辺りが重い。その重さに耐えて、口を開く。

「待って、じゃあ、もしかしたら……もしかしたら、あの事故も、父や母が亡くなった、いえ、殺された事故もプレデターの仕業なの？」

カササギが首を傾げた。とたん、少年特有の、どこか心許ない表情になる。

「そこはわかりません。ああいう殺り方って、薬を使って事故を起こさせる方法って、どうしても確実性が低くなる。プレデターの手段とは微妙に違う気もします。でも、正直、答えられません。あのころでも、まだ、完成品には程遠くて、あれこれ、模索中だったのかもしれないし」

「模索中って……人の殺し方を……」

「邪魔者の排除の方法をです」

和は息を呑み込み、言葉を呑み込んだ。呑み込んだ言葉がどんな一言なのか、自分でもよくわからない。

「じゃ、何だ。今はかなり整って、プレデターなんて映画チックな名前のついた優秀な暗殺者集団が、できあがってるわけか。で、その構成員は、かつての〝夜の子どもたち〟、どこにも存在しないことにされた子どもたちの成長した……成長か成れの果てかわからんが、そいつらだって、そういう話だな」

肥川が鼻から息を吐き出す。さっきよりさらに、口元が歪んだ。

「〝夜〟じゃなくて〝闇〟よ」

原野が訂正したが、肥川は何とも応じなかった。ただ、カササギだけを見据えている。

カササギは冷めた眼差しを肥川に返し、軽く頷いた。

「大雑把ですが、だいたいそんなところでしょうね」

「けっ、上から目線の言い方するんじゃねえよ。ったく、腹が立つ小僧っこだ。で、二つ目はなんだ。ラダンの壺が存在するもう一つの目的ってやつは」

「雰囲気です」

「は？」

肥川の黒目が何かを探すかのように左右に揺れた。原野は低く唸り、和は瞬きを繰り返す。

「雰囲気って、何だ？　何かの隠語か」

「いえ、そのままです。権力や財力を手に入れた者たちが雰囲気を堪能する。つまり、豪華な会場で豪華な食事をしながら、商品としての子どもを値踏みする。そういう場を楽しむと、そういう意味ですが」

「どうやったら、楽しんだりできるんだ。ペットショーじゃないんだ。人間の子どもだぞ」

「だからです。ペットショーなら参加するのは容易いけれど、ラダンの壺はそうはいきません。招待されるのは、ごく限られた、つまり選ばれた人々だけです。中には、買った子どもを自分用のプレデターに育成するプログラムを申し込む者たちもいるとか。自分のためだけに忠実に動く暗殺者。宝石より、豪華な邸宅より、ある種類の人々の虚栄心をくすぐるみたいで、相当な額で取引されるそうです」

原野が俯く。肥川は反対に顎を上げた。そして、問う。

「……それが、この国で行われているっていうのか」

「はい」

「ずっと以前から?」

「小山内さんが〝闇の子どもたち〟を追いかけていたころは、まだ、萌芽《ほうが》に過ぎなかったでしょう。けど、この都市のゾーン化がはっきりしてくるにつれて、ラダンの壺はより豪華に、より強固になっていったみたいですよ」

肥川がかぶりを振る。手も左右に強く振る。迫ってくる毒虫を追い払うような仕草だった。

「確かに、ここ十年、ゾーン化が進み、人の分断も進んだ。収入とか財産で人が完全に分けられるようにはなった。そこは認めるさ。けど、同時に子どもについての福祉や施策も進んできたんじゃないのか。十年前に比べたら、ずい分とマシになったと思うが」

「そういう恩恵を受けられるのは、市民であることが条件になるでしょう。〝闇の子どもたち〟に市民権はありません。どのゾーンからも零れ落ちているんですから。市民と認められていない者に対して救いの手は一切、伸ばされませんよ、肥川さん。格差どころじゃない。ほとんど断絶です。同じ都市にいながら、まったく別の次元で生きているんです。ただ」

そこで、カササギはくすりと笑った。

どうしてここで笑えるのか、和には理解できない。和自身、口元は強張り、笑うどころか滑らかに動かすことにさえ困難を感じる。

「おもしろいことにね、〝闇の子どもたち〟って、どこのゾーンからも生まれてくるんですよ。AやBのゾーンからもね。FやGのように、生まれてすぐ捨てられるなんてケースは少ないけれど、戸籍から抹消されたり、初めから届を出されないままのケースは稀だけどあるみたいです。どういう環境であっても、大人にとって不必要な子どもってのは一定数、出てくるものらしいですね」

「それのどこがおもしろいってんだ」

肥川が舌を鳴らした。いつもの軽い調子ではない。苦味の勝った食べ物を吐き出すかのように、二度、三度、強く鳴らす。

不必要。生まれてきてはいけなかった。厄介でしかない。消えてしまえ。

和は呻いた。その呻き声が頭蓋の内に響く。思い出す。

〈うちら、生まれてきたのが間違いだったって。ずっと親に言われてた。そんときは、辛かったし、マジで腹が立ったけど……うん、今はホントだなって思うこと、ある。うん、わりにあるよ。けっこうあるかも〉

〈行方不明者届？　ンなもの、出てるわけないし。おれがいなくなって、みんなホッとしてると思う。このまま行方不明ってことになっちゃうのケッテイ、かな〉

〈お母さんもお父さんも、あんまり覚えていません。お祖母ちゃんが育ててくれました。お祖母ちゃんが引き取ってくれたから、あたし、死なずにすんだんだよって、どこかのおばさんから聞きました。お祖母ちゃんのお葬式のときに。妹までは、お祖母ちゃんも引き取れなくて、それで妹は亡くなったんだよって。意味がよくわからなくて……。あたし頭が悪いからかもしれないけど、おばさんの話、本当なのか嘘なのか、わかりません。おばさん、あたしに意地悪をしただけかも。あたし、周りから意地悪されやすいんです。性格が陰気だし頭が悪いから嫌われるんだって、お祖母ちゃんには言われてました〉

〈戸籍？　ないよ。学校とか行ったことない〉

〈みんなといると楽しいけど、時々、怖くなる。でも、未来《さき》のことなんか考えない。考えてもしかたないし、怖いだけだし。このまま消えても、誰も気づいてくれない気がする〉

和自身が取材した少年や少女たちの言葉だ。

一言、一言に諦めと怯えが染みていた。

「記者さん、子どもの現状を取材して、本当の記事にしてくれるんですか。政府の子ども政策のヨイショとかじゃなくて、誤魔化しじゃなくて、ありのままの現実をちゃんと書いて、発表してくれるんですか」

和に問うてきたのは、六十代半ばの女性だった。白髪の目立つ髪を一括りにして、背に長く垂らしている。行き場のない子どもたちへの支援を続けているＮＰＯの代表で、父の残したメモにも名前が記してあった。尾崎早苗《おざきさなえ》という名だ。

「子どもたち、消えちゃうんです」

尾崎が呟く。

「わたしたちの目の前から、ふっと消えちゃうんです。暫くして帰ってくる子も、地方の町から便りをくれる子も、多くはないけれどいるにはいます。けど、全く、行方がわからないままの子が多いんですよ。ほとんど、そうだわ。その中には無戸籍の子もいるし、家族全員が行方不明の子もいます」

一度、言葉を切り、「どうしようもない」とため息を吐き、尾崎は続けた。

「ええ、ほんとに、どうしようもないです。連絡が取れなくなったら、わたしたちにはどうしようもなくなる。細い糸でもいいから繋がっていれば……」

警察も自治体も動いてはくれない。一度切れた糸を結び直すのは本当に難しいのだと、尾崎はまた、嘆息を漏らした。

「記事にしてくれるなら、幾らでも協力します。でも、大抵の記事は子どもの問題を改善済みか、改善途中にあるって、そんな書き方をしちゃうんですよ。政府の子どもや若者政策に期待するし、期待できるみたいにまとめてしまって……。ええ、そう、確かに予算は増えたみたいですね。わたしたちの団体にも支援金とか補助金とかの請求手続きをするようにって通知がきました。ええ、予算が増えるのは歓迎です。でも反面、不安です。ものすごく不安なんですよ、記者さん」

小じわに囲まれた眼が暗みを増す。

「一過性のバラマキでは何にも解決しないもの。子どもたちの問題って生き物なんですよ。日々、起こっている。日々形を変える。そのとき、その場で対応しないといけないし、腹を据えて長く付き合っていかなきゃならない。瞬発力と持久力がいって」

そこで尾崎は唐突に口をつぐみ、ぶるっと身体を震わせた。

「尾崎さん、大丈夫ですか」

あまりに強い震えだったものだから、尾崎が病的な発作にでも襲われたのかと、和はとっさに手を差し出していた。しかし、尾崎は倒れも失神もしなかった。ただ、頰からは血の気が引いて、青白い。

「不安なんです、本当に……怖いんです。子どもたちの環境がどんどん悪くなっていくようで、わたしたちの手の届かないどこかに行ってしまう子が少しずつ増えていると感じられて、ええ、実感があるんです。しかも、まだ十代にもならない子どもたちが、来なくなる。ここより他に行き場所がないはずの子が、姿を見せなくなるんです。そこが怖い」

相槌を打ちながら、そのとき、和にはまだ何もわかっていなかった。わかったように振舞っていただけだった。今なら、その真実を、自分の中の欺瞞《ぎまん》を確かに感じ取れる。

「大人とは違うんですよ」

叫んだわけではないのに、尾崎の言葉は耳の奥まで届いてくる。ぎりぎりのところから発せられた鋭さがあった。

「大人なら、まだ、どこかで生きていく手立てを得られるかもしれないけれど、十歳未満の子どもたちが全く保護のないまま、どうやって生きていくんですか。わたしには想像できません。真っ暗です。真っ暗なんですよ。なのに、歩合なんて聞くんです」

「は、歩合?」

一瞬、戸惑った和に尾崎は笑顔を向けた。唇がめくれただけの薄笑いの顔だった。

「パーセントよ、パーセント。そういう子は、全体のだいたい何パーセントぐらいいるんでしょうかねえって、聞いてくるんですよ」

「……誰が、ですか」

「聞いた人? いろいろですよ。児童福祉課の職員だったり、政府のお役人だったり、あなたみたいな記者さんだったりです。全体のって、ここにやって来る子どもたちってことですかって問い返したら、そうだって言うから、わかりませんて答えるの。本当に、わかりませんもの。子どもをパーセントの中に囲い込むなんて可能なんでしょうかね。一パーセント以下なら動かないけど、十パーセントを超えたら問題視するって話なんでしょうか。ねえ、記者さん、一万人に一人でも、十万人に一人でも、そんな子がいたら何とかしなきゃいけないでしょう。大人の務めですよね。なのに、パーセントだって。笑えるわ」

笑うのではなく泣くように顔を歪めて、尾崎は俯いた。

〝スツール〟の特集記事に押し込めないかと目論んでの取材だったが、肥川はあっさり却下した。「うちの読者層が興味を持つテーマじゃないだろうが」。それが、却下の理由だった。それでも粘って、小さな記事にした。子どもより、子ども支援のNPOを立ち上げた女性として、尾崎早苗を取り上げ、紹介した。的のぼやけた、尾崎の言う〝ありのままの現実〟からは程遠い内容になってしまった。

一応、記事のリンクを尾崎に送りはしたけれど何の反応もなかった。

尾崎たちのNPOが入居していたビルが、都市再開発計画のために取り壊されたと聞いたのは、それから三月《みつき》も後だった。そのビルは、他にも難民支援と貧困者救済のＮＰＯが入っていたが、和が再度訪れたときには更地になり、今は、Ｄゾーン管轄の行政機関の建物が建っている。何とか連絡のついた尾崎から、いや、尾崎の娘から、母は体調が思わしくなくて入院中なのだと、告げられた。

あのとき、尾崎は既に現実に怯えていた。怯えながら、それでも闇に沈んでいく子どもたちに手を差し出そうとしていた。そう、現実に、子どもたちの未来に怯えていたのだ。

その怯えを共有できなかった。

確かに存在する問題を〝女性の生き方〟にすり替えて、薄っぺらな記事しか書けなかった。尾崎の落胆した顔が、眼裏に浮かんでくる。取材に応じてくれた多くの若者の顔も。

共有できなかった。薄っぺらな記事しか書けなかった。父のように戦い続けられなかった。その結果をカササギに突き付けられた。

格差どころじゃない。ほとんど断絶です。

カササギの台詞。さっき耳にしたばかりなのに、何十回も反復されたように思う。

ほとんど断絶です。断絶。切れて絶える。

結びつきも、関係性も断ち切られてしまったらどうなる？　どうなるか、結果が出ようとしている。プレデター、ラダンの壺、わからない。その正体も真相も、和は摑んでいない。指先にほんの少し、触れただけだ。

「おまえ、何者なんだ」

肥川の声が引きつっている。引きつれを隠そうと、できる限りゆっくりと発音したけれど、やはり引きつっていた。隠しおおせない。

「何で、そこまで詳しく知っている。何で、そこまで語れるんだ」

「まったくだわ」

原野が身動ぎした。

「わたしもそこを問いたいわね。カササギくん、あなた何者なの。プレデターについてもラダンの壺についても、どうしてここまでのことを知っているのかしらね」

「おや、リッツ。意見が一致するなんて何年ぶりだ？　もしかして、初体験じゃないか」

どんなときでも肥川は肥川で、すかさず茶々をいれる。原野は完全に無視をした。

「内側にいたから？」

視線も言葉も、カササギだけに向けられている。

「あなたは、そのプレデターとやらの内側にいたから、なのかしら。だったら説明がつくけど」

「説明や辻褄合《つじつまあ》わせのために、勝手に決めつけないでもらいたいなあ」

「決めつけてなんかいない。あなた、生き残りだって言ったでしょ。その、可愛い子も含めて」

原野が視線を一瞬だが、サリナに移した。

「ラダンの壺の生き残りだって。あなたも同じってことじゃないの。〝闇の子どもたち〟の一人でプレデターとして育てられた、違う？」

「違います」

原野の頬が強張る。奥歯を噛み締めたのだろう。

「少なくとも、おれには保護者がいましたから。ラダンの壺の舞台に引きずり出されて、値を付けられるなんてのは、なかった」

「保護者ですって」

「ええ、母親です」

原野が顎を引く。肥川も同じような仕草をした。それからかぶりを振る。

「へえ、おまえに母親がいるんだ」

「いましたよ。おれだって人間ですから、木の股から生まれてきたわけじゃない」

「カササギだからな。卵から孵《かえ》ったと思ってたさ。まあ、それでも母鳥はいるわけだが。ふーん、意外だな。実に意外だ」

「おれに母親がいたのが意外ですか？」

「とても、な。そのかーちゃんの話もぜひ、お聞きしたいものだが。うん？」

肥川の鼻がひくりと動いた。

「いい匂いだ。先生、新しいコーヒーですか」

「ああ」と松坂医師が答えた。

「おれにできるのは、コーヒーを淹れるぐらいだからな。なにしろ、男鰥《おとこやもめ》の暮らしが長い。女房がいれば朝食の用意でもしてくれるんだろうが、あいにく遥か昔に亡くなったからな」

芳醇な香りが広がる。

「十分です、十分です。あ、先生、手伝いますよ」

肥川が身軽く動き、トレイにカップを並べる。

和はその様子をぼんやりと眺めていた。

カササギ、カササギの母親、それは誰で……。

「気分が悪いのか」

カップを渡しながら、松坂医師が和の顔を覗き込んできた。

「あ……いえ」

「無理をするな。ちょっと衝撃的な話が続いたからな。それに、空気が悪い」

「ええ、そうですね」

辛うじて答える。部屋の空気は淀んで重かった。

「新鮮な空気を入れようか。少し、寒いが」

松坂医師が窓を開ける。夜が明ける寸前の、もっとも暗い闇が風と一緒に流れ込んできた。

チカッ。

和の頭の中で、赤い光が散る。

危険信号。赤い火花だ。チカッ、チカッ、チカッ。キケン、キケン、キケン。

「先生、駄目です」

「危ない。閉めろ」

和とカササギの叫びが重なった。ほとんど同時に、白い閃光が闇を貫く。音はない。

無音の閃光。

「うわあっ」。松坂医師が床に転がった。

「逃げろ、みんな。プレデターだ」

頭上から、カササギの声が降ってくる。

逃げろ、逃げろ、逃げろ。

闇を切り裂き、光が走った。

第十二章　神と悪魔の間で

夜が明けた。

窓から光が差し込んでくる。

和は床に寝転んだまま、天井を見上げている。

身体のあちこちが痛い。口の中も切れているのか、血の味が舌に染みて吐きそうだ。

天井はモルタルらしく、あちこちに罅が入っていた。染みも目立つ。黴《かび》臭くもある。

何十年前の建物なんだろう。

息を整える。吐き気は治まった。痛みは互いに自己主張をするかのように疼き続けている。右の手首が特に疼く。ずんずんと骨にまで響く痛みだ。

夢を見た。

頬を左手の指で触る。微かに濡れていた。泣くほど生々しい夢を見てしまった。頬にも傷があるのか、涙が染みてひりついた。

ゆっくりと身体を起こす。

床はリノリウムでできているらしく、窓からの光に淡く輝いていた。その窓には黄ばんでいるのか元々そういう色なのか淡黄色のカーテンがかかっていたが、薄いうえにきっちり閉め切っていないので、光は隙間から遠慮なく流れ込んでくるのだ。

「ママ」

吐息のような淡い声が聞こえた。

「サリちゃん」

サリナが毛布に包まり、もそもそと動いた。ゆっくりと目を開け、暫く和を見詰める。子ども特有の深く澄んだ眸が、一途と言えるほど真っすぐに向けられたまま動かない。

「サリちゃん」

もう一度、さっきよりゆっくりと呼んでみる。それから、そっと手を差し伸べた。サリナは起き上がり、躊躇う風もなく和の腕の中に飛び込んできた。細い身体を強く抱きしめる。温かい。不自然に熱くも冷たくもない。熱はすっかり下がったようだ。

「サリちゃん、痛いところない？　ひりひりするとか、ちくちくするとか、ない？」

「ないよ。おばちゃんは、痛いのある？」

「おばちゃん……」

とたん、けけけけけと品のない笑い声が背後で響いた。

「おばちゃんだってよ。ママでもおねえちゃんでもなく、おばちゃんだからな。残念だったな、明海おばちゃん。それにしても子どもの目ってのは的確でかつ、容赦ないな」

「肥川さん」

肥川がプラスチックのトレイを手に立っていた。その後ろには、ドアのない矩形《くけい》の出入り口があって、その向こうは簡易のキッチンになっているようだ。旧式のコンロとシンクの一部が覗いている。

「インスタントのスープと乾パンにドライフルーツぐらいしかないけど、まずは、何でも腹に入れておこうぜ。考えてみろ、夜通し起きてたのに水とコーヒーより他は口に入れてないんだからな。健康に悪い。〝朝食が一番、だいじ〟って特集、やっただろうが」

「特集のタイトルなら〝朝食で美容と健康をキープ〟でした」

「いいんだよ、タイトルなんか。適当にくっつけとかないと、バランスが悪いってだけさ」

「『一目で読者が食いついてくるようなタイトルを考えられなきゃ、プロとは言えない』なんて、常日頃口にしている人の台詞とは思えません」

「うるせえよ。今、そんなこと、どうでもいいだろうが。ほら。チビもおばちゃんも食いな」

部屋の隅に転がっていたビールケースを床に伏せ、底を上に向ける。肥川はそこにトレイを置いた。湯呑《ゆのみ》だろう、形も大きさもばらばらな器にコンソメスープがたっぷり入っていた。湯気と香りが広がる。皿には小さな角形の乾パンとドライフルーツが載っていた。

「お腹空いた」

サリナが身動ぎする。

「スープ、飲め。パンも食っていいぞ」

「ほんとに？　ありがとう、おじちゃん」

「おにいちゃんと呼べ。おにいちゃんに見えるだろうが」

「ううん、おじちゃんだよ」

サリナはかぶりを振り、不安げに辺りを見回した。

「おにいちゃん……どうしたかなあ」

肥川と目を見合わす。肥川の頰には血が滲んだ傷が何本もできている。そのうちの一本は見事な蚯蚓《みみず》腫れだ。左の手の甲には包帯が巻かれ、そこにも血が滲む。唇の端にも赤紫の痣が張り付いていていた。

「おまえ、酷い顔だな」

白い大振りの湯呑を持ち上げ、肥川が眉を顰めた。

「まるで縄張り争いに負けた猿みてえだ。その顔で通りを歩いてたら、人が振り返るぞ」

「肥川さんより、幾分マシかと思います」

湯呑をサリナに渡してやる。「熱いから気を付けてね」と声を添えると、少女は頷き、ゆっくりとスープをすすった。

「まあ、どんなご面相になろうとも、この程度で済んだんだ。ありがたいって思わなきゃあ罰が当たるってもんだ。いや、まったく生きててよかったぜ」

「はい」

その通りだ。よく生きていた。死ぬかもしれない。あのとき、そんな恐怖を感じたわけではない。感じる暇さえなかった。ほとんど、本能的に動き、逃げ延びたのだ。


松坂医師が床に転がる。

「逃げろ、みんな。プレデターだ」

カササギの声がくっきりと耳に届いてくる。

「先生っ」。原野が駆け寄る。「大丈夫だ」と松坂医師が告げた。同時に、全身黒尽くめの男たちが、いや、男か女かなんてわからない。黒尽くめのプレデターたちが窓から入り込んできた。二人、三人、四人。

村井が銃を構えた。一瞬早く、白い光が村井を襲う。特殊開発ビーム銃だ。人の表面を傷つけることなく、内側だけを破壊する。

「きゃあっ」

「村井さん」

　とっさに抱きかかえたサリナを胸に、和は仰向けに倒れた村井に手を伸ばそうとした。しかし、村井は呻きながらも起き上がり、来るなという風にかぶりを振った。血は出ていない。しかし、手の骨は砕けているのではないか。

「明海さん、逃げて、早く。サリナを頼みます」

　カササギが背中を押す。村井の落とした銃を拾い、迫ってきたプレデターに銃口を向ける。

「動くな。それ以上、近づいたら額をぶち抜くぞ」

　凄みのある声だ。プレデターがびくりと身体を震わせて、動きを止めた。

　黒い戦闘服は防弾用繊維でできているのかもしれない。しかし、フードの下の額はむき出しだ。カササギはそこにぴたりと照準を合わせていた。

「明海、退《ど》け。くそ、これでも食らえってんだ」

　肥川がボール状の何かを投げる。部屋の真ん中で、ポンッと音がして、かなりの量の煙が立ち上った。和は唾を呑み込んだ。〝スツール〟のプチ特集で取り上げた防護グッズの一つだ。路上で不審者に追いかけられたり、襲われそうになったとき投げつける類のもので、確か〝煙幕球《えんまくだま》〟とかいう名前がついていた。玩具に近い代物で、肥川自身「ネーミングからしてあほくさい。わざわざ買って使おうなんて奇特なやつがいるのかよ。まったく商品開発したやつのセンス、疑うね。ドン引きするぜ」と、さんざん腐していたはずだ。

　こんなものが、今ここで役に立つと思っているのだろうか。

　煙は一時、派手に上がりはするがすぐに消えてしまって、煙幕の役割なんて果たせるはずもない。ほんの一瞬、プレデターたちの動きが鈍くなった、それだけだ。

　サリナがしがみついてくる。それが合図だったかのように、天井から、白い霧のようなものが噴出された。そうとうな勢いだ。〝煙幕球〟の煙の比ではない。ほとんど同時にけたたましい警報ベルの音が鳴り響いた。

視界が白く遮られる。

「リッツ、逃げるぞ」

肥川が叫ぶ。ベルの音を掻い潜り、意外なほど落ち着いた返事があった。

「こっちは大丈夫。子どもを守って」。続いて、気合とともに人の倒れる重い音が響く。黒い影が床に叩きつけられたようだ。霧は水に変わり、部屋中に撒き散らされていく。びしょぬれになった黒犬が和の足元を走り過ぎた。

「よし、おれらも行くぞ」

肥川に腕を引っ張られる。和はバスタオルに包まったサリナを揺すり上げ、走り出した。そうだ。逃げなければ。この子を守らなければ。

あの廃墟でプレデターに襲われたときと同じだ。あのときと同様に、逃げ延びてみせる。

閃光がすぐ傍らを過る。銃声がした。

振り返らない。

肥川が廊下を走り、突き当たりにあるドアを開けようとする。黒犬が低く唸った。

チカッ。チカッ。頭の中でまた、赤信号が点滅する。

「肥川さん、駄目！」

「うん？」

肥川が振り向き、ドアに伸ばしかけた手を止めた。

「裏口にも敵がいるかも。危険です」

肥川の眉が吊り上がる。しかし、迷う様子もなくすぐに右側のドアを開けた。昔からの知り合いだけあって、この家の造りは熟知しているようだ。天井に消火用スプリンクラーが取り付けられていることも、それが煙で作動することも、ちゃんと知っていた。

肥川がスマホのライトでさっと辺りを照らす。電灯のスイッチもあったが、明かりを外に漏らす危険を避けたのだろう。

ドアの向こうは狭い倉庫のようだった。壁も床もコンクリートで、壁に沿ってスチール製の棚が設えられていた。棚に何が並んでいるのかまでは暗くて、確かめられない。銃声はもう聞こえなかったが、背後の物音は止まない。

息を詰める。振り返らない。ひたすら、逃げる。

「こっちだ、急げ」。部屋の隅のドアを肥川がそっと開けた。

すぐ目の前にフェンスがあり、その向こうは路地になっていた。

「明海、先に上れ」

肥川がほとんどひったくるようにして、サリナを抱えた。怖くて、心配で、不安でたまらないはずなのに、サリナは泣きも喚きもしなかった。唇を一文字に結び、必死に耐えている。

わかっているのだ。この幼さで、既に自分が安全や安心を僅かも保障された者ではないと、ひどく危うい生き方を強いられる者だと理解しているのだ。理解して、諦めている？

和は胸ポケットのボールペンをフェンスにぶつけてみた。ボールペンは跳ね返り、闇に消えた。よし、大丈夫だ。電気は流れていない。フェンスによじ登る。肥川からサリナを受け取ったとき、足音が聞こえた。近づいてくる。やはり、裏手に見張りがいたのだ。

フェンスの高さは二メートルほどだ。ただ、路地はコンクリートが敷かれていて、バランスを崩せばしたたかに身体を打ち付けることになる。

「サリちゃん、しっかり摑まっててよ」

囁けば、返事の代わりに強く抱きついてきた。

「よしっ」。フェンスから手を離し、飛ぶ。

着地の瞬間、僅かに姿勢が崩れた。片手をつく。それだけでサリナごと転倒するのを防げた。昔から反射神経と体幹のしなやかさには自信があった。十代のころに比べると格段に落ちてはいるだろうが、そこは、今、あえて目を瞑る。

足音が大きくなった。街路灯の明かりも届かないので、闇の中で黒い塊が揺らいでいるとしか見えない。犬が激しく吠えた。威嚇の獰猛な声だ。黒い塊が、一瞬だが立ち止まったようだ。一瞬でも時間が稼げた。

「ワン公、感謝。あ、ひゃあっ」

肥川の悲鳴が背中にぶつかってきた。続いて、すぐ傍らに悲鳴の主が転がり落ちてくる。気にする余裕はない。

「走ります」とだけ言い捨て、その通りに走り出す。

「うわ、待て。明海、薄情者が」

肥川は喚きながらも、すぐ後ろを走ってくる。反射神経や体幹がどうなのかは知らないが、しぶとさだけは天下一品だ。走って路地を抜け、表通りに出る。

静かだ。

東の空が仄かに白んだ街は、夜明けを迎える閑静な住宅街より他の何物でもなかった。一角であんな騒ぎが起こっているなど、信じ難い静寂だ。

「ちくしょう。あちこち擦りむいちまった。必ず、治療費を請求してやるからな、覚えとけよ。くそっ、痛ぇ。骨に罅でも入ってたら、どうしてくれるんだ、馬鹿野郎が」

文句を言いながら、肥川がスマホを操作する。ほどなく、一台の車が曲がり角から現れた。

「へへ、どうだ。おれの愛車はスマホで遠隔操作もできるって優れ物だぜ。おれが呼べば、すぐさまやってくる忠実ないい子さ。ほら、早く乗れ。さすがに、あちらさんもBゾーンの通りで騒ぐ気はないらしいが何が起こるかわからん。さっさと逃げるのが賢明ってもんさ」

「でも、カササギは、原野さんや村井さんはどうすれば……。松坂先生は怪我をしているかもしれないんです。放っておけません」

「放っておけないなら、どうするんだ。引っ返すのか。おれたちはスーパーマンじゃない。あいつらを救える力なんてないぜ。だから、逃げ出したんじゃないのか」

「警察に連絡を。そうだ、警察を呼ばなくちゃ」

どうして今まで思い至らなかったのだろう。すぐにでも通報しなきゃいけなかったのに。

「肥川さん、急いで警察を」

和が言い終わらないうちに、微かなサイレンが薄闇の向こうから響いてきた。

「ふーん、近所の誰かが騒ぎに気が付いたかな。警報ベルが効いたのかもな」

「警察が……来ますか」

膝からくずおれそうになる。安堵が心の隅まで広がっていく。

「来たからって、どうにかなるもんじゃないぜ」

肥川がサイレンの音に耳を傾けるかのように、首を傾げた。

「リッツは何と言っても、警察機構の中枢にいる官僚の一人だ。そういうやつがいるにもかかわらず、あいつら襲ってきたんだぞ。おれの、とっさの機転と的確な行動がなけりゃみんなやられてたはずだ。つまり、組織のトップがいようがいまいがお構いなしだった。つまりのつまり、警察なんて恐れてないってことさ」

「それ、どういう意味で……」

言葉に詰まる。カササギによれば、プレデターは国が作りあげた戦闘集団ということだ。警察はむろん国の行政機関だ。その意を受けて動く。

「ともかく乗れ。ともかく逃げる。今のおれたちには、それしかない」

サリナがふっと息を吐いた。

「おばちゃん、大丈夫だよ」

声はさほど大きくないけれど、はっきりとした口調だった。

「おにいちゃんは、大丈夫。死んだりしないよ」

小さな唇から「死」という言葉が、さらりと零れる。

「死んだりしないの。ずっと、サリナたちを守ってくれる。約束したもの」

「そうか、おにいちゃんと約束したんだね」

「おにいちゃんとママと」

「ママ？　サリちゃんのママなの」

「みんなのママだよ。約束したから、サリナ死なないの。ずっと生きるの」

和を見上げた眸には確かな意志が宿っていた。生き延びてみせるという意志だ。

この子は諦めていたわけではなかった。精一杯、戦っているのだ。自分の命を危うくする者と、生きる保障を与えてくれない運命と戦っている。

「早く乗れ。置いていくぞ」

肥川の口調には苛立ちが滲む。

空は明るみ、サイレンの音は大きくこだまし始めた。

後部座席に乗り込む。

振り返っても、藍色の空と薄闇の地に挟まれて佇む家々が見えるだけだった。

和は両腕で、サリナを抱き締めた。

スープは美味しかった。

ただスープの素《もと》に湯を注いだだけのはずなのに、これまでの人生で最も美味しいスープだった。硬くてぱさついた乾パンも美味しい。苦手なドライフルーツも味が染みてくる。

「世の中に、こんな美味しい物があったんですねえ」

和はしみじみと呟いてしまった。

「うん、美味しい、美味しい」

湯呑から顔を上げ、サリナも「美味しい」を繰り返す。

「すごく、美味しいよ。おじちゃん」

「そ、そうかぁ。いや、そこまで言われると、かえって恐縮しちまうな。もうちょい、まともな食い物を置いとくんだった。カップ麺があるから、それも食うか？」

肥川が珍しく照れている。しかも、優しい。もっとも、肥川は稀にだが人格が入れ替わったのかと疑うほど優しくなる。本当に稀に、だ。長い付き合いだが、和は二度だけそういう場面に出くわした。今が三度目だ。

「ただし、賞味期限は一年も前に切れてる。ま、中《あた》りはしねえだろう。二人とも、そんな柔な腹じゃないだろうからな」

優しさのスイッチがオフになったのか、照れ隠しなのか、いつもの嫌味な口調で告げる。

「肥川さん、ここは、肥川さんのお家なんですか」

EゾーンとFゾーンの境《さかい》あたりにある三階建てのビルだった。着いたときは疲労と眠気で朦朧《もうろう》としていたが、朝日に照らされたビルがひどく古く、傷んでいるのは見て取れた。普通、瑞々《みずみず》しい陽光の下では実態より美しくも、立派にも見えるものだが、外壁のところどころが剝がれた灰色のビルは、ただただみすぼらしいだけだった。その一階の、奥にある部屋だ。建物のどこにも人の気配はない。取り壊しの決まった廃ビルといった趣だ。

「まあ、何というか、できる男の隠れ家ってやつだな。高級マンションの部屋に飽きたら、ふっとここに寄りたくなる。そういう場所だ」

「肥川さんが高級マンションに住んでいるなんて初耳です」

「けっ。好き勝手にほざいてろ。ただ、おれのマンションやおまえのボロアパート、〝スツール〟のオフィスより、ここの方が安全だってことさ。少なくとも、警察かプレデターか知らんが怖い方々が踏み込んでくる見込みは低い。時間の問題かもしれんが、な」

「アリサさんたちには何と？」

「当分、出社するなと連絡はしといた」

「そうですか……」

「で、問題はこれからどうするかだ」

スープを飲み干し、肥川が息を吐き出す。

「みんなは無事でしょうか。そこを確認しなくちゃ」

松坂医師は撃たれてはいなかったのか。村井は大丈夫なのか。原野は、そして、カササギは無事に逃げおおせただろうか。

肥川は無言で立ち上がり、キッチンから黒いデイパックを提げてきた。和の物だ。

「あ、それ、持ち出してくれていたんですか」

「ふん、おれはいつだって冷静にやるべきことをやれるんだ。おまえみたいに、慌てふためいてパニックになるなんてことはないのさ」

腕を動かすと痛むのか、妙にぎくしゃくした動作で中に手を突っ込む。「あ、それ、村井さんの」。村井桃花のノートパソコンだ。小型軽量ながら最新の機能を備えた機器だった。

「まさか、どさくさに紛れて盗んだ……」

「明海、いいかげんにしろよ。おれが、火事場泥棒するような人間に見えるか」

見えなくもないが、あの状況では、考え難い。

「これは、村井ちゃんが投げてよこしたんだ」

「村井さんが、なぜ？」

「そりゃあ、敵に奪われたくなかったんだろう。いろいろと見られちゃまずい情報が入ってんじゃないのか。とすれば、なかなかに気を引かれるだろう」

「見たんですか」

「見ねえよ。つーか、パスワードわからねえし、ご丁寧にロックが二重三重にかかってるし、見たくても見られないっての。けど、テレビ代わりぐらいには使える。ほれ、速報で入ってきたニュースだ」

肥川が紙のように薄いディスプレーを和に向けた。水色のスーツを着こなした女性アナウンサーが画面に大映しになっている。その下に、テロップが流れていく。

「速報　我が国初の女性統括官、原野律美氏（48）更迭」

「え……」

「二年前に女性として初めて、北部警察機構の統括官に任命された原野氏ですが更迭されたとのニュースが先ほど入ってきました。詳しいことは、まだ、わかっていません。原野氏が反社会的な勢力と繋がりがあったのではとの疑いも、一部関係者からは出ているもようです。この件につきましては、新たな情報が入り次第、随時、お伝えしていきます。さて、続きましては、気象コーナーです。まずは全国の天気からお伝えします」

肥川がパソコンを閉じ、傍らに投げ出した。

「肥川さん。これ、どういうことですか」

「どうって、まんまだろうよ。リッツは更迭された。突然に、な」

「原野さんは無事なんでしょうか」

「生きてるかって意味なら、大丈夫だろう。村井ちゃんも松坂先生も死んじゃいないはずだ。自由に行動できる状況かと尋ねられたら、何とも答えようがないけどな」

「カササギは」

肥川と目が合う。「わかんねえな」。横を向きながら、肥川は言った。

「いろいろニュースサイトを漁《あさ》ってみたが、リッツが更迭された以外のことはわからん。つまり、他のことはニュースになってないってことさ」

「パトカーまでやって来たのに、ですか」

「来たかどうかはわからんさ。途中で帰ったかもしれんし、警察がプレデターたちをどうにかできるとも思えんだろう。カササギの話をとりあえず鵜呑《うの》みにするなら、プレデターの後ろには国家が控えてるんだ」

「カササギの言ったこと、信じますか」

「おまえはどうなんだ」

肥川が問い返してくる。問いに問いで返すのは卑怯だ。大人の卑怯さに他ならない。しかし、肥川なら、そんな卑怯さが妙に馴染んで、怒気さえ失せてしまう。

「信じています」

「そうか」

「肥川さんは信じていないのですか」

肥川は床に脚を伸ばし、長い息を吐いた。

「これは、おれの想像に過ぎないんだが……おれは想像力が豊かだし、博識だから想像といってもかなり現実的なはずで」

「何か言いたいことがあるなら、横道にそれないで核心だけを教えてください」

肥川は一瞬、鼻白んだ表情になったが、すぐに真顔でしゃべり始めた。

「カササギの話を聞きながら、ずっと気持ちに引っ掛かってたことがあってな。例の菅井直介、マンションから飛び降りた先生だ。彼がさる専門雑誌に寄稿した原稿、論文とか大層なものじゃなくてエッセイに近い代物だったが、そこにな、人間を差別するのは悪でも区別するのは当然だと書いてあったわけだ」

「区別というのは？」

人を区別する。その意味がとっさに解せなくて、和は微かに戸惑いを覚えた。戸惑いの裏には、不安がくっついている。何だか嫌な気分だ。

「いろいろごちゃごちゃ書いてあったが、小難しいわりに中身のない、よーするにくだらない部分が大半だったが、子どもについて書かれてた部分があって、その子の能力が最も発揮できるような環境で育て、その能力によってそれぞれの役目を負わせる。国をしっかり支える大人に育てることこそが真の教育だみたいな内容だった」

「はあ、目新しくはないですね」

むしろ、旧い。子どもを一個人としてではなく、飽くまで未来の国家基盤の担い手とみなし、そのための教育を推奨する。いったいいつの時代の論説なのだ。思考回路に黴が生えているとしか思えない。

「新しいのさ。一周回って、旧いが新しい。新しいが旧い。都市をゾーン化するのと同じで人をきっちり線引きする。それ相応の生き方ってのを大半の国民が受け入れているのが、今の世相なんだったら、旧くて新しい考え方なんだろうよ。ただし、能力の有無を誰が測るかは不明だし、それぞれの能力を引き出す教育を国内で公平に実施するってのが大前提にならなきゃおかしいと思うが、そこにも触れていない。けどまあ、今更、穴ぼこだらけの論の穴ぼこを指摘しても仕方ないことで、気になったのは、その役目の内に、高度な戦闘能力を持った兵士ってのがあったことだ」

和はサリナに視線を向けた。少女は一心にパンをかじり、スープをすすっている。

「兵器のデジタル化だ、戦闘のバーチャル化だと言っても、地上戦には必ず人が必要だ。生きて戦う兵士がな。デジタル化された兵器を使いこなし、自らも高度な戦闘技術を持つ精鋭部隊が国家には必要じゃないかとそんな内容だったな。ああ、わかってる」

和を制するように片手を上げ、肥川が肩を竦めた。

「エッセイもどきの文章とはいえ、公にしていい内容じゃない。菅井は、木崎という後ろ盾に寄り掛かり過ぎて、自制がきかなくなってたんだろう。あんのじょう、あちこちから批判されて、掲載誌そのものが廃刊になったとよ」

「肥川さん、その高度な戦闘能力を持った兵士って……」

「ああ、プレデターって連中と被るよな。カササギの話を信じるとしたら、プレデターの前身は〝闇の子どもたち〟だ。どこで死のうが、消えようがどこからも突っ込まれる可能性は、ほぼない。カササギは金持ち連中がボディガード用に育てるみたいなことを言ってたが、おれは、もうちょい厳しい話な気がするな。つまり、戦うためだけに育成された優秀な兵士は、高性能な兵器と同じで輸出品としても相当な価値があるんじゃないかと」

手から空になった湯呑が滑り落ちた。和の膝の上で跳ね、床に転がる。割れはしなかった。

「……子どもたちを兵士に仕立て上げて、国外に売るって……そういうことですか」

「いや、だから、おれの想像だ。けど、死の直前の菅井の様子がどうにも忘れられなくてな。あの怯え方は何だろうって、おれ的にも気になってたわけさ。菅井は、最初こそ政治の力で自分の唱えた社会が実現していくのを満足して眺めてたんだろう。けど、現実があまりにエグい方向に向かっているとわかったとき、特に殺人だのプレデターなんて存在だのが関わり合ってくるとわかったときに、精神的に耐えきれなくなったんじゃないか。根は小心な男だったんだろうな。闇で起こってることが白日の下にさらされたら、自分はどうなる。贖罪《しょくざい》の山羊《やぎ》にされるんじゃないかと怯え続けたあげく、まともな精神を保てなくなった。真相はわからんさ。何の証拠もないからな。おれがそう思ってるってだけだ」

　肥川がまた、息を長く吐き出した。

　寒気がする。そこまで堕落していたのか、この国は。

　寒い。悪心を覚える。頭の隅が鈍く痛む。

　膝がふっと温かくなる。サリナが和の膝に両手を置いて、見上げていた。

「大丈夫だよ」

「うん？」

「大丈夫だよ、おばちゃん。怖くないからね」

　サリナは青いバスタオルを差し出して、和の目を覗き込んできた。

「だから、泣かないで。ね、泣かないで」

「……サリちゃん」

　泣いてはいない。でも、泣きそうになる。サリナとバスタオルを抱き締める。

　やれやれと、肥川は何度目かのため息を吐いた。

「ガキにあやされてちゃ世話ないな。けどな、明海。何度も言うが今しゃべったのは、おれの豊かな想像力から引き出したもので、いくら想像力を駆使しても現実的に証明できなきゃ、それは真実ってものにはならないんだからな」

「じゃあ、証明しましょう」

キッチンに繋がる矩形の空間に、カササギが立っていた。その後ろに村井が、足元には黒犬が鎮座している。

「うっひゃあ」

肥川が頓狂な声を上げた。

「おにいちゃん」。サリナがカササギに飛びついていく。

「おまえら、どこから入ってきた。玄関には鍵が掛かってるだろうが」

サリナを抱き上げ、カササギはキッチンに向かって顎をしゃくった。

「勝手口は施錠されていませんでしたよ。苦労なく出入りできましたが」

「勝手口なんて単語、今どきの若者が使うか？　信じられないね」

肥川の的外れな非難を聞き流して、カササギは和に頭を下げた。

「明海さん、またサリナを守ってもらいました。感謝します」

「こら、待て。実質、助けたのはおれだからな。明海はサリナを抱っこしておろおろしていただけだ。だいたい、何でおまえら、ここがわかったんだ。おれの隠れ家だぞ」

そこで口をつぐみ、目を眇める。視線の先には村井のパソコンがあった。

「そうです。あれにはＧＰＳがついています。電源を切っていても、こちらのスマホで位置情報を確かめられますので。ちなみに周囲、数メートルの音声を拾うことも可能です」

村井が感情のこもらない声で告げる。スーツは汚れ、あちこちが裂けている。顔にも腕にも血がこびりついていた。

「つまり、おれたちの会話を盗聴してたってことかよ。後を追っかけるためや盗み聞きするために、おれにパソコンを渡したのか。ひでえな、人権侵害だ」

　カササギが短く口笛を吹く。

「肥川さんにだけは言われたくない台詞ですね。一分でも早く、落ち合って、今後のことを相談しなきゃいけないでしょ。スマホを使うと傍受される危険性がなくもないですから。けど、ともかく、少し休ませてください。おれらの分もスープ、ありますか。できれば、クロオにも水と食い物があればありがたいです」

「クロオって、その犬か。犬の世話までできるかと言いたいとこだが、このお犬さまには助けてもらった恩があるからな。いたしかたあるまい」

　村井がしゃがみ込む。疲れ切った顔だ。右手が赤黒く腫れ上がっている。肥川は立ち上がり、キッチンに向かった。向かう寸前、部屋の隅を指差す。白い救急箱が棚の上にあった。和はそれを摑み、村井の傍らに腰を下ろした。

「手当て、します」

「……ありがとうございます」

「骨が折れていたら、わたしの手には負えませんが、とりあえず、応急処置をしますね」

　消毒ぐらいしかできない。素人が治療できる傷ではなかった。

「村井さん、あの、原野さんが更迭されたってニュースを見ました。あれって……」

　村井が身体を震わせる。

「統括官は、わたしたちを逃がそうとして、あの場に踏み止まったんです。わたしは半ば気を失ってて、カササギに助けてもらって……。でも、統括官は……どうなったのかわからなくて」

「更迭されたってことは、原野さんは生きているってことですよね。そうよね、カササギ」

「ええ。身柄は拘束されているでしょうが、命が脅かされている状況ではないと思います。さすがに、統括官を殺したりはしないでしょう。社会的に抹殺するつもりかもしれませんが」

村井の身体がまた、震えた。さっきよりひどい。和はとっさに、若い警察官の肩を抱いた。小刻みな震えが伝わってくる。

「統括官は……わたしの憧れなんです。組織の中にいながら、自分の思考で行動できる方で……組織の一部にはならない強さがあって……」

「それが裏目に出て、更迭されちまったんだろう」

肥川がキッチンから顔を覗かせる。

「だいたい、あいつは組織の中で上手く泳ぐには我が強過ぎるんだ。それを後の女性の社会活動に繋げるだの、社会進出の一歩にするだの力むから、こういうことになる」

「肥川さん、うるさいです。少し黙っててください」

俯いた村井が嗚咽《おえつ》を漏らす。巻いたばかりの包帯の上に涙が落ちた。

「わたしの父は、企業という組織の内で……擦り切れるまで働いて、お酒に溺れるしかなくなって……抜け殻のようになって亡くなりました。だから、わたしは父のようにはなりたくない、どんな組織でも、心身を潰されたくない……統括官のように自分を保ちながら生きていきたいと……ずっと、ずっとそう思って……」

「そんなの、この国じゃ無理、無理」

肥川がトレイを運んでくる。やはりちぐはぐな器に入ったスープ、ナッツとチーズ、バナナに干し肉が載っていた。冷蔵庫の中の物を掻き集めたという印象だ。

「ほい、命の恩人にはご馳走をしんぜるからな」

黒犬の前に水の皿とパンと干し肉の端を山盛り置く。犬は座ったままだったが、カササギが指を鳴らすと、干し肉にかじりついた。

「リッツが抜擢されたのだって、一線で活躍する女性が極端に少ないって国際的に批判されたものだから慌てて、ちょっと優秀な女性をあちこちのトップに据えたに過ぎないんだ。本気で活躍を応援する気なんて政府には端からなかったのさ。おい、チビ、バナナ、食うか」

サリナは差し出されたバナナを両手で挟むようにして受け取った。カササギを振り向き、嬉しげ気に笑う。切なくなるほど愛らしい笑顔だった。

「違うと思いますよ」

床に座り、カササギはスープの器を手に取った。木製の汁椀《しるわん》だ。

「原野さんは抜きん出て優秀な人材だったんじゃないですか。実績もしっかりあった。でないと、いきなりトップには抜擢されません。周りが納得するだけの人物だったわけです」

「ふーん、知ったようなことをぬかすやつだな。まあ、あいつは度胸はあるし、頭の回転も速い。じっくり思考する力もある。決断力や行動力も並じゃない。おまけに、おれと元夫婦だからな。選ばれても不思議じゃないか」

「肥川さんより小山内さんとの関係の方が重要だったんじゃないでしょうか」

肥川の眼が鋭くなる。村井も顔を上げた。

この人たち、良くも悪くもプロなんだ。

和は心内で呟いた。どんな状況下であっても、食らいつくべきものには反応する。

「原野さんは小山内さんと微妙な関係があった。〝闇の子どもたち〟についてもプレデターについても、どこまで知っているのか、知ろうとしているのか。トップ官僚になっても拘り続けるか、原野さん、試されてたんじゃないですか。ある意味、要注意人物としてマークされていたんですよ。常に監視できるように、それ相応のポストに就かせたという見方もできると思いませんか」

肥川が唸った。村井は天を仰ぐ。和は考える。

そうだろうか。そうなのだろうか。

「ねえ、カササギ。あなたは、どうして現れたの」

汁椀を持った手が止まった。

「あなたが現れたのと同時に、プレデターも動き出した。そんな気がしてならないけれど、そこにどんな理由があるの」

「取材ですか」

「記事にできるような内容なら、嬉しいけど」

「言いましたよね、何度も。あまり、この問題に深入りすると殺されますよって」

「もう、首の付け根まで浸かってるわ」

スープをすすり、飲み下すと、カササギは微かにかぶりを振った。

「逆です」

「逆？」

「これまで、おれたちは、おれやサリナのように周辺やゾーン外に生きる者たちは、何度かプレデターに襲われてきました。転々と居場所を変えはしたけれど、この前のように突然、襲撃されて……何人かが捕えられたりもしました。それは、一つにはラダンの壺で売り買いする子どもを集めるためです。ある意味、猟師が肉や毛皮目当てに猟をするのと同じかもしれません。子どもたちのほとんどは、ラダンの壺から救い出した者たちなので、あっちからすると、奪い返しに来たってことになるのかな」

「救い出した？　おまえがか」

肥川が身を乗り出した。

「おれとおれの仲間です。おれと同じくらいの歳の、ラダンの壺から逃げ出し、プレデターにならずに済んだ者たち。ラダンの壺がどんなものなのか知り尽くしている者たちです。だから、襲撃の一番の目的はおれたちを根絶やしにすることでしょう。知り過ぎた者たちには消えてもらう、ってね」

「でも、それなら、なぜ、あなたたちは今まで何もしなかったの。ラダンの壺について、証人として訴え出ればよかったじゃない。人身売買よ。大罪だわ」

今度は、和が前のめりになる。

「訴え出る？　どこにですか？　市民として認められてもいないおれたちの言葉を誰が真剣に受け止めてくれます？　司法はむろん、ジャーナリズムもがっちり体制下に組み込まれて、ほとんど死んだようなものじゃないですか。市民権も持っていない者の声に耳を傾ける人なんて、ほとんどいないです」

そこで、カササギは柔らかく笑った。唐突過ぎるほど、優しい笑みだった。

「でも、明海さんは違った。ストリートチルドレンの取材をしている雑誌記者がいると聞いて、驚きました。それでちょっと調べてみたんです。尾崎早苗って人とか若者のインタビューとかの記事、読みました。で、この記者なら、もしかしたらと思って連絡したんです。焦ってもいました。プレデターの動きが目立つようになってきていたので。さっき、肥川さんが言ったように、国外へ密《ひそ》かに送り出されたケースもあるのではと、おれも想像してます。プレデターを作り出す構造が完成に近づきつつあるのではないか、とも考えます。多分、的外れな思案じゃないはずだ」

「だから、動いた？　わたしに接触をすることで、ラダンの壺やプレデターのことを明るみに出せるかもと期待した？」

「ええ。明海さんより他に頼れる人がいなかったんです」

「いざとなったら、わたしを頼れと、お姉ちゃんが、あなたのお母さんが言ったの？」

カササギが動かなくなる。瞬きさえしない。

「は？　何のことだ？　お姉ちゃん？　お母さん？　なんだそりゃあ」

肥川は忙しなく視線を動かし、和とカササギを交互に見やる。

「さっき、夢を見て泣いてた。お姉ちゃんが出てくる夢だったわ。わたしが二十歳のころ、突然、目の前に現れたときのお姉ちゃんが」


チャイムが鳴った。ドアを開ける。姉が立っていた。

髪が雨に濡れていた。ベージュのコートを着ていた。

「和」

「お姉ちゃん。リュウは？」

急いて尋ねる和に、姉はにこりと微笑んだ。

「元気よ。でも、もう赤ん坊じゃないよ。だからね、心配しなくて大丈夫」

「お姉ちゃん」

「和、ごめんなさい。本当にありがとう」

姉が深々と頭を下げる。

なぜだか、悲しくて堪《たま》らなくなった。涙が溢れる。

そこで目が覚めた。

姉は紗知という名だった。

華やかではないが物静かな美しさのある人だった。

そして、あの日は雨だった。

朝早く、チャイムが鳴ってドアを開けると、ベージュのコートを着た姉が立っていた。

「和、久しぶり。ごめんね、急に。でも、助けて欲しいの。わたしとこの子を助けて」

姉の腕の中には白い毛布に包まれた赤ん坊がいた。

自分の子だと、姉は言った。自分が生んだのだと。父親については、一切語らなかった。和も尋ねなかった。尋ねてはいけない気がしたのだ。

一月《ひとつき》、一緒に暮らした。

一月が経って、和が出かけている間に姉は消えた。現れたときと同じように、唐突に消えてしまった。

ごめんなさい。本当にありがとう。

詫びと感謝の一行と青いバスタオルだけが残っていた。


姉の夢を見て、悟った。

いや、本当はあのときから、サリナが「リュウ兄ちゃん」とカササギを呼んだときから、もしやと感じてはいたのだ。

もしや、カササギは白い毛布に包まれていたあの赤ん坊なのでは、と。あまりに目まぐるしい時の中で、頭の隅に押しやらざるを得なかった〝もしや〟が、姉の夢とともによみがえってきた。

本当にそうなの、いえ、そうなんだよね、カササギ。

「姉は逃げていたのだと思います。赤ん坊と一緒に……。どうして、あの日、いなくなったのかわからないけれど、多分、わたしに危害が及ぶのを恐れたのか、一か所に長くいることが危険だと判断したかでしょうね」

息を吸う。スープの味のする唾を呑み込む。

「赤ん坊は男の子でした。龍吾と姉は呼んでいました。わたしと姉と龍吾。三人で暮らした一月は、わたしにとって濃厚な、鮮やかな日々です。両親が亡くなって、都会に出てきてから、自分ではない誰かと一緒に暮らしたのは後にも先にもあの一月だけでしたから。それになにより、リュウが可愛くて……愛しくてたまりませんでした。正直、あの感情には自分でも驚きました。小さい者を愛しいと感じる。そんな情が自分の内にあるなんて思ってもいなかったので」

「明海さんは小さい者や弱い者を放っておけない。そういうところが、小山内さんにとても似ているのだと、母は言ってました」

カササギを肥川と村井が左右から見詰める。二人とも唇を一文字に結んでいた。

「わたしは、自分のことを女だと感じたことがなくて、かといって男だとも思っていなくて、居たたまれないというか……自分をどう扱っていいかわからなくて、ずっと戸惑って、不安定なまま生きていました」

「げっ」と、肥川が仰《の》け反《ぞ》る。

「ここで急にカミングアウトかよ。勘弁してくれよ、明海」

「そんな気はありません。わたしはわたしですから。と、そう思えるようになったのは、姉とリュウと暮らした一月のおかげでした。男とか女とか関係なく、わたしは誰かをきちんと愛しいと思えるのだ。そのことに気が付いたら、それまで揺れていた気持ちが不思議なほど落ち着いたんです」

和は手のひらを広げ、束の間、眺めた。

無数の擦り傷ができている。美しいとはお世辞にも言えない手のひらだ。でも、ここに感じた温もりや重みは、どんな傷の痛みにも消せない。

カササギが頷いた。

「ええ、だからサリナを託しました。明海さんなら何があっても守ってくれると確信できたので。ただ……」

僅かに言い淀み、カササギは和から視線を逸らした。

「母のことを怨んでいますか」

「それは、あの事故に加担したからってこと？」

村井が息を呑みこんだ。肥川は眉間に深く皺を寄せる。

「……知っていたんですか」

「薄々とは。父さんがわたしに手帳を遺したときから、もしかしたら、父さんは死を覚悟……覚悟とまではいかなくても予感はしていたのかなとは思ってたの。ううん、父さんだけじゃなく母さんも。でなきゃ父さんが連れて行くわけがないもの」

口調が自然と砕けてくる。目の前の少年に小さな赤ん坊を重ねてみたけれど、赤ん坊の面影はどこにも見いだせなかった。

「お姉ちゃんが地元に戻ってきたのと、父さんが、諦めず〝闇の子どもたち〟の取材を再開したのはほぼ同じ時期だったんじゃないかな。父さんは一介の地方紙の記者に過ぎなかったけれど、政府にとっては、あるいは政府の中枢に上ろうかという者にとっては目障りだったんだろうね。危険因子として目に映った。だから、取り除こうとした。違う？」

「違わないと思います。母から聞いた話とほぼ一致します。母は、当時、一人の男を心底から愛していた。母にとって、その男が世界の全てだった。そして、小山内さんの動きは、その男の致命傷になりかねない、少なくとも政治家生命を絶ちかねない危険なものでした」

「だから、実の両親を殺すことに加担したわけ？　恋愛は免罪符にはならないわ」

カササギにではなく姉に語り掛ける。

お姉ちゃん、あまりに愚かだったね。

「言い訳にしかならないけど、脅すだけだと言われていたそうです。脅して、怯えさせて手を引かせると。だから、あの日、あの時刻に、あの交差点に車を乗り入れさせろと命令されて、逆らえなかった」

「そりゃあ恋愛じゃなくて、カンペキ、マインドコントロールじゃないかよ」

肥川がいやいやをするように首を振った。

「ですね。母は完全に精神的な支配を受けていたみたいです。そうとしか考えられない。この都市で母はそんな相手に出逢ってしまったのです」

「父さんも母さんも、薄々と気がついていたんでしょうね。二人して、お姉ちゃんを説得するつもりだったのかもしれない。命懸けで目を覚まさせると、それくらいの決意をしていたと思う。わたしは、たまたま体調不良で同行しなかったけど、そうでなかったら、何かと理由を付けて置いて行かれたはず」

「親の決意か、泣けるな。けど、まさかトラックをぶつけられるなんてのは予想外だったろうな。些か相手を甘く見過ぎた。それが、文字通りの命取りになったって結末さ。で、問題は、その甘くない相手だが」

肥川は数歩、歩き、バスタオルを拾い上げた。

「Ｋ・Ｒｙｕｇｏ。このイニシャル、ずっと気になっていたんだよなあ。Ｒｙｕｇｏはカササギくんの本名。じゃあ、大文字のＫは？　名字はどうなんだってな」

バスタオルを軽く揺らす。

「Kは木崎のK。つまり、お姉ちゃんをマインドコントロールした相手、カササギくんの父親、そして政権の中枢にどんと座っている人物は、我らが現首相ってことか。ここまでの話の流れをおれの頭脳で解析すると、そういう結論が導き出される。どうだ？」

「現政権内でイニシャルがKなのは、木崎首相を除けば上林《かみばやし》官房副長官と甲町《こうまち》法務大臣だけじゃないですか。二人とも女性です。解析するほどの手間もいらないでしょ」

和の発言もあっさり無視して、肥川はさらにしゃべり続ける。

「事故のあった二十ン年前と言ったら、木崎はまだ新人議員の内では有力株と、その程度の立ち位置だったろうな。都市再開発計画を梃子《てこ》に伸し上がるためには、どんな小さな障害も取り除かなきゃいけなかったわけだ。それで、明海のお姉ちゃんを利用したのか」

「どうですかね。木崎もそれなりに母に心を寄せていた節はあるようですから、利用するためだけに近づいたわけじゃなさそうですが。まあ、恋愛より政治権力を手中にする道を選んだのは確かでしょう。母と木崎がどういう状況で出逢ったのか、母は語りませんでしたが、おそらく偶然ではないでしょう。母にとっては偶然でも、木崎からすれば、仕掛けてきた出逢いだと思います。まだ十代だった母は容易く恋に落ちてしまった。そして、みごとにマインドコントロールされたわけです。木崎は、小山内憲久の娘を操ることが必要だった。他人を思い通りに動かすことに快感を覚える性質だったのかもしれません。今でも、そうですよね。巧く隠しているけど、ともかく、母は多くを知り過ぎていた。しかもマインドコントロールは効かなくなっている。厄介ですよね。厄介なものは取り除く。それが木崎のやり方だと、母は誰よりよくわかっていた。だから、逃げ出して、一時、明海さんに助けを求めた」

「おまえなあ、自分の親のことだぞ。他人事みたいな言い方、するなよ」

「母はともかく父との記憶は欠片もありませんから。向こうだってないでしょ」

肥川が顎を引き、目を細めた。その顔つきを和に向ける。

「だってよ。まあ、言われてみりゃあそうだな。木崎がおまえの存在を知ってたのかどうかも疑問符が付くとこだしな。いや、疑問符は付かないか」

肥川はバスタオルをくるりと回した。

「名前入りのタオルを作るぐらいだから、知っちゃあいたんだろうな。木崎の奥方は確か、さる大手通信メーカーCEOのご令嬢じゃなかったか。絵に描いたような政略結婚だが、夫婦仲はいたって良好とか聞いたぞ。どこまで本当かはわからんがな。実は仮面夫婦で、奥方にも木崎にも恋人がいる云々と聞いた覚えもあるしな」

「肥川さん、前からゴシップ記事が好きですよね。その手の話題には、詳しくて感心します」

嫌味でも皮肉でもなく感心している。最先端の科学技術から旬の野菜の料理法、芸術全般、そして著名人のゴシップに至るまで肥川の知識は深くはないが広いのだ。ただ、その手の噂話の信憑性には、それこそ疑問符が幾つも付くだろう。

「その恋人ってのが、明海のお姉ちゃんじゃないのかと、おれ的に突っ込んだだけだ」

「違います。それに、母は亡くなりました」

一瞬、部屋が静まり返った。塵を漁っているのか、鴉の濁声《だみごえ》だけがかまびすしい。

予感はあった。姉はおそらく、もう生きていないだろうという予感。カササギの言葉が、予感を現実に変えていく。

「……病死、それとも」

殺された？　あるいは……。

カササギが僅かに目を伏せた。返答はない。その代わりなのか、言葉が紡がれる。

「さっきのマインドコントロールですが、母は事故の後も木崎の精神的支配から、抜け出せずにいたみたいです。で、妊娠までした。むろん木崎にすれば、母と家庭を作る気はなかったでしょう。母では木崎をさらに上へと押し上げる力にはならない。政財界の大物と結びつかなければ、天から梯子《はしご》は降りてこないですからね。昔から不変の構造ですが、母はそれでも構わなかった。木崎の傍にいられるのなら、何を犠牲にしてもいいと思っていたそうです」

「それは、男としてはちょっと羨ましいような、重いような、やはり羨ましいような」

肥川がぼそぼそと呟いた。黒犬が尾を振った他は誰も応えようとはしなかった。

和は黒犬の首筋をそっと撫でる。

「この犬にクロオって名前を付けたのも、お姉ちゃんだよね」

「ええ。飢えて死にかけていた子犬を母が拾ってきたんです」

犠牲となったシロオを姉はよく世話していた。毛色こそ違うが、丸い目やくるんと巻いた尾っぽの形はそっくりだ。

「お姉ちゃんは、あなたのお母さんは、どうして木崎から自由になれたの」

「母親になったからですよ」

今度は真っすぐな答えが返ってきた。

「母親になって、赤ん坊を育てているうちに霧が晴れるように、木崎の正体が見えてきた。と、母は言ってましたよ。それからは……」

カササギの横顔が硬く引き締まる。もともと感情の見通せない相手だったが、さらに作り物めいて見えた。

「それからは、生き地獄だったとも言いました」

「そりゃあそうだろうさ」

肥川が口を挟む。乾燥プルーンを口に放り込み、音を立てて嚙み下す。

「どういう理由があろうと、自分の親を殺すことに加担した。マインドコントロールが解けるってことは、その現実を突きつけられるってことだろ。並の神経なら耐えられないよな」

そうかと、和は思い至った。

雨の日、不意に現れた姉は、妹に全てを打ち明けるつもりだったのではないか。そのために、チャイムを鳴らしたのではないか。

でも、言えなかった。

罪を告白できなかった。許しを乞うことができなかった。できるほど甘い罪ではないと、わかっていたのだろうか。

お姉ちゃん……。

「母は自分の犯した罪が償えるとは考えていなかった。自分で自分を許せないって、どうなんでしょうね。ずっと自分自身に責められ続ける。大げさでなく生き地獄だったかもしれません」

「でも、あなたがいたわ。あなたを育てることで、お姉ちゃんは何とか生き延びてこられた。あなたが一人で生きていけるようになるまで、死ぬわけにはいかなかったのね」

「それだけじゃないですよ」

「え?」

「母が生きてきたのは、おれのためだけじゃない」

カササギが真正面から和を見据えてくる。視線が絡んだ。

「母は戦う決意をしたんです。明海さんは、小山内さんの仕事を継いで〝闇の子どもたち〟を追いかけていた。母はプレデターそのものを潰そうとした」

「え?」。潰す。どこか剣吞さを秘めた一言は、姉とはあまりに隔たっている。

姉は嫋《たお》やかで柔らかで穏やかで、世間一般のイメージというものがあるのなら、世間一般の〝女らしさ〟のイメージそのもののような人だった。だから、ちょっと眩しかった。和にはないものを姉はふんだんに持っていたからだ。別に欲しいとも羨ましいとも思わないし、男ではないのに女らしさを持たない自分を卑下する気持ちもわかなかった。ただ、窮屈ではあった。父も母も含めて周りの誰も彼もが、姉の女らしさを良しとする。そこに、違和感を覚え続けていた。父を母を姉を好きだったたし、父の仕事には畏敬の念を強く抱いてもいる。

けれど、心の一部が安堵した。

あの事故の後、姉が去り、本当に一人ぼっちになったときだ。

突き上げてくる孤独感と淋しさの裏側に、これで自由になれたという安堵がへばりついていた。もう、誰からも女らしさを求められない。女を意識しないで生きていける。そんな解放感でもあった。そういう感情を抱く己が後ろめたくもあった。

姉は自分とは違う。女らしさの枠の中で、称賛と羨望を集めて生きていける人だ。ずっと、そう思っていた。

カササギの語る小山内紗知の姿は、和にとって未知だ。男のために親さえ見捨てたことにも、必死で我が子を育ててきたことにも、悔いに心を焦がしたことにも、さして驚きはしない。和の知っている姉の範疇に収まる。けれど、プレデターを潰す。そう決意して戦おうとしたのなら、それは枠を超えてしまう。和の見知らぬ者となる。

「そんなこと、不可能に決まってんだろう」

肥川が口元を手の甲で拭い、吐き出すような言い方をした。

「女一人で、いや、男一人でも、たった一人で政権絡みの企てを潰すなんてできるわけがなかろうよ。まして、明るみに出たら最高にヤバい類の企てだ。元カノか恋人か愛人か知らないけど誰が考えたって無理だ。素手でグリズリーに向かっていくようなもんじゃねえかよ」

「譬《たと》えが極端ですが、意味はわかります。ただ、何て言うんだろうな」

カササギは視線を宙に漂わせた。

「プレデターというものは、国家の威信をかけた一大プロジェクトとかじゃない。そんなある意味、晴れやかなものとは無縁です。肥川さんが言ったように、絶対に明るみに出してはいけないものなんですよ。首都の、ひいては国のゾーン化を鮮明にする一方、行き場のない子どもたちを……木崎たちの目には、最下層の存在としてしか映らないんでしょうが、そういう子どもたちをプレデターに仕立て上げ、裏で思うように使いこなす。ヒエラルヒーの頂点に君臨する者にしかできないことです。ただ、裏は裏で秘密裏に進める分、時間はかかる。母は仲間たちと共に戦うための準備を始めて」

「待て、ちょっと待て。仲間って何だ。そんなものがいたのか。まさか野党議員だの、こども家庭庁の役人とかじゃないだろうな」

「まさか」

カササギが苦笑いを浮かべた。

「議員や役人が政府を敵に回すわけがないでしょ。一昔も前ならいざしらず、政権の力がここまで強大になったら刃向かう力も気もない。それが実情じゃないですかね」

肥川はふやけた笑顔になり、「歳のわりに、現実をわかってんだな」と呟いた。

「じゃあ、仲間っていうのは、誰のことだ」

と、呟きよりやや声音を大きくして、尋ねる。

「ラダンの壺の現場から、おれたちが救い出した者たち、何とか逃げ延びて、ここまで生き残れた者たちです」

和は思わず「ああ」と声を上げた。

「あの廃墟にいた子どもたち」

「そうです。サリナのような小さな子もいますが、おれぐらいの年齢の者もかなりいます」

廃墟でプレデターに襲われたとき、和たちが足漕ぎボートに辿り着いた折には既に数隻のボートが海上に浮かんでいた。迅速に、少しでも確実に、危機から脱出する行動がとれる。それを指揮する者、指揮に従い動ける者がいるわけだ。

和の知らないうちに、この都市の周辺やゾーンの外で〝闇の子どもたち〟は、生きるために新たな集団を作っていたのか。そして、その核に姉がいた。

「お姉ちゃんはどうして、わたしに連絡をくれなかったんだろう。わたしと逢うことが、そんなに怖かったんだろうか」

誰でもない自分に問うてみる。

妹と向き合うとは己の罪に向き合うことだ。それに耐えられなかったのだろうか。だとしたら、卑怯だ。詫びてくれとは言わない。けれど、真実は語るべきだろう。自ら語るべきだ。

「昨日、あの場所で明海さんに逢おうとしていたんです」

「え……」

カササギを見詰める。姉の面影を窺うことはできなかった。かといって、現首相に似ているわけでもない。強いてあげれば、一瞬見せる不遜な眼つきが、国会答弁に立つ男に重なる気もする。

「お姉ちゃんは、あそこにいたの」

「いました。おれと明海さんの話が終わったら、出てくるつもりだったと思います。母は明海さんの仕事をずっと見ていました。明海さんが大手の新聞社に入社したのも、数年で辞めて小さな雑誌社や出版社を転々として〝スツール〟に辿り着いたのも知っていました」

「えっ、明海。おまえ、大手新聞社なんかに在籍してたのか。知らなかったぞ。まあ、おれも根が大らかなもので履歴データなんて一々、見ないからな」

和は胸に手を当て、呼吸を整える。

「じゃあ、あなたが連絡してきたのは、お姉ちゃんの意思なのね」

「いいえ。おれが決めました。追い詰められていたんです。おれたちは周辺およびゾーン外のあちこちに隠れ家を作っていて移動して暮らしていたんですが、このところ、プレデターの動きが活発で身の危険を感じていました。邪魔者を排除するって、殺気に近い気配が迫ってきていたんです。明海さんなら力になってくれるかもと考えました。おれたちと一緒になって、プレデターの存在を明るみに引きずり出してくれるかもと……。でも、向こうの方が一枚上手《うわて》でした。先に動いたんです。正直、あの隠れ家が襲撃されるとは考えていませんでした」

「なるほどな」

肥川が顎に手をやり、大きく頷く。

「掃討作戦に打って出たわけだ。木崎は五期目の首班指名を狙っている。人気、支持率を考えれば、おそらく実現するだろうが、そのためには不安分子は取り除いておかねばならない」

肥川の言葉が耳を擦り抜けていく。動悸が激しくなる。

「カササギ、お姉ちゃんはあそこで……」

「ええ、死にました。子どもを守ろうとして、撃たれたんです。ほぼ即死でした」

ガチャンと音がした。湯呑が床の上で二つに割れている。

「ママ、死んだの？」

サリナが立ち上がって、身体を震わせた。〝亡くなった〟の意味はわからなくても、〝死〟という言葉は理解できるのだ。生々しく、血の臭いや死体の冷たさと共に刻まれているのだろうか。

サリナの震えが激しくなる。

「おにいちゃん、ママ、死んじゃったの？」

和は震える少女を強く抱擁した。

「やだ、やだ、やだ」

サリナのこぶしが顔や胸を叩く。こんなに小さいのに、とても痛い。

「ママが死んじゃうの嫌だ。馬鹿、馬鹿、馬鹿」

「サリナ」

カササギが手を差し伸べる。サリナはその腕の中に飛び込んでいった。

「サリナ、諦めろ。ママはもういない。諦めるしかないんだ」

「ママが、ママが……」

サリナの嗚咽が激しくなる。「諦めろ」と、カササギが繰り返した。

そうか、お姉ちゃんはママだったんだ。あそこにいた子どもたちにとって、ママだった。

悲しみでなく嘆きでなく、怒りが胸底から衝《つ》き上がってきた。熱を感じるほどだ。

許せない。

サリナから母を奪った者が許せない。

姉と再会して、真実を告げられて、許すと言えたかどうか和には自信がなかった。ただ、憎みはしなかった。怨みもしなかった。しかし、姉を殺した者は、サリナの母を死に追いやった者は憎い。

　肥川がバチリと指を鳴らした。

「なるほど見えてきたぜ。カササギ坊やが連絡を取ったことが漏れて、明海もチェックされたわけだ。で、小山内記者の娘と判明した。となりゃあ、厄介者認定、間違いなしだな」

「ええ、連絡の仕方をもう少し慎重にすればよかったのですが……。おれがしくじりました」

「……統括官もそうです」

村井が呻くように告げた。

「……秘書官に任命されて間もなく、わたし……統括官について報告するように命じられました。行動から通話履歴、その内容に至るまで、です」

「命令って。誰から」

和は口をつぐみ、肥川と目を合わせた。

北部警察機構のトップのさらに上にいる人物、となると限られてくる。南北の警察機構を束ねる統一総監か、さらに上の最高権力者か、だ。

「ふーん、じゃあ村井ちゃんは、その命令に従ってリッツの様子を上にチクってたんだ」

村井が顎を上げ、肥川を睨みつける。

「そんなこと、しません。わたしは原野さんを、統括官を尊敬してます。密告なんてできるわけがありません。だから、毎日、異状なしとしか報告していませんでした。実際に何もなかったんです。統括官の仕事は完璧に近いものでしたから」

「原野さんて、すごい人なのね」

和の感嘆に、村井が微かに笑んだ。ただ、傷が痛むのか顔色は悪い。

「そう、リッツはすごいぜ。能力は高い。おまけに正義感も決断力も並じゃない」

肥川が、もう一度、指を鳴らした。今度はさほど響かない。

「ついでに融通が利かなくて、頑固で、保身の発想ってのを一切できない。長いものに巻かれるのも、大樹の陰に寄るのも潔しとしない性分だ。そういうやつを世論におもねって、統括官に据えた。仕事はできるかもしれない。けど、プレデターが活動していくうえで、たいそうな邪魔にはなるだろうな。上の意のままに、事実を揉み消したり、知らぬ振りをするようなタイプじゃ、絶対にないからな。だったら、さっさと引きずり降ろさなきゃならない。むろん、世間さまがある程度は納得するだろう理由をつけてな」

　肥川が腕を上げて、空に三角形を描いた。

「それが一点。そして、明海が一点」

　指が斜めに動く。それから真っすぐに横に滑った。

「最後の一点、おそらく、ここが一番、重要なんだろうが、カササギ坊やの存在が一点。このトライアングル、わかるか？　厄介なやつらの三点盛りだ。明海とリッツはともかく、カササギ坊やは居場所の特定ができないし、現首相と血が繋がっているし、いろいろ知り過ぎているし、うーん、やっぱり消えて欲しい者ランキングベスト3だな」

　肥川は右手の指を三本立てて、突き出した。

「四番目には肥川さんがランクインすると思いますよ。明海さんが〝スツール〟に入社したのは偶然でしょうが、その時点で、原野さんと明海さんを結び付ける可能性がある人物と認定されるじゃないですか。しかも、ｗｅｂ情報誌というツールを駆使できる」

「え？　あはっ、いやあ、カササギくん、わかってるじゃないか。まあ確かに、おれに掛かればいかようにも情報発信はできるが、はは、そこまで言われると、真実とはいえ照れるな。いや、もっと言ってくれていいけどな」

　和はカササギに向き直る。サリナの震える背中を見詰める。

　初めてカササギからの連絡を受け取ったのは、夕暮れ間近のころだった。Ｅゾーンの古びたビル群を西日が臙脂色に染めていた。

　ラダンの壺についての情報を売りたい。

潜められてはいるが若く張りのある声が告げた。直感的に本物だと感じた。これは、本物の情報提供者だ。

そうやって、和とカササギは結び付いた。

「原野さんは、どうしてわたしたちと繫がったんだろう」

呟いてみる。

「わたしたちは確かに厄介かもしれない。でも原野さんは警察官僚の一人じゃないですか。しかもトップの部類。とすれば、わたしたちの側に立つとは言い切れないですよね。むしろ、敵として政権側につく公算の方がはるかに大きいと思いませんか」

「だから、リッツは正義感は強いが融通が利かなくて」

「それは、肥川さんの知っている原野さんでしょ。離婚して何年が経っているんですか。警察官僚としての原野さんの考え、行動まで把握できないでしょう」

「リッツはそういうやつなんだ。人間の本質なんてそうそう変わりゃしないさ。そういうおまえだって、しつこく〝闇の子どもたち〟を追いかけてたんじゃないか。これからも、そのつもりなんだろうが。カササギ坊やに至っては、マジで多くを知り過ぎている。おれは優秀なｗｅｂ情報誌のオーナー兼編集長だ。わおっ、危険人物揃い踏みだな」

「……ええ、昨夜から今朝にかけて厄介な人物が一堂に集まったってことになりますね」

カササギがサリナを抱き直した。泣き疲れて眠ってしまったようだ。

「それに、話の内容もかなり濃厚というか、ヤバいというか、挑戦的というか……おまえたちを要注意人物に認定するのに十分だったな」

下唇を軽く突き出し、肥川が視線を動かした。その先には村井が座っている。

「それを誰が密告したか、だな」

「違います。わたしは統括官を裏切ったりしません。殺されたってしません」

村井は肥川を睨み返し、かぶりを振った。

「うーん、そもそも、リッツがおれに連絡してきたのは……そうだ、あいつは誰なんだ。Ｇゾーンで発見された死体だ。明海やうちの情報誌の名前を書いた紙片入りカプセルを呑み込んでいたっていう、オッサンだ。オッサンかどうか歳は知らんけどな」

村井が立ち上がる。パソコンを起動させ、不自由な手で操作する。すぐにホログラムが現れた。〝スツール〟のオフィスで見た、男の変死体だ。手に鳥のタトゥーが刻まれている。

「こいつだ。カササギ、見覚えがあるか」

「はい。でもおそらく、半分は幻です」

「は？　なんだそりゃあ」

「おれたちは、Ｇゾーンには時々、出かけます。スワンボートの部品とかまだ使える電子機器類が捨てられているので。昨日もそうでした。そして、波打ち際で男の死体を発見したんです。ホームレスらしくはありましたが、それ以上はわかりません。たぶん、殺されたんだと思います。手に縛られた跡がありましたから。縛られたまま海に投げ込まれたんじゃないかな。潮の流れでそういう死体が打ち上げられること、たまにあります。ええ、死体はたまに捨てられたり、流れ着いたり、塵の中に埋められたりしていますよ。あのあたりでは、珍しくはありません。亡骸は、みんなして廃棄物集積場まで運びました。後は、塵を捨てに来た誰かを見つけて、クロオが死体まで案内した。それだけです。警察に通報してくれれば、少なくとも荼毘《だび》には付してくれますから。波打ち際で腐っていくよりマシでしょう。度々ではないけれど、たまにあることです」

都市の真ん中には瀟洒で華やかなファッションビルや豪華な摩天楼が立ち並んでいるというのに、都心から遠く離れた海辺では人がひっそりと腐っていく。

化け物のような都市だと、改めて思う。

「じゃあ、カプセル云々は」

「腹の中まではわかりません。ただ、男の手にタトゥーなどなかったのは確かです」

「なかった？　なかったものが、どうしてあることになったんだ。何にも入っていないはずの箱の中から兎だの鳩《はと》だのが飛び出してくるのと、同じじゃねえか」

「それができる人物が一人だけ、いますね」

カササギの声が一段と低くなる。


夜の街は寒い。

ビルの間を通り抜ける、いわゆるビル風は全ての熱をコンクリートに吸い取られたかのようだ、冷え切っている。

数メートル先の黒い影がすっと横に曲がった。

小さな児童公園の中に入っていく。

和も石のブロックの間を抜け、足を踏み入れる。

Ｂゾーンの公園らしく、小さくとも手入れは行き届いていた。ＬＥＤの街路灯が、刈り込まれた躑躅《つつじ》の生垣や丸い砂場、象を模した滑り台などを柔らかく照らし出している。

和は足を止めた。

生垣近くに設けられたベンチに、男は浅く腰を掛けていた。

風が吹いて、頬をなぶる。

「行きましょう」

傍らでカササギが囁いた。

頷き、ベンチに向かって歩き出す。

足音をさせて近づいたけれど、男は身動ぎもしなかった。

「松坂先生」

呼んでみる。返事はない。

「教えてください。今朝のプレデターたちの襲撃、あれは先生が仕組んだものなんですか」

今度は答えが返ってきた。

「そうだ」

「どうして、そんなことを」

「役目だからだ」

松坂医師がコートの襟を合わせた。僅かに背を丸める。

「プレデターを育成するプロジェクトには当初から関わっていた。成長途上にある子どもたちをより強靱な、より従順な兵士にするための医学的サポートが主な役目だったのさ。しかし、おれも歳だ。数年前から監察医の仕事のみに専念し、来年は退官する予定だった。その前に、うろちょろうるさい鼠たちをどうにかしろと、命じられたんだ。おれは、たいした鼠じゃない、放っておいて構わないでしょうと答えた。鼠の内にリッツも含まれていたからな。もう長い付き合いだ。家族のいないおれにとって、妹とか娘とかに近い」

「娘ってのは無理があるでしょ。若く見えはするけど、もうすぐ五十だからなあ」

肥川の呟きは、風にさらわれて夜の空に消えた。

「しかし、リッツもきみたちもただの鼠じゃなかった。話を聞いているうちに、駄目だと判断したんだ。このまま放っておいては駄目だ。あまりに危険だと、な。放っておけば、きみたちは何をしでかすかわからん。せっかく、ここまで進んだプロジェクトを邪魔されかねない。しかし、殺すつもりはなかった。そこのちゃらんぽらん男はどうなってもいいが、リッツを傷つける気はなかったし、明海くんは脅すことで手を引かせようと考えていた。カササギの坊やは殺さず、生かして捕えるようにと上からの命令があったからな」

カササギが首を縮める。

「捕えられてどうなるか。想像したくないな。けど、プレデターの攻撃が些か中途半端だった理由が理解できた。ま、おかげで、上手く逃げられたわけですが」

「ふふん。しかし、ちゃらんぽらん男が子どもと明海くんを連れて、飛び込んできたのは想定外だったがな。おかげで、リッツを呼び寄せて、きみらの本音を聞く機会を作れたんだが」

「えっ、おれが機会を作っちゃったってわけですか」

肥川が戸惑った顔つきになる。芝居ではなく、本気で狼狽えているようだ。

「先生」。和は一歩、前に出る。

「もう一つ、教えてください。父と母が亡くなった事故、あれに先生は関わっていないですよね。トラックの運転手は薬物を使用して、運転を誤ったことになっています。朦朧としていながら、真っすぐにトラックをぶつけられる。その微妙な薬の配合って、プロじゃないとできないと思うのですが」

「直接は関わっていない。しかし、薬の配合の指示は出した」

一瞬だが、殺意が閃いた。

「父も母も、姉も……わたしは、あなたたちに身内を一人残らず殺されました」

掠れた声が喉の奥から這い上がり、滴り落ちる。

「わたしには、あなたを殺す権利があるでしょうか、先生」

カササギが腕を摑んできた。

「明海さん、誰にもそんな権利はありませんよ。そんなこと、あなたもよくわかっているでしょう。それに、先生は歯車でしかない。取り外しても、何も止まらないし、変わらない」

カササギの手を振りほどく。

「母親が殺されたってのに、ずい分と冷静ね」

カササギの眼の奥で青い炎が揺らいだ。

「おれの敵は、先生ごときじゃない」

松坂医師が顔を上げた。そして、目を細める。

「それに、先生は覚悟している。プロジェクトに深く関わった者が退官して、平穏な暮らしができる。それが許されるなんて考えちゃいないでしょ。許されるには、汚れ過ぎましたよ。先生、おれたちが来るとわかってたんですか？　だから、一人で夜の街をうろついていた」

「えっ、ちょっと待て。わかってたって、それじゃまたプレデターが現れるってこともあるのか。まずい、まずいぞ。煙幕球、今は用意してないんだ」

「プレデターはいません。気配を感じないもの」

和の言葉に、肥川は安堵の息を漏らした。松坂医師も息を吐き出した。

「カササギ坊やの言う通りだ。知り過ぎた者に平穏な老後なんて訪れない。使いものにならなくなったら塵箱に捨てられるだけだ。しかし、捨てられる前に自分でけりを付けるのも、いいかもしれん。で、きみらはこの先、どうするんだ」

「真実を暴きます」

掠れた声のまま、和は告げた。

「このままにしてはおきません」

「いや、おれは遠慮しとく。負け戦に突っ込んでいくほど、無謀じゃないんで」

肥川がへらっと笑った。

「……そうか、では、これをやろう」

銀色の小さなカードが渡された。横一列に九桁の黒い数字が並んでいる。

「これは?」

「ラダンの壺への招待券だ。二人一組で参加できる。パスワードは村井くんのパソコンに送っておいた。それで、開いてみれば詳細はわかるはずだ」

松坂医師が立ち上がる。ベンチがきしんだ。

「このベンチはな、公園の監視カメラの死角になる。おしゃべりするのには、うってつけの場所だ。しかし、もう、しゃべり疲れた。おれは帰る。帰って、ゆっくり湯に浸かって、ふろ上がりにワインを一杯だけ飲もう。それから……」

それから、どうするか。松坂医師は口をつぐみ、尋ねる者はいない。

冷たい風が足元に纏いつく。

黒いコートの背中が見えなくなるまで、和は立ち尽くしていた。

*

部屋が暗くなる。スポットライトが舞台に当たる。

いよいよ始まる。

「ラダンの壺が開くぞ」

シャンパンを飲み干して、肥川が言った。それから、くすりと笑った。

「それにしても、おかず。黒いドレスがなかなかじゃねえか。あまり着馴れているようには見えないけどな」

「しかたないでしょ。厳重なドレスコードがあるんですから」

カードの情報の中には、幾つかの守るべき注意事項とともに会場の見取り図まで入っていた。逃げ道は二か所。入ってきたドアと裏手の階段だ。

スポットライトの当たった舞台の上に、子どもたちが登場する。三歳から六、七歳だろうか。十歳より上の子はいない。大きくなり過ぎると、価値が落ちる。ペットショップのペットと同じだ。そんな吐き気を催す文面が注意事項の最後に書き添えてあった。

和はオペラグラスを取り上げる。極小カメラを装着したものだ。

真実を写す。現実を闇から引きずり出す。この子たちを救い出す。

見ていて、お姉ちゃん。

身を乗り出して、さらに写す。

「おい」

肥川が肘で突いてきた。

「ばれたかも。ヤバいぞ」

黒服の男たちが三人、笑みを浮かべた顔つきで近寄ってくる。

「お客さま、大変、失礼ではございますが。先ほどの招待券をもう一度、拝見できますでしょうか」

「なんだって？　本当に失礼じゃないかね。どういうことだ」

肥川が不機嫌な声を出す。

「申し訳ございません。できましたら、そちらのオペラグラスも拝見させていただきたいのですが。あ、いえ、何かの間違いだと思うのですが、うちの安全システムがお客さまのご動作を不審と判断いたしまして警報を発しました。このままでは、催しそのものを中止にしなければならなくなります。どうかご協力ください」

言葉遣いは慇懃《いんぎん》だが、男たちの目は少しも笑っていなかった。和はピンヒールを脱ぎ捨てた。同時に肥川が声を荒らげ、立ち上がる。

「まったく、無礼だ。客を何と心得ているのだ。馬鹿者が」

怒鳴りながら、丸い球を床に叩きつける。

例の煙幕球だ。

一つ、二つ、三つ。

煙が広がる。

「火事だ。逃げろ。焼け死ぬぞ」

肥川が叫びながら、走り出す。室内は、瞬く間に悲鳴と物音と煙に満たされていく。

舞台の照明が消えた。さらに大量の煙が僅かな刺激臭をともなって、流れ込んできた。こちらは発煙筒だ。

「明かりだ、明かりを点《つ》けろ」

「明かりの制御システムが壊されています。点きません」

「怖い。誰か、助けて」

「うわあっ」

闇と煙の中、惑う人々を避けながら、和はなんとか舞台に辿り着いた。とたん、足がもつれて倒れ込む。

「明海さん」

鳥のタトゥーのついた腕が引き起こしてくれた。

大丈夫。わたしは大丈夫。

「みんな、逃げるのよ」

ここから逃げるの。逃げ延びるの。

バシュッ。すぐ傍らを閃光が走った。肩口で痛みが弾けた。床に転がる。

「明海さん」

大丈夫。わたしは大丈夫。

血の臭いの中で、自分に言い聞かせる。


頭はまだぼやけている。

ぼくは、どうしてこんなところにいるのだろう。こんな檻の中に……。

「おまえを売ることにした。このままだと、みんな飢え死にしてしまうから」

父さんが言った。母さんは泣いていた。

ぼくは、わからない。

どうしてこんなところに……。いやだ。帰りたい。こんなところにいたくない。

怖い。このまま、ここにいたらもっと怖いことになる。

でも、頭がぼやけて何も考えられない。魂が抜け落ちたみたいだ。

タマシイ？　タマシイって、どんなものだったっけ……。帰りたい。ここから逃げ出したい。

怖い、とても怖い。

急に目の前が真っ暗になった。そして、煙が、煙が渦巻いている。

どうしたの。どうして……。

「大丈夫よ。もう大丈夫。自由になれるからね」

誰かの声がした。優しい声だ。
身体がふわりと浮いた。抱きかかえられたのだと、わかった。
そうか、この人はぼくを自由にしてくれるんだ。
目を閉じる。血の臭いのするその人に、ぼくは力の限りしがみついた。

初出
「小説すばる」二〇二一年五月号～二〇二三年七月号
単行本化にあたり、加筆・修正を行いました。
なお、本作品はフィクションであり、人物、事象、団体等を事実として描写・表現したものではありません。

装画　POOL
装丁　坂川朱音（朱猫堂）

あさのあつこ

1954年岡山県生まれ。青山学院大学文学部卒業。小学校講師として勤務の後、1991年に作家デビュー。1997年『バッテリー』で野間児童文芸賞、1999年『バッテリーII』で日本児童文学者協会賞、2005年『バッテリーI〜VI』で小学館児童出版文化賞、2011年『たまゆら』で島清恋愛文学賞を受賞。「NO.6」シリーズ、「The MANZAI」シリーズ、「弥勒」シリーズ、「闇医者おゑん秘録帖」シリーズなど著書多数。

プレデター

二〇二三年七月三〇日　第一刷発行

著　者　あさのあつこ

発行者　樋口尚也

発行所　株式会社集英社
一〇一—八〇五〇
東京都千代田区一ツ橋二—五—一〇
電話　〇三—三二三〇—六一〇〇（編集部）
〇三—三二三〇—六〇八〇（読者係）
〇三—三二三〇—六三九三（販売部）書店専用

印刷所　凸版印刷株式会社

製本所　加藤製本株式会社

 ISBN978-4-08-771838-6 C0093

武器はチェロ。
潜入先は音楽教室。

集英社の
文芸
単行本

ラブカは静かに弓を持つ
安壇美緒

少年時代、チェロ教室の帰りにある事件に遭遇し、深海の悪夢に
苛まれながら生きてきた橘。ある日、上司から音楽教室への
潜入調査を命じられる。目的は著作権法の演奏権を侵害している
証拠をつかむこと。橘は身分を偽り、チェロ講師・浅葉のもとに
通い始める。師と仲間との出会いが、奏でる歓びが、
橘の凍っていた心を溶かしだすが、法廷に立つ時間が迫り……。

2023年本屋大賞第2位。第25回大藪春彦賞受賞。